SUTTON
VERLAG

Richard R. Roesch

French 75

EIN ROSTOCK-KRIMI

SUTTON KRiMI

DER AUTOR

Richard R. Roesch, bürgerlich Volker H. Altwasser, geboren 1969 in Greifswald, lebt und schreibt in Rostock. Mit seinen Romanen »Letztes Schweigen« und »Letzte Haut« hat er großes Aufsehen erregt. 2009 erreichte der Schriftsteller die Endrunde beim Alfred-Döblin-Preis, 2010 war er für den Ingeborg-Bachmann-Preis nominiert.

Sutton Verlag GmbH
Hochheimer Straße 59
99094 Erfurt
www.suttonverlag.de
www.sutton-belletristik.de

ISBN: 978-3-86680-868-3

Druck: Aalexx Buchproduktion GmbH, Großburgwedel

Alle Rimbaud-Zitate sind entnommen aus: Rimbaud. Leben, Werk, Briefe, übertragen und herausgegeben von Alfred Wolfenstein, Internationale Bibliothek G.m.b.H., Berlin 1930.

Die Elternlosen werden immer bedauert, dabei sind sie lebenslang im Vorteil.

THOMAS BERNHARD: »Heldenplatz«, 1. Akt

Prolog

Am dritten Tag von Tobias Siegfried März' Aufenthalt kam der dänische Premierminister mit dem Dienstflugzeug nach Bornholm. Tobias saß während des Festaktes neben ihm und ging in Gedanken seinen Vortrag durch. Die Studenten der hiesigen Fachhochschule gestalteten das Rahmenprogramm, und hin und wieder lachte der Premierminister, beugte sich zum Poeten herüber und nickte ihm zu. März lächelte zurück.

Vor dem Bornholmer Kunstmuseum waren dänische Flaggen aufgezogen, er sah sie durch die Panoramafenster des Kunstcafés, das bis auf den letzten Platz gefüllt war. Selbst die internationale Presse hatte ihre Kulturbeauftragten geschickt, zumeist junge Frauen, fachlich überfordert, aber redegewandt. Der Poet ließ sich abfotografieren, blieb einen Moment stehen, ehe er auf die Tribüne stieg.

Er räusperte sich, bevor er begann: »Sie kommen, hörst du, ich fürchte sie kommen, sie kommen in ihren zarten Körpern, die nur zart scheinen. Sie trotten, blind, über die Gehöfte, ich fürchte fast, sie kommen schon wieder. Kamerad, wieder eine schmerzvolle Nacht, gespickt mit ihrem grellen Lachen, greller als die Neonlampen in unseren guten, alten Kasernen, in die wir vor ihnen flüchten, ich fürchte fast, sie kommen, sie kommen schon wieder. Mit ihren Brüsten, mit ihren Blicken. Kamerad, sie werden uns wohl gefunden haben. In unseren Panzern, wo wir uns vor ihnen verstecken, sie bleiben uns an den Fersen, sie lassen uns nicht mehr allein, sie wollen Männer sein mit ihren Brüsten. Und ihren Blicken. Kamerad, wohin mit unserer Einsamkeit, die nicht ist, weil nichts ist in ihrem Palaver, hörst du? AH. Sie fallen ein, sie wollen *reden.*«

Erschöpft schloss er die Augen und umklammerte die Ecken des Stehpultes. Der Applaus wollte nicht enden, er kannte das schon. Er nahm einen Schluck Wasser, zog sich den Schlipsknoten auf, öffnete den Hemdkragen, dann schrie er das Publikum unvermittelt an: »Was ist's, das, wider die Natur, dich narrt? AH. Bereit, dir alles zu vergeben, dir Hymnen ankarrt? Wenn du, nur nicht wieder, losgelöst der Masse, dich erklären willst zu einer neuen *Klasse*?«

Stille.

Tobias starrte in die erschrockenen Gesichter, lächelte, richtete seine Kleidung, strich sich das lange Haar zurück und verließ die Bühne, um sich wieder neben den Premierminister zu setzen. Er beugte sich zum Politiker und nickte ihm verschwörerisch zu. Der Staatsmann ignorierte ihn.

Dann übernahm der Vorsitzende der internationalen Jury das Wort: »Wir haben uns in diesem Jahr für das Werk des aus Deutschland stammenden Tobias Siegfried März entschieden, weil uns die Unerbittlichkeit beeindruckt hat. Die unbedingte Echtheit der zu Versen veredelten Gefühle. Wir wissen, wie schwer es ist, dieses Echte trotz der vielen Destillationsprozesse zu bewahren. Wir haben in diesem Jahr auf dem ganzen Kontinent keinen Zweiten gefunden, der die Prämissen des Lyrik Awards so erfüllt, wie der aus der Mitte Europas stammende März. Meine Damen und Herren, bitten Sie mit mir den Meister der Lyrik und Träger der Bornholmer Rose noch einmal auf die Bühne.«

Tobias wartete, der Applaus schwoll an, der Veranstalter schaute nervös, endlich erhob sich der Geehrte und erklomm zum zweiten Mal die drei Stufen der provisorischen Bühne. Er nahm die goldene Trophäe in Form eines Rosenbusches an sich, dankte mit wenigen Worten und endete, wie jeder gute Preisträger, mit dem Satz: »Meine Damen und Herren, das Buffet ist eröffnet!«

Befreites Gelächter brandete auf. Tobias besah sich seinen Preis und entdeckte im Gold zwei Edelsteine verarbeitet. Er fragte den Juryvorsitzenden: »Die sind jetzt aber nicht echt?«

»Natürlich sind sie das. Eine Arbeit aus Amsterdam.«

Tobias schritt die Reihe der Kulturbotschafter ab und drückte die Hand Englands, der Niederlande, Belgiens, Spaniens, Frankreichs, Polens, Italiens, Finnlands und aller anderen europäischen Staaten. Zu jedem Händedrücken sagte er: »März, Tobias März, März, Tobias März.«

Als der offizielle Festakt vorüber war, fragte er sich, wohin mit der Trophäe? Er schätzte sie als recht wertvoll ein, dazu kam noch das nicht unerhebliche Preisgeld. Es gab Tage, da fand er sich schrecklich überbezahlt.

Vor der Tür rauchte er einen Zigarillo, nickte den schüchtern schauenden Gästen zu, die sich um den Aschenbecher gruppiert hatten, und beobachtete durch die Fenster die geladenen Gäste, die das Buffet stürmten. War nicht wenigstens das etwas Gutes? Wieder hatte er vielen Darbenden ein köstliches Abendmahl beschert.

Ein dicker Herr mit fettigen Lippen drängte sich an seine Seite und fragte in passablem Deutsch: »Nun, wie gefällt Ihnen unsere Insel?«

Tobias nickte: »Genau richtig, um Kulturhauptstadt zwanzigzwanzig zu werden. Ich werde es der Kommission nahelegen. Keine Sorge. Sie sind der hiesige Bürgermeister?«

Der Herr nickte, gab sich bescheiden, und Tobias sah ihm an, wie er die Summen addierte, die Bornholm erhielt, würde die Insel wirklich Kulturhauptstadt werden. Dann straffte sich der Bürgermeister und sagte: »Was ich an Ihnen aber am meisten bewundere, ich bin halt ein Praktiker, das ist Ihre Jugend! Wie alt sind Sie? Fünfundzwanzig? Sechsundzwanzig?«

»Neunzehn, der Anzug macht mich so alt«, antwortete Tobias ernst, woraufhin der Bürgermeister in einen Lachanfall geriet, aus dem er so schnell nicht mehr herauskam. Er spuckte dabei und musste sich krümmen.

Als er sich beruhigt hatte, sagte er: »Mein lieber Herr Gesangsverein! Wer, wenn nicht Sie, ist ein Genie!«

»Ich bitte Sie!«

»Im Ernst. Mir scheint, Sie machen aus Wunden Wunder. Ihr Leben ist doch ein einziges Wunder!«

Nachdenklich blickte Tobias auf die Ostsee, ehe er leise sagte: »Aus Wunden Wunder, Sie wissen gar nicht, wie recht Sie damit haben.« Dann fügte er gefasster hinzu: »Aber das Leben eines Genies hat doch nichts mit Wundern zu tun. Diese armen Hunde sind doch alle bettelarm krepiert, nachdem sie verachtet und belächelt worden sind. Nein, so sehr sich das Wörtchen ›tot‹ im Wort ›Gott‹ versteckt, so sehr widerstrebt mir dieser Geniegedanke. Ich zahle auch Steuern.«

»Entschuldigen Sie! Ich fürchte, wir einfachen Leute sind mit diesem Begriff einfach zu schnell bei der Hand.«

»Verständlich, sonst müssten Sie sich ja eingestehen, nicht erfolgreich genug zu sein. Ausreden fürs eigene Mittelmaß: Genie, Held, Massenmörder.«

»Bitte?«

ERSTER TEIL

I.

Die Architektur Visbys galt lange Zeit als ein Wunder. Niemand konnte sich erklären, wie man damals solch hohe Steinhäuser in so kurzer Zeit hatte bauen können. In Visby, das seit der Wikingerzeit eine wichtige Handelsstation in der Ostsee war, gab es bereits im zehnten Jahrhundert ein unterirdisches Kanalisationssystem, so dass alle Wohnungen Abtritte und Latrinenkammern hatten, die ständig durchspült wurden. Woher aber stammte dieses Wissen? Aus dem christlichen Byzanz? Einem der islamischen Kalifate, mit denen die Stadt ebenfalls Handelsbeziehungen pflegte? Wie war es nach Visby gekommen?

Noch heute sieht diese schwedische Stadt italienisch aus, meinte er. Er blieb an der Reling der Frühfähre stehen und sah einer Mutter zu, die verbissen ihren Sohn die Gangway hinunterzog. Der Junge heulte vor Ohnmacht.

Kurz darauf verließ auch er an diesem frühen Morgen des zwölften Septembers als letzter Fahrgast die Fähre und stellte seine Reisetasche auf das Kopfsteinpflaster des uralten Hafens.

Er dachte: *Auf Inseln tötet man nicht.*

Seine Vermieterin kam ihm müde, aber freundlich lächelnd von der Hamngatan entgegen. Er nickte ihr zu und sie führte ihn quer durch die Altstadt zum Norderklint. Sie begegneten niemandem, und als sie am Dom vorbeigingen und die Kyrktrappan hochstiegen, sagte er: »Sie haben Glück mit dieser Stadt.«

Die Schwedin nickte, nicht bescheiden, aber wissend. Sie verabschiedete sich von ihm vor einem dreistöckigen Haus und gab ihm den Schlüssel zur Nummer zwölf.

Als die Glocken des nahen Doms sieben Mal schlugen, schlief er erschöpft von der siebzehnstündigen Fahrt mit zwei Fähren und einem Überlandbus ein.

Ein paar Stunden später ging er, nach einem ordentlichen Frühstück, auf Erkundungstour. Die Häuser der Norra Murgatan waren kaum größer als die Haustüren, durch die man nur kam, wenn man sich bückte. Am südlichen Ende der Gasse fand er die Stille wie auf einem Friedhof. Er lächelte im Schatten der allgegenwärtigen Schutzmauer aus dem dreizehnten Jahrhundert. Sie war vollständig erhalten, sah man einmal von der Bresche ab, die die Lübecker fünfzehnhundertfünfundzwanzig in die Mauer geschlagen hatten, um der konkurrierenden Stadt den Todesstoß zu versetzen. Ein Drittel der Bevölkerung hatten die Lübecker damals abgeschlachtet und in Massengräbern verscharrt, um dann das Oberhaupt der Hanse zu werden, die in Visby entstanden war. *So ergeht es eben Müttern, wenn die Söhne erwachsen geworden sind und es keine Väter gibt,* dachte er.

Zwölf Mal schlug die Domuhr, dann erklang ein Lied, gespielt von Glöckchen. Er ging weiter. An vielen Häusern standen die Fenster sperrangelweit offen. Radiomusik. Und vor dem Brunnensporten wuchs die Hagebutte sich fett. Aus dem Tor selbst, das einst zum Brunnen geführt hatte, erklang ein Säuferlachen. Er, der aus ärmsten Verhältnissen kam, dachte: *Säufer in Schweden, das müssen reiche Leute sein.*

Die Nummer fünfzig der Norra Murgatan war hellrot getüncht und ihr Dach zog sich weit hinaus auf die Gasse, die sich auf einer Wiese verlor, übersäht mit Kamille. Hier lagen zwei große Steine im niedrigen Gras, kalkweiß, schwarz verwittert, mit Moos gelb bewachsen, und hier machte die Schutzmauer eine Biege. Er fand ein paar Stufen, und wenig später stand er auf den Zinnen, Blick nach Südwest. Er sah leere Wegkreuzungen im Gelände, ehe sein Blick nach Südost wanderte, vorbei am Dom und hin zu einer fernen Steilküste: Hoerskint.

Danach eine zwei Meter breite Gasse, nach Norden hin, in der Rosenstöcke an den Katenmauern wuchsen. Rosen blühten auch in Töpfen, die auf Stufen gestellt worden waren. Rechts war im Pflaster eine Rinne für Regen, über die Hofzäune wuchs Wein. Zwischen dem Kopfsteinpflaster wucherte blühendes Gelb, und als die Gasse auf die Skogränd stieß und zwischen zwei Holzzäunen endete, russisch schwarz und mit grünen Fensterläden dahinter, da war die Fiskagränd plötzlich nur noch einen knappen Meter breit. Wo war der öffentliche Raum geblieben?

Das höchste Haus in der Lybska Gränd war die Apotheke. Hanseatisches Dachtreppenmuster, das oben zusammenlief. Seitlich fand sich ein zweiter Eingang. *Für das Geschäft hinterm Geschäft*, nickte er wissend vor sich hin. Dann kam die Schweitzergränd, es war die breiteste Gasse mit den längsten Häusern und dem Stadtgymnasium. Wie waren denn Schweizer nach Gotland gekommen? Er dachte: *Komisch.*

Am Ende der Trappgatan dann endlich das Kleinod. So unscheinbar war diese Gasse, an deren Ende sich ein winziger Park versteckte. Vom hölzernen Umlauf des steinernen Balkons aus hatte er einen majestätischen Ausblick. Hoch über den Dächern der Altstadt, über dem Marktplatz mit all den Giebelbögen der Kirchenruine, befand er sich. Schräg dahinter der Hafen und die Ostsee bis hin zum Horizont, der Blick eingerahmt von Grün, das nicht von Caspar David Friedrich gemalt worden war. Sein Blick fiel auf ein kleines Dachfenster mit braunem Rahmen, in dem eine weiße Lampe stand. Auf den Balkon daneben trat eine junge Frau in T-Shirt und Slip. Sie telefonierte lächelnd und warf das Haar zurück, er aber dachte: *Nie fotografierte ich das Meer, immer nahm ich es mit als Geräusch.*

Apfelbäume, Wallnussbäume, im Garten der Nummer sechsundzwanzig der Nygatan gab es alles. Schierer Wildwuchs, als wäre er als Ablenkung gedacht, denn das Holz des Hauses war schwarz, verkohlt und übersäht mit Brandblasen, uralt. Und auf der Prachtstraße Vårdklockegatan kam es ihm dann vor, als sähe er auf das süditalienische Salerno am Mittelmeer.

Geschützt von der Stadtmauer befand sich in Visby ein Botanischer Garten direkt an der See. Bäume aus allen Ländern und Gestein von allen Planeten, er litt unter den vielen Reizen der prachtvollen Stadt. Auf den Holzstufen des Pulverturms am Fiskaporten ließ er sich das beschriebene Blatt Papier vom Wind aus den Händen reißen.

Er schleppte sich durch die Schönheit des Herbstes und durch die Gassen der Museumsstadt und sah später aus seinem Fenster. Direkt vor sich hatte er den wuchtigen Bau des Doms.

Sein Wohnhaus stand auf einer Anhöhe, so dass er von seinem Fenster aus mitten in die Glockentürme sehen konnte. Er fand sich im Angesicht der übergroßen Schutzheiligen wieder, hinter denen sich die Ostsee erstreckte.

Neben dem Dom war die Sonne. Zur Teezeit schob sich Tag für Tag eine Fähre von backbord nach steuerbord durch das Gemälde, auf dem sich zur Linken, am Fuß des Doms eine Treppe mit mittelalterlichen Laternen und Geländer befand, die auf den Norderklint führte. Zählte man von unten, waren die Zahlen der Stufen zwischen den Absätzen dreizehn, neun, zehn, elf, elf, zehn und zehn. Zur Rechten hatte der Dom ein kleines Tor. Es war breit gemauert, als Durchgang gedacht, und war absatzartig mit einem Spitzdach versehen. Weiß getüncht, im Durchgang selbst hatte es eine Gaslaterne. Das Tor beeindruckte ihn durch seine Winzigkeit im Schatten des riesigen Doms. Es stand ohne Mauer ganz für sich alleine da, mitten auf einem Vorplatz. Die Einwohner umgingen es, niemand ging mehr hindurch. Es war ein letztes Zeugnis erster Siedler. Tim Leidger dachte: *Das Sein ist das Dasein.*

II.

Rache war Zeitverschwendung. Privatdetektiv Pawel Höchst zog die Pistole aus dem Halfter, legte sie auf die alte Zeitung, rückte den Stuhl dichter zum Schreibtisch und baute sie auseinander, um sie zu reinigen.

Es war eine handelsübliche Malakow, Spezialkaliber neun Komma zwei mal achtzehn Millimeter, die das Jackett nicht ausbeulte. Er reinigte sie oft, doch abgefeuert hatte er sie noch nie. Vor nun schon zwei Jahren hatte er die Lizenz bekommen, vor sechs Jahren war er eingebürgert worden. Pawel war Mitte vierzig, doch nicht ein graues Haar fand sich im Braun.

Seine Hände arbeiteten ruhig, während er ab und zu aus seinem Bürofenster sah. Sein Büro befand sich vor den Toren Rostocks in einem Gebäude, in dem sich außer ihm Vermögensberater, Versicherungsvertreter und Bilanzbuchhalter niedergelassen hatten. Pawel pflegte mit ihnen einen guten Kontakt, der Tag würde kommen, an dem er diese Fachleute brauchte.

An der Nordseite des sechsstöckigen Hauses führte eine Fernverkehrsstraße über den Dierkower Damm direkt bis zum Überseehafen, doch Pawels Büro befand sich auf der Südseite: weiter Blick über die Warnow zur Altstadt von Rostock.

Jetzt, Mitte März, konnte er noch durch die nackten Zweige der Bäume sehen, die am nahen Flussufer standen. Hauptsächlich Birken, geschmeidige Bäume, die ihn an seine Heimat erinnerten. Russland, Väterchen Don, die alte Dame Wolga, diese uralten Wasserstraßen, auf denen schon vor Urzeiten Siedler und Händler gefahren waren.

Pawel litt nicht an Heimweh, er war schon damals froh gewesen, der ganzen Melancholie entkommen zu sein, als er zehn Jahre lang als Hochseefischer auf verschiedenen Trawlern gefahren war. An Bord war nie Zeit für Erinnerungen gewesen, und so hatte er vergessen, was er verlassen hatte. Die Gegenwart war so stark gewesen, immer wieder hatte sie ihn aus dem Stand gehoben. Immer wieder hatte er sich auf die Hände konzentrieren müssen, um sie zu behalten. Auf dem Oberdeck, beim Einholen der zentnerschweren Netze, im Fangdeck, beim Stemmen der fünfzig Kilogramm schweren Thunfische, in den Laderäumen, beim Zerschlagen des Eises, und immer wieder beim Abschlagen der gefrorenen Gischt, die noch im Flug am vielen Eisen des Trawlers festfror und das Schiff zum Kentern gebracht hätte, wären sie nicht in den eiskalten Sturmnächten hinausgegangen, um das Fabrikschiff von der Gefahr zu befreien. Wer wochenlang nicht zum Reden kam, der kam auch nicht einmal für eine Sekunde zum Erinnern, Pawel Höchst hatte es am eigenen Leib erfahren, ehe er an der südlichen Ostseeküste abgeheuert hatte. Er hatte seinen Mann gestanden, Mann unter Männern, und doch war es ihm mit der Zeit zu wenig gewesen, so dass er in Rostock nicht lange überlegt hatte, als die Liebe aufgetaucht war. In der Ostseestadt hatte sie ihn von der schwimmenden Heimat heruntergeholt, und sie sei der einzige Grund, warum ein Mensch seine Heimat verlassen solle, hatte Pawel gemeint. Doch wie lange war das her? Und wie wenig war davon übrig geblieben?

Pawel Höchst polierte den Schlagbolzen, ehe er die Waffe wieder zusammensetzte. Er sah zu den letzten Haufen Schnee, die noch vor zwei Tagen hüfthoch gewesen waren. Auf dem Fluss brach das Eis, Schollen schoben sich übereinander, heute regnete es zum ersten Mal sei drei Monaten.

Als der Anruf kam, stand Pawel gerade an der billigen Kaffeemaschine, aus der die Flüssigkeit wieder einmal neben die Kanne tropfte, anstatt in sie. Er ließ sie weiterröcheln und nahm den Telefonhörer ans Ohr: »Pawel Höchst, Private Ermittlungen, direkt im Freihafen.«

»Ich werde verfolgt«, sagte eine Frauenstimme.

»Wo befinden Sie sich?«, fragte Pawel, weil er glaubte, es handele sich um eine Soforthilfe, für die er das Doppelte verlangen könnte. Doch das irritierte die Frau, wie er am Unterton feststellte, als sie fragte: »Warum wollen Sie das wissen?«

»Weil Sie verfolgt werden«, sagte Pawel. »Ich brauche den Standort. Können Sie reden?«

»Ja, ich werde aber nicht jetzt verfolgt!«

»Ach so, es besteht also kein akuter Handlungsbedarf«, sagte Pawel, der eine Schwäche für die Sprache deutscher Beamte hatte: »Vollzugsmeldung?«

»Bitte? Nein! Ich …, es ist so –«

»Nicht am Telefon!«, unterbrach Pawel, der neugierig auf die Frau geworden war. Außerdem langweilte er sich. »Schlagen Sie einen Treffpunkt in der Innenstadt vor. Und beschreiben Sie mir Ihr Äußeres. Ich werde auf Sie zukommen. Haben Sie keine Angst, verhalten Sie sich unauffällig.«

»Ich habe keine – also gut. Café Meyerbeer in der Breiten Straße. Ich sitze an der Theke und vor mir liegt die Zeitschrift Neon.«

»Und ich heiße Pawel.«

»Ach so, Tina.«

Ich werde verfolgt, dachte Pawel. *Das kann alles bedeuten.*

Er entschied sich für den ausziehbaren Totschläger, verschloss die Pistole im Tresor und verstaute die Handschlagwaffe in der Hosentasche. Auf dem Flur begegnete er niemandem, es war schon weit nach Feierabend, und auf dem Parkplatz des Gebäudes stand nur noch der Benz eines Geschäftsmannes, der in In- und Export machte. Der Mann war Anfang zwanzig, trug schneeweiße Hemden und stammte angeblich aus Frankreich. Pawel jedoch hielt ihn für einen Algerier mit besten Kontakten nach Casablanca-Südstadt.

In seinem alten Peugeot verließ der Privatdetektiv die Freihandelszone des Überseehafens und winkte dem Mann an der Hauptwache kurz zu. Er hielt sich an die Geschwindigkeitsbegrenzung, obwohl der Dierkower Damm leer war. Die meisten Arbeiter waren zu Hause. So spät am Abend brachten höchstens noch Großraumtaxis Seeleute in die Stadt, die nicht im Seemannsheim bleiben wollten, doch heute war Pawel allein auf der Straße. Er hielt an der leeren Kreuzung, starrte das Rot an und bog auf die Hauptstraße ein, als die Ampel auf grün umsprang.

Von der Umgehungsstraße Am Strande, die die Altstadt vom Hafen trennte, fuhr er nach zwei Kilometern links ab und parkte schwarz.

Im Café Meyerbeer war er noch nie gewesen, obwohl es sich auf dem Boulevard befand und sehr auffällig war. Das Gebäude war rund, alle Wände waren aus Glas. In der Mitte befand sich ein ovaler Tresen, an dem zwei Frauen saßen. Beide schienen allein da zu sein. Die Zeitschrift Neon lag nirgends auf dem Tresenholz.

Pawel runzelte die Stirn und tastete unauffällig nach seinem Totschläger. Das Gute an seinem Büro war, dass es bewacht wurde. Unbefugte hatten auf dem Freihandelshafengelände keinen Zutritt, aber hier draußen war er Mann unter Männern. Rostock galt als eine der gefährlichsten Städte der gesamten Ostseeküste. Sie war arm, und ihre Einwohner waren hungrig.

Pawel lockerte die Schultern und schlenderte zur Theke, wo ein Barkeeper seine Homosexualität nicht verstecken wollte. Er sah Pawel an, und Pawel wurde sofort nervös. Ein ungutes Gefühl beschlich ihn, da hatte der Barmann noch gar nichts gefragt. Schnell sagte er: »Einen French 75.«

»Einen French … was?«

»Fünfundsiebzig.«

»Ich glaube, so was haben wir hier nicht. Ich habe noch nie von einem French 75 gehört.«

»Hör zu, Kleiner, ich stamme aus Russland und lebe seit einigen Jahren in Westeuropa. Ich möchte die Kultur besser kennenlernen, daher probiere ich Gincocktails, um die westliche Lebensart zu studieren. Und gerade bin ich bei F, F wie French, wie French 75. Ich habe auch keine Ahnung, was das ist. Du bist hier der Spezialist.«

»Dann haben wir ein Problem, mein Gutster.«

Pawel verkniff sich eine Bemerkung und winkte ab: »Leute schickt das Arbeitsamt! – Dann eben einen Wodka. Ihr werdet doch wohl Zwiebeln da haben?«

»Zwiebeln? – Das wird ja immer besser. Ich schau' mal, was ich für dich tun kann.«

»Mach das.«

»Sind Sie Pawel?«

Hinter ihm stand eine Frau, in der Hand eine eingerollte Zeitschrift. Der Detektiv nickte und sah sich wieder um: »Ich dachte schon, Sie sind einer dieser Spinner, die einen irgendwohin locken, um ihn entweder zu überfallen oder um komische Geschäfte vorzuschlagen. Bitte verstehen Sie mich nicht falsch, komische Geschäfte sind mein Metier.«

»Ich verstehe durchaus.«

Die Frau wurde überschwänglich vom Barmann begrüßt, der Pawel eine geschälte Zwiebel auf einem Teller und einen Wodka hinstellte. Ein kleines, silbernes Messer lag daneben. Pawel trank den Wodka aus, biss in die Zwiebel und legte sie zurück auf den Teller. Neben der Frau stand ein Glas Weißwein.

»So«, sagte sie, »jetzt stellen wir uns erst einmal vor. Ich bin Tina Schneider und habe eine Problem.«

»Ich bin Pawel Höchst, hundertfünfzig pro Tag inklusive Spesen.«

»Ich weiß. Prost.«

»Nastrowje! – Wollen Sie gleich von Ihrem Problem erzählen, oder sollen wir wo hin, wo wir ungestörter sind?«

»Warum sollten wir?«

»Mir scheint, Sie kennen hier die Mannschaft.«

»Ach so, na ja, eigentlich nur Roberto. Ich war mit ihm in der gleichen Schule, damals, vor etlichen Jahrzehnten.«

»Na, na, vor höchstens zwei Jahren, drei?«

Tina lächelte, an plumpe Komplimente gewöhnt, und winkte ab: »Also, ich werde verfolgt und belästigt, ich weiß nicht, was genau zutrifft. Auf jeden Fall ist da ein schmieriger Typ, der nicht ganz dicht ist.«

»Ich höre zu. Sie reden langsam.«

III.

»Jeder Kontakt hinterlässt eine Spur«, beruhigte Pawel seine Klientin, nachdem sie ihre Story vor ihm ausgebreitet hatte.

»Das klingt beängstigend.« Tina klang unsicher.

»Handbuch für Kriminalisten, Seite drei. Dieser Leitsatz, ohne den wir Ermittler einpacken müssten, wurde achtzehnhundertneunundsechzig in Frankreich entdeckt und beschrieben. Der Typ hieß Locard. Und die These heißt zwangsläufig Locardsches Austauschprinzip«, erläuterte Pawel, der die Erfahrung gemacht hatte, dass solcherlei Informationen bei seinen deutschen Klienten Vertrauen freisetzten. Dazu nickte er ernst.

Pawel hatte zwar kein Diplom, aber das hieß noch lange nicht, dass er keines haben könnte. Erneut nickte er Tina ernst zu und bestellte bei Roberto einen weiteren Wodka.

»Eine neue Zwiebel?«, fragte der Barmann und schaute leicht angewidert auf das angebissene Gemüse.

Pawel schüttelte den Kopf. »Zwiebeln vergeudet man nicht. Sie sind mit Tränen gesät.«

Tina nippte vom Weißwein und sah ihn mit großen Augen an.

»Das ist ein bisschen dürftig, was Sie da haben«, sagte Pawel zu ihr. »Ich muss erst einmal mehr wissen. Und das heißt, ich muss abwarten und in Ihrer Nähe bleiben. Noch bin ich nicht überzeugt, aber Sie sind durchweg glaubwürdig.«

»Danke. Ich meine, es waren gar nicht so sehr die Worte und der Verlauf des Gespräches, es war mehr die Art und Weise, verstehen Sie? Er sprach wie mit verschiedenen Stimmen.«

Der heikle Moment, Pawel musste ihr jetzt unbedingt beweisen, dass er sie ernst nahm, um wenigstens einen Vorschuss herauszuholen. Weibliche Klienten hatten nicht selten Schwierigkeiten, zu glauben, dass sie glaubwürdig waren. Er dachte an die hundertfünfzig Euro pro Tag und sagte: »Sie sind das, was man eine Frau von Welt nennt, Ihnen macht man so schnell nichts vor. Sie haben sich schon mit einigen Verehrern herumgeschlagen, so gut, wie Sie aussehen. Es muss daher mehr dahinter stecken, als es jetzt den Anschein hat. Ich vertraue da ganz Ihrer Empathie. Ich würde also erstmal drei Tage veranschlagen und zwei im Voraus berechnen. Sehr gerne in bar. Dann sehen wir weiter. Der Wein geht auf mich. Roberto, die Rechnung!«

Zurück im Büro ließ Pawel sich auf den Chefsessel fallen, stoppte mit den Hacken die Fahrt der Rollen ab, sah aus dem Fenster und dachte nach. Nachts wurde das Hafengelände von Flutlichtern erhellt, die jeden Winkel ausleuchteten. Vor seinem Büro befand sich eine Papierraffinerie. Tagsüber kamen ständig Lastwagen vor die große Halle, um Altpapier zu entsorgen, das zu Bündeln zusammengepresst wurde, die dann in alle Herren Länder verschifft wurden. Pawel war von diesem Treiben oft fasziniert, doch jetzt regte sich auf dem Gelände der Fabrik nichts. Es ging auf Mitternacht zu, aber Pawel sah keinen Grund, nach Hause zu fahren.

Er ging auch nicht ans Telefon, als seine Frau anrief. Schließlich hatte sie den Streit vom Zaun gebrochen, er konnte auch ganz gut im Büro übernachten. Was blieb von der großen Liebe übrig? Gemeinsame Schulden. Einsame Erinnerungen.

Pawel schüttelte den Kopf, griff nach einem kleinen Buch, schlug es auf und las: »Der French 75 ist ein Klassiker. Er trifft den Kern mit bewundernswerter Präzision. Ein großes Glas zur Hälfte mit zerstoßenem Eis füllen. Gin, Zitronensaft und Zucker hinzufügen und gut verrühren. Mit gekühltem Sekt oder moussierendem Weißwein auffüllen und mit einer Orangenscheibe dekorieren. Entspannt das Lebensgefühl der Zwanzigerjahre genießen.«

Was ist ein moussierender Weißwein?, fragte sich Pawel. *Verdammt noch mal! Und warum kennt sich dieser Roberto nicht bei den Ginklassikern aus? Leute schickt das Arbeitsamt!*

Mit einem kräftigen Stoß ließ er sich auf dem Bürosessel zurückrollen, zog sich an den Tresor und öffnete ihn. Pawel zählte vom Vorschuss einhundert Euro ab und legte die anderen zweihundert zum unversteuerten Kapital. Er war der Meinung, der eigene Tresor sei noch immer die beste Schweizer Bank.

Als gegen neun Uhr morgens das Telefon klingelte, schrak Pawel so sehr zusammen, dass er vom Stuhl fiel, dessen Lehne er zurückgestellt hatte. Er bedachte seine Ehefrau mit einem Fluch und kroch mit Schwindel im Kopf zum Telefon. Pawel schloss die Augen.

»Ja?«, meldete er sich und lehnte sich gegen die Wand. Er streckte die Beine aus und gähnte.

»Schon wieder!«, sagte Tina ohne Einleitung. »Gerade eben!«

»Und haben Sie getan, was ich gesagt habe?«

»Ja, es hat funktioniert.«

»Ich bin in einer halben Stunde da, sorgen Sie bitte für einen Kaffee«, sagte Pawel und legte auf.

Sich so früh zu melden, ist untypisch für Erpresser, dachte er. *Wenn es zu schnell geht, bekomme ich bei der Sache nicht mehr als die dreihundert zusammen. Hoffentlich sind das keine Amateure!*

Auf dem Flur traf er den Standortchef einer international agierenden Autovermietung und nickte ihm zu. Er spürte den bewundernden Blick des Mannes, der wohl glaubte, sein Job war auch nur halb so aufregend wie der eines Schriftstellers. Pawel grinste. Nicht, dass er Schriftsteller kannte, aber er hielt ihre Arbeit für verdammt spannend. Allein das Leben von Sergeji Jessenin, dem besten Dichter der russischen Seele! Mehr brauchte man doch gar nicht zu wissen. Reihenweise hatte er Frauen verführt, um daraus Kapital zu schlagen: »Haben Sie das alles denn selbst erlebt?« – »Aber ja, Gnädigste.« – »Wie furchtbar!« – »Ich war unsterblich verliebt!« – »Oh je, nehmen Sie, hier ist die Adresse meines Landsitzes, nehmen Sie!« Pawel lachte vor sich hin, stieg auf dem Parkplatz umständlich in seinen Peugeot und verließ wenig später das Hafengelände der Freihandelszone.

Um ins Neubaugebiet von Rostock-Lichtenhagen zu kommen, musste er durch die ganze Altstadt der größten Stadt Mecklenburgs, die im zweiten deutschen Krieg zum Glück so sehr zusammengeschossen worden war, dass sie danach völlig neu aufgebaut werden musste: mit schönen breiten Alleen, geraden Straßen und genügend Fußgängerbrücken; Pawel entspannte sich. Er fuhr durch die KTV, die Kröpeliner-Tor-Vorstadt, ein Studenten- und Künstlerviertel, und wenig später durchs Hansaviertel, das hauptsächlich aus Kasernen der Zwanziger- und Dreißigerjahre des vorigen Jahrhunderts bestand. Damals wurden in Rostock die besten Militärflugzeuge der Welt gebaut. Hunderte neue Arbeiter kamen monatlich in die Stadt, die heute, wie Pawel fand, am Boden lag. Er nahm die vierspurige Stadtautobahn und war nach zwanzig Minuten bereits in Rostock-Lütten Klein. Kurz darauf bog er nach Lichtenhagen ab. Das Sonnenblumenhaus stand hier noch immer, weiterhin unsaniert. Ein Hochhaus aus roten und grauen Betonplatten, in dem Anfang der Neunzigerjahre Rostocker Bürger Asylanten und alteingesessene Vietnamesen in Brand gesteckt hatten. Nichts erinnerte heute an dieses Rostocker Pogrom. Pawel kurbelte das Fenster hoch, ließ das Haus links liegen und suchte die Boitzenburger Straße.

Die Straße befand sich inmitten eines Viertels im Viertel, das schneckenförmig gebaut worden war. Hier waren die sechsstöckigen Neubauten saniert worden. Viele Balkone hatten Fensterscheiben, die zugezogen werden konnten. Pawel fand direkt vor der Nummer sechsundneunzig einen Parkplatz und klingelte wenig später bei Schneider.

»Ja?«

»Höchst, Pawel.«

»Kommen Sie herein, dritter Stock.«

»Fahrstuhl?«

»Wo denken Sie hin?«

Eigentlich traf Pawel sich mit seinen Klienten lieber an Orten, die belebt waren, aber diesmal war das nicht möglich. Er musste die vielen Stufen in Angriff nehmen. In der dritten Etage stand eine der vier Wohnungstüren offen. Pawel zog sich, gegen das Treppengeländer gelehnt, die Schuhe aus und ging in Tinas Wohnung, bemüht, das Keuchen zu unterdrücken.

»Oh, anstrengend?«, fragte sie. »Ich dachte, Detektive sind sportlich.«

Verärgert winkte Pawel ab und ließ sich auf die Couch fallen: »Ein Seemann ist kein Bergsteiger, dafür ist ein Bergsteiger auch kein Seemann.«

»Das ist wohl wahr!«

Tina verschwand in der Küche, die durch eine Schiebetür vom Wohnzimmer abgetrennt war, und kam wenig später mit zwei Pötten Kaffee wieder.

Zucker und Milch standen schon auf dem niedrigen Glastisch, doch Pawel nahm nichts davon. Er holte tief Luft, hielt den Atem an, zählte bis zwanzig und stieß die verbrauchte Luft langsam wieder aus. Sein Puls hatte sich in der Zwischenzeit beruhigt, er konnte wieder gelassen atmen.

»Na, dann«, sagte er, »erstmal einen Schluck Kaffee!«

Tina nickte, sie tranken, dann sagte sie: »Ich bin gespannt, was Sie als Fachmann dazu sagen.«

Pawel steckte sich eine Zigarette an, blies den Rauch nach oben hin weg und sagte: »Das ging zu schnell!«

Besorgt sah Tina ihn an: »Ein schlechtes Zeichen?«

»Kann ich nicht sagen.«

»Also ist es nicht ausgeschlossen, dass es ein schlechtes Zeichen ist.«

»Nach dem Prinzip der Ausschließlichkeit nicht, das die Berliner Kriminalpolizei in der Nazizeit entwickelt hat.«

»Prinzipien!«, sagte Tina abfällig, wirkte aber durch Pawels Fachwissen beruhigt.

»Wo ist das Gerät denn?«, fragte er.

Sie stand auf, ging in den Flur und kam wenig später mit dem Telefon zurück: »Hier.«

»Und Sie haben heimlich mitgeschnitten?«

»Wie Sie gesagt haben.«

»Er weiß nichts vom Mitschnitt?«

Tina schüttelte den Kopf, und Pawel vertiefte sich in die Eingeweide des altmodischen Telefonapparates.

Tina beugte sich über den Tisch, wollte ihm schon helfen, doch Pawel lehnte mit einer entschiedenen Geste ab, während er vom Ansatz ihrer Brüste abgelenkt wurde. Er machte sich auf der Couch ein wenig größer.

Sie trug keinen BH. Er sah ihr in die Augen und lächelte an diesem Morgen zum ersten Mal.

»Keine Sorge«, sagte er.

IV.

Der Mitschnitt brachte im Moment nicht viel. Pawel zog die Stirn in Falten und schüttelte den Kopf. Ein gewöhnlicher Anruf eines gewöhnlichen Agenten eines gewöhnlichen Meinungsforschungsinstitutes.

»Finden Sie das nicht ungewöhnlich?«, fragte Tina.

Pawel schüttelte erneut den Kopf. Zwar brauchte auch er ständig neue Geldmittel, aber Klienten zu betrügen, das wollte er lieber seinen Büronachbarn überlassen, den Versicherungsmaklern Nonnenmacher, Ledig und Schmitt.

Er versuchte es mit einer harmlosen Erklärung: »Die brauchen gewisse persönliche Angaben, um ihre Statistiken zu füttern.«

»Und die verschiedenen Tonlagen? Als würde der Mann mit verschiedenen Stimmen sprechen.«

»Sie meinen, das könnte auf eine Schizophrenie hindeuten? Ich weiß nicht. Das ist mir zu sehr Küchentischphilosophie.«

»Psychologie.«

»Bitte?«

»Das nennt sich im Volksmund Küchentisch*psychologie*.«

»Ach, ja? Na, gut. Ich sage Ihnen, was ich mache: Ich nehme den Mitschnitt mit und lasse ihn von einem Experten untersuchen. Wenn es da etwas Verdächtiges gibt, dann wird mein Experte das sicher finden. Darauf können Sie sich verlassen. Leider wird das einen Tag dauern. Wir müssten also bei den drei veranschlagten Tagen bleiben, ohne dass ich weiß, ob da wirklich etwas ist.«

Tina nickte: »Mir wäre es lieber, Sie könnten mich beruhigen. Solch ein Flüstern, das ist doch nicht normal.«

»Für mich klang das nach Heiserkeit«, sagte Pawel Höchst. Er stand mit einem Ruck auf und fügte hinzu: »Mir wäre es aber auch lieber, Sie beruhigen zu können, das können Sie mir glauben.«

Er nahm die Minikassette an sich und ging in den Flur, wo er sich kurz von ihr verabschiedete und die Wohnungstür von außen zuzog. Pawel wollte nicht in ein Gespräch verwickelt werden. Dazu wusste er noch zu wenig. Mit offenen Schnürsenkeln ging er eine Etage nach unten, ehe er sich auf eine Stufe setzte und die Schuhe gemächlich schloss.

Auf der Straße sah er hoch, winkte Tina, die auf dem Balkon stand, und bedeutete ihr, er werde sie anrufen. Sie nickte, die jungen Brüste auf der sanierten Brüstung.

War Rostock nicht eine schöne Stadt? Sagten das die Leute nicht immer wieder? Die Besucher wie auch die Einwohner? Sicherlich bestach sie nicht durch tausendjährige Bauten, dazu hatte ihr die Geschichte viel zu übel mitgespielt, aber was sie für einen ganz eigenen Menschenschlag hervorbrachte! Immer und immer wieder. Während Pawel zu seinem Auto ging, dachte er an die vielen Rostockerinnen und Rostocker, die ihm freundlich und sachlich geholfen hatten, die offen und vorsichtig auf ihn zugekommen waren, die so eigenartig umarmend und abwehrend sein konnten. Hatte der ewige Kampf gegen die Ostsee sie dazu gemacht? Als einzige deutsche Großstadt lag Rostock direkt an der See, und Pawel Höchst wusste, wie hart der Ostseewind sein konnte, wie beständig er die Kraft aus den Menschen stahl, wie sehr er sie aber auch wiederum mit einer ganz anderen Kraft beschenkte. Lag es am Wind, dass die Menschen hier so herrlich schnell zur Sache kamen? Pawel stieg in sein Auto und dachte an das schmutzige Grau seiner nordrussischen Heimat, ehe er seiner jetzigen Heimatstadt wieder einmal dankbar war, was er natürlich niemals im Leben zugegeben hätte. Ein Mann gab erst einmal gar nichts zu, schon gar nicht ein Seemann.

Pawel tat vom Schlaf auf dem Chefsessel noch immer das Genick weh, und er musste grinsen, als er sich vorstellte, wie er da die ganze Nacht mit offenem Mund gehangen hatte, immer kurz davor, vom Stuhl zu kippen. Er legte den ersten Gang ein und beschloss, nicht zurück nach Rostock zu fahren. Er bog auf der Stadtautobahn nach links ab und fuhr nach Warnemünde. Kalter Seewind schien ihm das beste Mittel, um eine schlecht verbrachte Nacht zu vertreiben.

So hatte er es auch all die Jahre auf den Hochseetrawlern ausgehalten, meinte er. Nachts kübelweise Selbstgebrannten trinken und tagsüber auf dem Oberdeck im Fisch stehen und ihn filetieren, immer bereit, den Pegel zu halten, immer darauf erpicht, nicht zur Besinnung zu kommen. Zum Glück lag das hinter ihm! Dass er das überlebt hatte, das grenzte doch schon an ein Wunder. Jetzt gab es für ihn keine Wodkabesäufnisse mehr, jetzt lebte Pawel schon lange im Westen, und im Westen trank man Cocktails. Daran hielt er sich, schließlich hatte er ja Westeuropäer werden wollen. So hatte er es auch bei einem der Treffen der Russlanddeutschen erzählt, die einmal im Monat in der Synagoge stattfanden.

Er wolle keinen Wodka mehr, hatte er gesagt, er wolle das neue Leben mit einem wirklichen Anfang beginnen. Sonst hätte er ja auch im ehemaligen Leningrad bleiben können, wenn er kein Westeuropäer hätte werden wollen.

Wie immer hielt er auf dem Parkplatz vor dem Hotel Neptun, dessen oberste Etage einen Blick bis nach Dänemark erlaubte. Nur drei weitere Wagen standen hier, und als Pawel ausstieg, wusste er auch gleich, warum das so war. Ein Märzsturm tobte durch den Badeort, der menschenleer dalag. Pawel ging auf die Promenade, am Kurhaus vorbei, und kämpfte sich bis zum Leuchtturm vor, neben dem der legendäre Teepott stand, Wahrzeichen des Ostseebades, das heute zwei Schweden gehörte, die sich hier noch nie hatten sehen lassen.

Schon früher war dieses Gebäude, das wie eine riesige Teetasse aussah, ein Anziehungspunkt gewesen, heute beherbergte es nicht nur ein Restaurant, sondern auch ein Café, Shops und im Obergeschoss eine überteuerte Bar. Pawel entschied sich für die Bar.

Es ging zwar auf Mittag zu, aber nicht ein Gast hatte sich in diesem unwirklichen Wetter hierher verirrt. Pawel setzte sich an einen Tisch direkt an einer der runden Fensterscheiben. Von hier aus hatte er einen uneingeschränkten Blick über die Ostsee, die vom Nordoststurm wild gepeitscht wurde. Hohe Wellen stürzten sich auf den breiten Badestrand und prallten rechter Hand gegen die Mole, an deren Ende sich einer der beiden Leuchttürme befand, die die Mündung der Warnow markierten, auf der es zum Hafen Rostocks ging. Aus dem Dunst tauchte ein riesiges Ungetüm auf, dreimal größer als der Leuchtturm, und schob sich in den breiten Fluss. Es war die Mittagsfähre aus Schweden und Pawel lächelte verträumt, als er das Hupen des Schiffes hörte. Er wusste ganz genau, wie froh der Kapitän und die Besatzung waren, Warnemünde trotz des Wintersturms erreicht zu haben. Es juckte ihn, einfach an Bord zu gehen und den nächsten Törn mitzumachen. Als Passagier!

»Was soll es denn sein?«, riss ihn eine junge Stimme aus seinem Tagtraum. Überrascht blickte Pawel auf und sah einen Teenager vor sich stehen. »Zweites Lehrjahr« stand auf seinem Namensschild. Er sah sehr gepflegt aus und lächelte charmant. Pawel wusste, was das bedeutete, und lächelte lieber nicht.

Schroffer als beabsichtigt sagte er: »Scheißwetter, was? Richtig was zum Schlussmachen!«

Der Junge nickte, tapfer hielt er das Lächeln auf den Lippen.

»Ich muss erst einmal frühstücken«, lenkte Pawel ein.

»Oh, das trifft sich! Wir haben ein besonders gutes Angebot. Nach Art des Hauses! Etwas für richtige Seebären!«

Das Grinsen des Jünglings verstärkte sich, fast wurde es frech, und Pawel glaubte, in eine Falle getappt zu sein. Er fragte, um Zeit zu gewinnen: »Was ist das?«

»Alles, was echte Kerle wie Sie am Morgen brauchen: Rühreier, Speck, Würstchen, saurer Hering, garniert mit Sprotten. Große Kanne Kaffee. Und alles für nur siebzehn Euro achtzig! Da ist kein Schnickschnack wie Müsli oder Weintrauben oder Jogurt bei!«

Pawel nickte. Er fühlte sich an der Männerehre gepackt. Mürrisch sagte er: »Nehme ich.«

»Eine gute Wahl!«, sagte der junge Kellner und verschwand lautlos.

Der macht seinen Weg, dachte der Detektiv und widmete sich wieder der Baltischen See, die unter dem sadistischen Sturm ächzte und stöhnte. Pawel grinste höhnisch.

An Bord der Trawler hatte er viel über die Männerwelt gelernt. Er hatte so viele Männerfantasien und Geheimnisse erfahren, dass ihn kaum noch etwas erschrecken konnte. Auf seine pragmatische Art war er Spezialist für die Schattenseite des Männlichen geworden, das war ihm noch an Bord klargeworden. Deshalb hatte er nicht lange überlegen müssen, was er als Landratte beruflich tun sollte, und sich um eine Privatdetektivlizenz bemüht. Denn wer brauchte Hilfe, wenn nicht Frauen, die von verschrobenen Männern belästigt wurden? Pawel kannte die Gedankengänge und Gefühlswelten seiner Geschlechtsgenossen, er war mit den Einsamen, Enttäuschten und Verlassenen jahrelang zur See gefahren, und so sorgte er sich nicht groß um Tina Schneiders Problem. Wenn sie wüsste, was einem Kerl beim

Schweigen und Arbeiten alles möglich erschien! Da waren solche Anrufe doch geradezu läppisch.

Pawel räusperte sich und beugte sich nach vorn, als der Kellner das Frühstück für Störtebekers vor ihm aufbaute, als würde er ein Kunstwerk erschaffen.

»Und hier ist ein Kümmel, wenn Sie wieder Platz brauchen«, sagte der junge Mann, als er fertig war, und zauberte ein Fläschchen auf den Tisch.

Pawel war bei diesem Anblick euphorisch geworden. »Wie auf einem Trawler! So fingen die Tage immer an, damit man Zwanzig-Stunden-Schichten durchhielt.«

»Ach? Sie sind zur See gefahren?«

Pawel nickte, über das Interesse irritiert. Doch kaum ein wirkliches Interesse! Oder hatte er etwa Angst vor Homosexuellen? Lächerlich! Er rückte ein wenig von dem Jungen weg, sah ihm lieber nicht ins Gesicht und antwortete: »Als ich jung war, so wie du! Die See ist noch immer der beste Ort, um aus Jungs Kerle zu machen.«

»Das glaube ich gerne«, sagte der Kellner kühl und verschwand hinter Pawels Rücken. »Aber die Welt verändert sich.«

Während der ehemalige Hochseefischer die Berge aus Eiern, Fleisch und Fisch vertilgte und mit Seen von Kaffee verdünnte, vor sich hin rülpste und furzte und immer wieder auf die Nebelhörner horchte, die von den vielen Kähnen, Schiffen, Frachtern, Seglern und Marinebooten herüberwehten, überlegte er sich im Fall Schneider eine Strategie. Hauptsächlich stützte sie sich auf die Tugend der Angler: das Warten.

Was sollte er sonst tun? Da hatte ein Kerl im Auftrag einer Firma angerufen. Er wollte Tina Schneiders Meinung zu Finanzprodukten, Marmelade und politischen Parteien wissen. Und weil er sich langweilte, fragte er sie ein wenig nach ihrem persönlichen Umfeld aus. Mein Gott, doch kein Grund, gleich verrückt zu werden. So waren Männer eben. Wenn sie merkten, sie hatten eine Frau am Haken, die in ihr Raster passte, dann mussten sie eben tun, was sie tun mussten. Probieren ging über Studieren. Ein unschuldiger Flirt am Telefon, vielleicht ergab sich ja mehr. Und am Ende die Daten über ihren Wohnort und ihre Arbeitsstelle, die waren eben nötig, wie der Anrufer ja auch gesagt hatte, um das Ganze in die Statistik einlaufen lassen zu können. Keine Panik auf der Titanic.

Pawel ließ das Besteck auf den Teller fallen und hob das Fläschchen hoch, um den Kümmel mit einem Zug auszutrinken, ehe er sich in den Sessel zurückfallen ließ.

Bevor er zahlte, fragte er den Kellner, der gleichzeitig der Barkeeper war, ob er wisse, was ein French 75 sei.

»Ein was?«

»Ein Cocktail auf Ginbasis.«

»Cocktails hatten wir in der Berufsschule noch nicht. Da müssen wir erst warten, bis alle bei uns volljährig sind.«

Enttäuscht rundete Pawel auf zwanzig Euro auf und machte, dass er vom Lächeln des Jungen wegkam. War das wirklich ein Homosexueller? Hatte Pawel nicht schon oft festgestellt, dass sich die Männerwelt auf dem Land irgendwie verändert hatte, während er auf See gewesen war? Insgesamt wirkten die jüngeren Männer auf ihn femininer als früher. Klar, sie mussten ja auch kaum noch körperlich arbeiten, und neue Studien hatten sowieso bewiesen, dass sich die Pubertät heute bis Mitte zwanzig hinzog. Die Menschen wurden nicht nur älter, sie wurden auch viel später erwachsen.

Der Privatdetektiv kämpfte sich durch den Sturm zurück zum Auto, und während er die Tür aufschloss, ging ihm eine Weisheit nicht mehr aus dem Kopf, die ihm einst der Kapitän der »Rimbaud« mitgegeben hatte: *Wer den Sturm abreitet, sollte keine Eile haben.*

ZWEITER TEIL

V.

Bevor Tina Schneider zu ihrem Siebenjährigen ins Kinderzimmer ging, um zu sehen, ob er zugedeckt war, schaltete sie den Fernseher aus und kippte im Wohnzimmer das Fenster an. Halb eins war es, als sie leise die Tür öffnete und das Gesicht ihres Sohnes im Licht der Straßenlaternen schimmern sah. Hinter den Lidern bewegten sich die Pupillen, Björn träumte. Er verarbeitete, was er den Tag über erlebt hatte. Tina erschrak, als ihr klar wurde, dass sie nicht wusste, was ihren Sohn gerade beschäftigte. Dabei hatte sie doch an der Heckscheibe ihres Autos einen provozierenden Aufkleber: *Haben Sie heute schon Ihr Kind umarmt?*

Hatte sie nicht.

Tina ging zum Kinderbett und strich ihrem Sohn über die unbändig wachsenden Haare. Schon wieder waren acht Euro neunzig für den Friseur fällig. Tina lächelte und verließ das Kinderzimmer, um nach einem langen Arbeitstag endlich ins Bett zu gehen.

Sie fühlte sich wohl hier, in ihrer Geburtstadt, in der sie immer geblieben war. Sie hätte nicht sagen können, warum sie nie den Gedanken gehabt hatte, wegzugehen, aber das brauchte sie ja auch nicht. Rostock war weitläufig genug. Im Neubauviertel, fast schon wie ein Dorf in der Stadt, war sie heimisch geworden, und wenn sie zur ihrer Buchhandlung am Ulmenmarkt fuhr, dann war sie mitten in einer Großstadt. Heute brachten Touristen Sprachfetzen aus den unterschiedlichsten Ländern in die Seestadt, und Tina hatte sogar zwei japanische Reiseführer im Sortiment! Vielleicht gefiel ihr gerade diese große Unentschiedenheit, von der Rostock so profitierte. Da war das quirlige

Zentrum und da waren die dörflichen Wohnsiedlungen, aber da waren auch die Meeresstille und das Meeresrauschen von Warnemünde. Man konnte mit dem Fahrrad am Ufer entlang bis nach Wismar fahren, wenn man es schaffte! Oder ostwärts bis auf den Darß. Und dann diese Einwohner! Auch wenn sehr viele Rostocker in der weiten Welt verstreut waren, es waren noch genug geblieben. Tina war Mitglied von drei Stammtischen, und wenn die drei obligatorischen Biergläser gelehrt waren, denn eigentlich wollte man niemals mehr trinken, blieb man doch sitzen. Dann ging es wieder um die vielen und guten Geschäftsideen, die in Rostock ausgebrütet wurden. Und keiner der Zuhörer lachte, immer war man neugierig, als wäre Rostock nach wie vor ein kaufmännisches Zentrum wie zu Zeiten der Hanse. Ob ihnen das im Blut lag? Das Bewusstsein, mit fast allem Geld verdienen zu können, wenn es nur verwirklicht wurde? Tina lächelte, als sie sich an den letzten Stammtisch im Café Kiwi erinnerte. Ein Journalist, der davon lebte, für eine Wochenzeitschrift eine Kolumne zu schreiben, wollte ein Drehbuch für einen Historienfilm schreiben, der in Rostock spielte. Er hätte einen Kontakt zu einer Agentin in Hamburg, die ein Büro in Hollywood habe, hatte er gesagt. Sofort wurden die Biergläser weggeräumt, ein Blatt Papier auf den Tisch gelegt, und los ging es mit der Liste, was alles unbedingt in dem Film zu sehen sein müsse. Zum Glück für Tina hielt auch die Sucht nach Lesestoff an. Die Leute kauften Bücher, fast wahllos und immer dankbar, wenn sie ihnen als Chefin der Buchhandlung einen Tipp geben konnte.

Sie schaltete die Nachttischlampe an, zog das Kopfkissen zurecht, lehnte sich gegen die Wand und schlug einen neuen Krimi auf, der noch gar nicht im Handel war. *Leseexemplar, bitte nicht vor der Buchmesse besprechen* war auf der dritten Seite aufgestempelt. Und darunter: *Nicht zum Verkauf bestimmt.*

In der letzten Saison war der Autor zum härtesten Thrillerautor im deutschsprachigen Raum gekürt worden, doch in diesem neuen Roman hatte es im ganzen ersten Teil keine einzige

Leiche gegeben. Tina ließ die Seiten über den Daumen schnippen. Was sollte das noch werden? Jetzt war sie schon im fünften Kapitel! Nicht mal eine Misshandlung oder eine Schlägerei oder ein Diebstahl. Kapitel fünf! Teil zwei!

Tina Schneider schlug das Buch zu, ohne auch nur einen einzigen Absatz gelesen zu haben, und schaltete das Licht aus. Sie drehte sich auf die Seite und schloss die Augen.

Tina ahnte nicht, dass es das vorletzte Mal war.

Den Neubaublock fand er schnell. Tim Leidger kannte sich im Rostocker Stadtteil Lichtenhagen gut aus. Als sie ihm am Telefon endlich ihre Adresse gesagt hatte, war er froh gewesen, nicht so weit fahren zu müssen. Als Call-Center-Agent wusste er ja nie, wo er anrief und mit wem er telefonierte, und daher hatte er gegrinst, als Tina Schneider ihm nach einigem Zögern ihre Anschrift gegeben hatte, angeblich, damit er ihr Werbeprospekte und Fragelisten eines Vereins zuschicken konnte, die sie dann bewerten sollte.

Er schloss das Fahrrad an eine Laterne und stellte sich gegenüber vom Eingang unter das Vordach der Hausnummer fünfzehn. Auf seiner Uhr war es kurz nach halb zwei. Alle Fenster des Neubaublocks waren dunkel. In der Ferne johlten ein paar Betrunkene, vielleicht Jugendliche, die nicht nach Hause wollten. Teenager, die endlich ihre Erfahrungen machen wollten, aber nicht wussten, wie und womit. Halbwüchsige, die nur einen Zeitpunkt kannten: Jetzt! Jungs also, denen der Vater fehlte. Tim nickte und schloss für einen Moment die Augen, während er dachte: *Es gibt zuviel Elend auf der Welt.*

Laut Klingelschild wohnte sie in der dritten Etage. Rechts. Dort sah er eines der Fenster angekippt.

Tim zog sich die Kapuze über, zurrte sie am Hals fest und schloss die Klettverschlüsse an den Fuß- und Handgelenken, bevor er die ersten Sauger an die Wand drückte, mit deren Hilfe er wenig später die Fassade hinaufkletterte. Die beiden letzten

Sauger platzierte er links vom Fenster und verband sie mit einem kurzen Stahlseil, unter das er den linken Arm schob, um so einen Halt zu bekommen. Den rechten Fuß hatte er schon auf dem blechernen Fensterbrett, als er durch den Fensterspalt griff, gegen die Metallschiene drückte, die das Fenster am Rahmen hielt, und wenig später die beiden Schrauben der Schiene mit einem Spezialschraubendreher löste.

Er atmete durch den Mund, um auf fremde Geräusche achten zu können. Als kurz darauf das Fenster nach innen fiel, fing er es routiniert auf. So hatte er es sich vorgestellt, so hatte er es am eigenen Fenster trainiert.

Er stand auf dem Fensterbrett, hielt das Fenster noch immer in der Hand, ging in die Hocke und legte es ab, als es Halt auf dem inneren Fensterbrett gefunden hatte. Ruhig stieg er ins Wohnzimmer, fing das Fenster auf, das gerade mit einem Krachen aus der Halterung zu brechen drohte, und lehnte es zurück gegen den Rahmen, um die beiden Schrauben wieder festzudrehen. Als er fertig war, sah er sich das Werk zufrieden an. Es war unmöglich festzustellen, dass hier eingebrochen worden war, und wenn er nachher durch die Wohnungstür verschwand, würden diese Amateure von Kriminalisten erneut glauben, das Opfer habe seinen Mörder gekannt, es habe ihn persönlich hineingelassen. Sollten sie doch.

Er wischte sich mit dem behandschuhten Handrücken über die trockenen Lippen und setzte sich auf die Couch. Die Standby-Diode des Fernsehers leuchtete rot. Er stellte fest, dass Tina Schneider zuletzt VOX gesehen hatte.

Tina schreckte aus dem Schlaf hoch, unsicher. Hatte sie etwas geweckt oder war es nur ein Albtraum gewesen? Sie hob ein wenig den Kopf, um mit beiden Ohren zu lauschen, hielt den Atem an, hörte aber nichts.

Ihr war kalt geworden, obwohl sie gut zugedeckt war. Als sie sich umdrehte, sah sie, dass die Schlafzimmertür offen stand.

War es deswegen so kalt im Zimmer? War Björn hier gewesen? Neben ihr lag er jedenfalls nicht. Sie ließ den Kopf aufs Kissen zurückfallen und schloss wieder die Augen. Tina ahnte nicht, dass sie sie nie wieder öffnen würde.

Er inspizierte den Kühlschrank, fand vor allem kindgerechte Lebensmittel, warf einen Blick ins Kinderzimmer und befand sich wenig später am Tatort. Tina Schneider schlief ruhig. Haare waren ihr ins Gesicht gefallen. Sie lag auf der Seite, die Hände unter der Zudecke. Er lüftete die Decke, fand ihre Hände zwischen den Schenkeln und ließ sie wieder fallen.

Tim schüttelte den Kopf. Diesem Schicksal hätte sie entgehen können! Sehr leise seufzte er auf, dann ärgerte er sich, weil Tina Schneider falsch dalag. Er musste warten, bis sie sich umdrehte, das Gesicht auf der anderen Seite, zur Mitte des Ehebettes hin.

Unmöglich konnte er ihr die Kehle durchschneiden und gleichzeitig in ihr Gesicht sehen. Das konnte niemand. Er konnte aber auch nicht aufs Bett klettern, weil die Matratze so weich war. Ihm blieb nichts anderes übrig, als abzuwarten.

Ein Mensch drehte sich durchschnittlich siebenhundertsechsundzwanzig Mal in einer Nacht hin und her, das wusste er. Es konnte also nicht lange dauern. Würde sie sich bäuchlings hinlegen, wäre das auch nicht weiter schlimm, meinte er.

Nur rücklings ginge gar nicht.

Groß kam Tina Schneider sich vor, stark, begehrte sie doch dieser ungewöhnliche Mann. Nackt stand sie vor ihm und spürte seine wollüstigen Blicke auf der Haut. Er streichelte ihr mit den Augen über die Brüste, die anschwollen und an den Spitzen steif und hart wurden. Tina ging zu ihm, der auf einem Hocker saß, der jede Frau dieses Planeten haben konnte, sich aber für sie entschieden hatte, ganz allein für sie! Tina sank auf die Knie und öffnete die Hose des Mannes, packte die Genitalien wie ein Geschenk aus. Immer wieder lächelte sie zu ihm hoch, während sie zärtlich die Eichel küsste und leckte, erschauerte über die strenge Miene, in der sich nichts regte. Sie wollte sein bezauberndes Gesicht von Liebe durchdrungen über sich haben und genoss es herzzerreißend, als ihr das im letzten Traum auch gelang.

Er wischte das Messer am Kopfkissenbezug ab und legte ihr langes Haare über die Kehle, aus der das Blut ins Bett quoll. Dann zog er die Bettdecke ganz über ihren Kopf, steckte das Messer ein, holte aus dem Wohnzimmer Tinas Handy und verließ wenig später die Dreizimmerwohnung durch die Tür. Von außen drückte er mit dem Schlüssel den Schnapper weg, um die Tür lautlos zu schließen.

Während er die Treppe hinunterstieg, tippte er auf ihrem Handy eine SMS an die Eins-Eins-Null: *Bin soeben ermordet worden. Im Kinderzimmer schläft mein Sohn. Bitte seien Sie leise, wenn Sie hereinkommen. Der Schlüssel ist im Briefkasten.*

Unten warf er den Schlüssel in den Kasten, auf dem »Tina & Björn Schneider« stand, schickte die Kurzmitteilung ab, ließ auch das Handy in den Briefkasten gleiten und ging auf die Straße.

An der Hauswand zog er an den beiden Sehnen, mit denen die Sauger verbunden waren. Sie lösten sich und fielen auf den weichen Erdboden. Er sammelte sie auf, verstaute sie im Plastikbeutel, zog sich die Handschuhe ab und warf sie ebenfalls in den Beutel, während er zu seinem Fahrrad ging, um es vom Laternenmast abzuschließen. Er behielt die Kapuze noch eine Weile auf und radelte durch die stille Nacht einer der kleinsten Großstädte Deutschlands.

Auf der Stadtautobahn kamen ihm zwei Polizeiwagen mit Blaulicht aber ohne Sirene entgegen. Die Beamten wussten von den Verbrechen an anderen Orten, dass diese Kurzmitteilung kein Scherz war, das BKA hatte dieses Detail nicht an die Öffentlichkeit weitergegeben, und Tim hatte auch keinen Grund dazu gehabt. Er fuhr auf dem Radweg und unterdrückte den Impuls, hochzusehen.

Als er sein Fahrrad in den Keller einschloss und mit dem Fahrstuhl zu seiner Eineinhalbzimmerwohnung fuhr, sah er sich im Spiegel des Lifts an. Wieder fragte er sich: *Wie viele denn noch, bis sich endlich etwas ändert?*

Tim band die Kapuzenbänder auf, löste die Klettverschlüsse, stieg in der dreizehnten Etage aus und zog in seiner Wohnung die Stromkabel der Radios und des Fernsehers heraus. Morgen wollte er gar nichts tun, nahm er sich vor. Er wollte einfach im Bett bleiben und einen guten Krimi lesen. Er sah kurz in das Buch, das er von Tina Schneiders Nachttisch mitgenommen hatte, ehe er im acht Quadratmeter großen Schlafzimmer die Jalousien herunterließ, sich in der Dunkelheit auszog, sich zudeckte und Ohropax in die Gehörgänge drückte, nachdem er sie in der Hand aufgewärmt hatte. Er schaltete die Nachttischlampe an, drehte sich auf die Seite zur Wand hin und las im Thriller dort weiter, wo Tina Schneider aufgehört hatte. Teil zwei, Kapitel sechs.

VI.

Stuttgart wurde zum goldenen Ei, und als der Flieger durch die Wolkendecke schoss, entspannte Tobias sich und öffnete die Augen. Die Plätze neben ihm waren leer, auch auf der anderen Seite der Reihe saß niemand. Er öffnete den Gurt und drehte die Luftzufuhr über sich auf. Eine knappe Stunde bis Zürich, die Sterne anderer Galaxien leuchteten in die Fenster des Billigfliegers, und Tobias schnippte nach der Blondine mit dem tiefen Ausschnitt.

Sie beugte sich zu ihm, offenbarte ihm den Ansatz üppiger Brüste, und für einen Moment vergaß der Poet sich. Er lächelte versonnen, als ein Luftloch den Busen erzittern ließ.

»Was wünschen Sie, bitte?«

»Was ich mir wünsche?«, fragte Tobias perplex zurück, ehe er sich zusammennahm. »Ein Glas Sekt, bitte.«

»Das kostet extra.«

»Ich habe diesen Flieger nicht aus Geldnot gebucht. Ich habe ihn lediglich aus Zeitnot genommen.«

»Darf es zum Sekt noch etwas zum Naschen sein?« Sie zeigte eisweiße Zähne zwischen feurigroten Lippen, und Tobias nickte.

»Etwas Süßes?«

»Ja«, flüsterte der Poet und fügte hinzu: »Kallipyge übersetzt man wörtlich mit ›die mit dem schönen Hintern‹.«

»Sit reverentia pueris«, sagte sie. »Knaben ist man Respekt schuldig. Seume.«

»Ich bin begeistert. Sie sind keine Vollzeitbedienung?«

»Nur in den Semesterferien.«

»Sie wollen also einmal Knaben und Teenager zur Verzweiflung bringen«, sagte Tobias. »Sie sollen lernen, sehen aber nur Sie. Und Ihre verteufelt schönen Brüste. So eine Lehrerin habe ich auch gehabt. Wissen Sie, sie hatte sich die Muschihaare zu einem Blitz rasiert, war das geil damals!« Er lächelte.

»Ich bringe Ihnen den Sekt.«

»Ich habe auch Prickelndes dabei, falls Sie wollen?«

Tobias lehnte sich auf den Gang hinaus und tatsächlich, er hatte richtig gelegen! Eine Kallipyge wie sie in keinem Buche stand! Er grinste, als sie sich umdrehte: Sie wollte also.

Er hatte seine Kallipyge mit hochgeschobenem Rock und zerrissenem Slip zurückgelassen, ihr glänzendes Gesicht im Spiegel über dem Waschbecken der Nasszelle, kurz nachdem das Prickelnde sie vereint hatte.

Bevor er die Tür geöffnet hatte, hatte er ihr zwei kräftige Hiebe auf den Hintern gegeben, der ihm auch jetzt noch einfach zu schön, zu vollkommen und zu graziös erschien, als er wieder saß und sie an ihm vorbei nach vorne ging. *Ganz ohne Höschen unterm Dienstrock,* dachte er. *Werde nur niemals Mutter, Kallipyge.* Dann verlor er sich in Erinnerungen an das Spiel von Licht und Farben über der Ostsee. Wenn die Sonne die See berührt, in ihr eintaucht, sie zum Kräuseln bringt und mit einem Flackern ganz in ihr verschwindet. Es bleiben Farben, die sich mischen und mehr und mehr in der Tiefe der Klarheit verwässern. Ein Flächenbrand der Lust, der keine Grenzen kennt. Wie rot die beiden jedes Mal werden, wenn sie sich berühren!

Er schrak auf, als der Flieger ruckelnd zum Stehen kam. Tobias blieb sitzen, bis sich die letzten Gäste zum Ausgang schoben. Erst dann stand er auf und streichelte der Studentin beim Rausgehen heimlich die Scham. Das hätte ihm vor drei Jahren mal einer sagen sollen, dass er bald ein so merkwürdiges Leben führen würde, das ihm erlaubte, seine Gedanken zu Gefühlen zu machen.

VII.

Sein Herz schien die Rippen sprengen zu wollen, mit feuchten Fingern tastete er in der Finsternis nach seinem Handy, drückte einen Knopf, ließ sich vom blauen Licht blenden, ehe er die Anzeige auf dem Display zur Kenntnis nahm. Kein Empfang. Zum hundertsten Mal polterte es in dieser Nacht auf dem Holzdach der uralten Berghütte, und noch tausendmal konnte er sich sagen, dass das nur ein Dachs war, vielleicht auch ein Waschbär oder ein Igel, es half nichts. Dieses Tier verbreitete Geräusche in dieser Nacht, die den jungen Lyriker erschauern ließen. Tobias versuchte erst gar nicht, wieder einzuschlafen. Er lehnte sich gegen das Kopfende des Bettes, zog die Beine an und starrte vor sich hin. Lauschte auf das Nagen, das Schlagen und das Kriechen, unfähig, sich aus dieser bedrohlichen Einsamkeit zu befreien.

Erst gegen Morgen war das wilde Tier mit einem lauten Poltern vom Dach auf die Terrasse und von dort auf die Wiese gesprungen, um zu verschwinden. Tobias hatte auf seinen Herzrhythmus geachtet, der sich schließlich normalisiert hatte. Der junge Lyriker hatte sich ausgestreckt und war bäuchlings im Schutz der ersten Sonnenstrahlen, die in seine Kammer schienen, eingeschlafen.

Als er nach unten in die Küche kam, Holzscheite in das Herdloch stapelte, Zeitungspapier dazwischenschob und es mit einem Streichholz anzündete, bemerkte er, dass er sein Handy oben gelassen hatte.

Er setzte sich an den krummen, aus Stämmen gezimmerten Tisch, der im Laufe der Jahrhunderte ganz schwarz geworden war, und spürte, wie sich die kleine Küche schnell erwärmte. Vor zweihundert Jahren hatte die Hütte Schweizer Schäfern als Behausung gedient, die hier Käse hergestellt hatten. Diese Männer waren ein dreiviertel Jahr hier oben geblieben, ohne sich gegenseitig zu töten. Tobias bewunderte das.

Das nächste Dorf lag dreihundert Höhenmeter weiter unten. Dort befand sich die Endstation einer Seilbahn, die in eine kleinere Stadt führte, doch hier oben schlängelte sich nur ein Pfad an der Hütte vorbei, auf dem nur selten ein Wanderpärchen entlangkam, das sich dann aber ungefragt auf die Bank an der Hüttenwand setzte. Tobias hatte Verpackungsmüll gefunden, nachdem er auf den Bergkamm gestiegen war, der sich zweihundert Meter höher befand, und ihn entsorgt.

Quer durch Kuhherden war er zuerst marschiert, dann war er in einen leichten Dauerlauf verfallen, weil er die Steigung so besser bewältigen konnte. Vom Kamm hatte er über ein weites Tal mit Fluss und Stadt geblickt, hinter dem sich eine Gebirgskette befand, deren Gipfel eisweiß und weltberühmt waren. *Ruhm*, der junge Lyriker schmunzelte, *was war schon Ruhm ohne Image?*

Tobias stand auf, machte die Herdtür zu und dachte an das Buch »Keiner kommt hier lebend raus«, in dem es um die amerikanische Rockband The Doors ging und in dem der Sänger zitiert worden war: »Mit einem Image kann dir nichts passieren. J. M.«

Tobias nickte seinem Spiegelbild zu, das sich über der Spüle befand, ließ Wasser in einen Kessel und stellte ihn auf eine der schmiedeeisernen Herdplatten, bevor er zur Küchentür ging, die auf die Terrasse führte. Erst bollerte er gegen das Holz, um die wilden Tiere zu vertreiben, dann öffnete er die schwere Eichentür. Als nächstes stieß er die Haustür weit auf, schaltete das Licht in der Küche aus und ging hinaus, um die Fensterläden des Küchenfensters von außen zu öffnen. Er blickte auf den Tisch, an dem er gerade noch gesessen hatte, drehte sich um, legte die Hände auf die Brüstung der Terrasse und sah über eine weite Wiese, die von Baumreihen begrenzt wurde, deren Wipfel bis auf seine Augenhöhe reichten. Über diesen Bäumen kreisten schon wieder zwei Falken. Oder Habichte? Bussarde? Tobias hörte ihr Kreischen, das kleinere Vögel und Säugetiere aufschrecken sollte. Der junge Lyriker schüttelte den Kopf und sagte leise: »Was gestern schon nicht geklappt hat, das klappt auch heute nicht.«

Als hätten die Raubvögel es gehört, drehten sie ab, doch was sie wirklich vertrieb, das scheuchte auch Tobias zurück in die Küche. Er nahm den pfeifenden Wasserkessel vom Herd und goss sich einen Kaffee auf. Krümelkaffee, weil er weder Papierfilter noch Porzellanfilter gefunden hatte. Eine Kaffeemaschine oder ein Espressotopf schon gar nicht. Krümelkaffee! Tobias rührte ihn um, wartete bis er sich gesetzt hatte und ging mit der Tasse auf die Terrasse zurück. Als würde die Welt nicht wissen, dass er einen solch zubereiteten Kaffee hasste! Sie sollte sich bloß nicht so dämlich anstellten, diese bekloppte Menschheit! Als hätte er nicht extra das Gedicht *In schwarzen Wassern der Mütter verbrennen die Söhne zu Krümeln* verfasst!

Zu ihren Lebzeiten hatte seine Mutter den Kaffee immer so getrunken, und er hatte später mehr als nur angedeutet, dass alles, was seine Mutter gesagt oder getan hatte, seelengrund schlecht gewesen war. Seine ersten Gedichte sprachen da doch Bände. Und nun? Nun lud ihn die Menschheit hier ab und verweigerte ihm einen simplen Kaffeefilter!

Er pustete und ekelte sich vor dem Schluck, den er trank. Dann sah er in die Sonne, die sich von links ums Haus schlich. Eine Woche war er nun schon hier. Hauste in dieser größten Einsamkeit als Stipendiat des Schweizerischen Schriftstellerverbandes und ärgerte sich einmal mehr darüber, dass einem Schriftsteller bevorzugt dann Stipendiengeld gegeben wurde, damit er aus dem Leben der Gesellschaft verschwand. Was war das für eine Menschheit, die ihre Autoren und Lyriker zu wilden Tieren schickte, um sie zu entfremden? Auszuwildern!

Noch hatte er fast vier Monate Gefängnis in der freien Wildbahn vor sich, entschädigt mit fünftausend Schweizer Franken, Tobias wusste ja, es gab Schlimmeres. Und weil er nun mal dafür bezahlt wurde, stand er nach dem Trinken des verhassten und geliebten Kaffees auch artig auf und machte sich daran, weiter an dem Gedicht zu arbeiten, das er vor Tagen begonnen hatte. Es lag handgeschrieben auf dem Küchentisch und passte auf drei Seiten Papier. Die erste Strophe war drei Zeilen lang, die folgenden neun vier, und zwischen der siebten und achten Strophe hatte er ein AH eingefügt; sein Markenzeichen, es fand sich in jedem seiner Gedichte. Dieses ahnungsschwangere AH war sein Beitrag zur Weltliteraturgeschichte. So wurde selbst eine Nachdichtung zu einer Eigenkreation.

Tobias schlug als Geste der Freundschaft auf die Gedichte jener Lyriker ein, die von ihren Müttern in den Selbstmord getrieben worden waren. Er hatte festgestellt, fast alle Lyriker waren von ihren hartherzigen Müttern mit Verweigerung gequält worden. So hatte er zu seinen Leidensgenossen gefunden: Hölderlin, Schiller, Nietzsche, Verlaine, Rimbaud, Jessenin, Majakowski, Büchner, Rilke, und wo waren Hemingways Gedichte geblieben?

Tobias holte die mechanische Schreibmaschine in die Küche, die er den Berg hochgeschleppt hatte, und zelebrierte das Abtippen seiner Nachdichtung, indem er immer nur den linken Mittelfinger benutzte, um der werten Leserschaft zu zeigen, was er wirklich von ihr hielt:

Schwestern der Barmherzigkeit

Heißhungrig die Schönen: Dieser Gegenstand von kleinen Zwanzig
Dieser Augenglanz fernöstlich. Diese opiumsüße Haut. Sollte nackt er
und von – von Kalifen angebetet schreiten?

Ungestüm, mit reizend reinen, dunklen, feuchten Süßigkeiten
Hochmütig, all den ersten, eignen Sturheiten vertrauend
gleich unreifen Meeren. Augensalz in Sommernächten
Heimbringend die Diamanten auf ihre Lagerstätten

Dieser junge Mann erhofft sich
vom Sensenspiel der Abscheulichkeit vernarbt
von Krokodilschwanzschlägen auf sein Herz verärgert
Berührt zu werden von den Schwestern der Barmherzigkeit
– niemals!

Stures Glotzen aufgesetzter Kuhaugen
Jede Umarmung eine Frage
dien ich dir als Höllenstück, Brustträgerin
bin ich dir Kindheit, verzerrende oder gewinnende Glut?

Dein Hass, deine ewige Kälte, deine harten Worte, deine Ohnmachten
brandmarkten mich – einst
Du gibst alles zurück, dennoch ohne bösen Willen
gleichsam einer Ausschreitung monatlicher Blutergüsse

Euer Wurf ein Drängen, ein Grauen, eine Liebhaberei
euer Anrufen der Lebenskraft, der grünen Musen
euer Marschlied der Lebendigkeit, eifriges Gerechtigen –
zerreißen eure erhabenen Zwangsvorstellungen, Mutter

AH.

Unaufhörlich durstig des Herrlichen und des Gelassenen
Verlassen von zwei Gleichgeborenen, Heulsusen
Unbeachtet die zärtliche Liebe nach Wissenschaft
Die Blüte am Tor des Weltalls: sein blutiges Gesicht

Allein, der Viertelton der Alchimie und des Studierens
stößt ab Verwundete. Dunkler, gut unterrichteter Stolz
Er soll gehen, der Sohn
dann jetzt und immer, dann stets und edel, dann ohne Abscheu

Möge er haben weite Absichten, Träume und maßfreie Lieder
quer durch Nächte der Wirklichkeit
Mögest du rufen seinen Geist, seine kranken Glieder
Oh Rätsel der Vernichtung, oh Schwester der Barmherzigkeit

In Maloja hatte Tobias einen guten Graubündner zu sich genommen. Dazu hatte er sich einen Salat machen lassen. Beim Verlassen des kleinen Bergdorfes nahe der italienischen Grenze sah er am Ortsausgang noch einmal zum Piz Longhin hinüber, hinter dem gerade die Sonne mit einem betörenden Alpenglühen versank. Ehe Tobias sich auf den steilen Anstieg zur Segantini-Hütte begab, zweitausendsiebenhunderteinunddreißig Meter über dem Meeresspiegel, zog er noch einmal die Schnürsenkel seiner Stiefel nach.

Er wanderte durch das Engadin, von Hütte zu Hütte, um Menschen um sich herum zu haben. Er mochte es sich nicht eingestehen, aber wenn er ehrlich war, musste er zugeben, dass das wilde Tier, das Nacht für Nacht versuchte, durch das Dach der Hütte zu kommen, ihn vertrieben hatte. Lieber nächtigte er unter Touristen und einheimischen Wanderern, als auch nur noch eine einzige Nacht in der wilden Einsamkeit zu verbringen. Tobias war schon ein paar Tage unterwegs, von seinem gepflegten Äußeren war nicht mehr viel übrig, aber er freute sich, auch heute Abend wieder unter einfachen Leuten zu sein, mit ihnen an einem Lagerfeuer ein paar Biere zu trinken, um dann mit einem Ferienlagergefühl in einen Schlafsaal zu gehen, den sie alle mit dem ersten Hahnenschrei schon wieder verließen. Zuvor würden sie sich unter einer Pumpe mit kaltem Schmelzwasser waschen, unter freiem Himmel. Tobias begann, Nietzsche zu verstehen, der hier glücklich gewesen war. Niemand hier kannte Tobias Siegfried März, hier war er einfach nur ein deutscher Student, der Liebeskummer hatte.

Tobias war nicht überrascht, als er auf zweitausendfünfhundert Metern über Null eine Herde Steinböcke sah, die auf einem sonnigen Abhang Gras unter Geröll hervorzog. Die Tiere waren etwa einen halben Kilometer entfernt, aber Tobias konnte ihre langen Hörner gut ausmachen. Zwischen ihnen und ihm lag eine schmale aber steile Schlucht – ob sie die überspringen könnten?

»Natürlich«, antwortete Tobias sich, der mittlerweile zu einem Spezialisten für die alpine Bergwelt geworden war. Die letzten Meter bis zur Hütte absolvierte der Poet betont langsam, hatte er doch auch gelernt, dass die Pause der wichtigste Teil eines Anstieges war. Im Schatten der Berghütte sah er zum Piz Palü, zum Piz Bellavista und zum Piz Bernina hinüber. Letzterer war viertausendneunundvierzig Meter hoch und von ewigem Eis bedeckt. Tobias wollte sein neues Gedicht *Ewiges Eis* nennen.

Und wiederkommen wollte er auch, auch wenn er sein Stipendium in den Bergen jetzt abbrechen musste.

VIII.

Pawel Höchst schlich aus dem Zimmer, während sich Susanne noch im Schlaf hin und her wälzte, und ging hinunter in die Küche. Er hatte gestern Abend das Haus erst betreten, nachdem seine Frau das Schlafzimmerlicht ausgeschaltet hatte. Der Wecker seiner Armbanduhr hatte ihn geweckt, den er gestellt hatte, um sicher zu gehen, dass er vor ihr wach wurde und sie ihn nicht sah.

Bei Wortgefechten mit Frauen konnte ein Mann nicht gewinnen, meinte Pawel, er könnte höchstens ein Patt schaffen. Dem Mann fehlte es einfach am Trieb, verbal zu verletzen. Wurde er in die Enge getrieben, verletzte er lieber nonverbal. Es gab für ihn nur eine Notwehr gegen Sätze, denn Sätze waren oftmals Schwerter. Diese Notwehr bestand aus Schweigen und dem Sprechen mit den Händen.

Verletzen, genau das wollte er ihr aber nicht antun. Also konnte reden zu einer verdammt gefährlichen Sache werden. Pawel hatte diese Erkenntnis immer wieder aus den Mündern der Hochseefischer gehört. Seine ehemaligen Kollegen hatten verzweifelt geklungen, und sie waren verzweifelt gewesen. Die Männer hatten sich auf den Fischtrawlern im Schweigen trainiert, und sie waren der ewig palavernden See dankbar gewesen, verstummen zu können. Pawel wusste, warum der Mann die See liebte.

Er ging mit seinen Klamotten unterm Arm die Wendeltreppe hinunter, nachdem er einen Blick ins Zimmer seiner Zwillinge geworfen hatte. Die Jungs schliefen, und einen langen Moment konnte der Vater sich nicht vom Anblick der beiden Fünfjährigen losreißen, doch dann schloss er geräuschlos die Tür.

Als er nun den Kühlschrank schloss, den Fernseher einschaltete und einen langen Schluck aus der Milchflasche nahm, hörte er es. Doch erst als er die Augen aufriss und zusah, wie Tina Schneiders Leiche abtransportiert wurde, zersprang die Milchflasche auf den Küchenfliesen. Was war da denn los? Pawel hielt den Atem an.

»Wie VOX soeben erfährt, hat das Opfer als Letztes eine Sendung unseres Senders gesehen. VOX ist sehr betroffen über den Tod von Tina S. VOX richtet eine Spendenhotline für Opfer von Gewaltdelikten ein.«

Der Privatdetektiv starrte auf das fröhliche Gesicht seiner Klientin. Ein Foto aus Schulzeittagen. Er sah auf die weiße Lache zu seinen Füßen, bemerkte die vielen Splitter, schaltete den Fernseher aus und ging in die Nische des Wohnzimmers, in der ein Computer stand, mit dem seine Frau die Rechnungen für ihren Näh- und Waschservice schrieb. Er schaltete ihn ein und las wenig später im Internet unter der Rubrik Topmeldung:

Der Meistermörder hat nun in Rostock zugeschlagen. Die Kriminalpolizei dementiert aber noch einen Zusammenhang zu den anderen vierzehn Frauenmorden, die Deutschland bislang in Atem gehalten haben. Man vermutet offiziell einen Trittbrettfahrer aus dem familiären Umfeld, wollte aber nicht weiter darauf eingehen. Die Tote war so schnell gefunden worden, weil die Polizei informiert worden war. Keine zwei Stunden nach der Tat hat die Polizei die Seestadt Rostock abgeriegelt. Jedes Auto wird durchsucht, ebenso jedes auslaufende Schiff. Kein Flugzeug hat seither von Rostock-Laage abgehoben. Der Meistermörder sitzt in der Falle, wenn er doch mit diesem Mord zu tun hat. Es existiert zwar kein Fahndungsbild, aber es wird mit allen Kräften nach auffälligen Personen gesucht. Parallel wird das nähere Umfeld der Toten durchleuchtet, die Polizei ermittelt in alle Richtungen. Kann Deutschland aufatmen?

Noch keine zwei Stunden? Pawel schaltete den PC wieder aus und befand sich wenig später auf dem Weg zum Tatort. Er heizte den alten Peugeot durch die Nacht, von der See her stürmte der Wind ihm entgegen, türmte Wolken auf, aus denen immer wieder Regenschauer quer kamen. Nirgends ein Stern.

Pawel schaltete die Blendscheinwerfer ein und raste über die Stadtautobahn Richtung Norden. Auf der anderen Fahrbahn sah er drei Straßensperren, kurz hintereinander, und in den Ortsteil Lichtenhagen kam er mit dem Auto erst gar nicht hinein. Wenn, dann aber richtig, so hieß es hier doch oft.

Der Detektiv stellte den Wagen auf einem Behindertenparkplatz ab und lief durchs Neubauviertel. Die Blaulichter waren weithin sichtbar und ein Helikopter tastete mit riesigen Lichtfingern die Innenhöfe der verwinkelten Bauten ab. Aus den vielen Hochhäusern kamen immer mehr neugierige Bewohner. Niemand achtete auf Pawel Höchst, der sich durch die Menschenmengen drängte.

»Wie damals mit die ganzen Fitschies«, hörte er einen alten Mann sagen, den er überholte. »Das gibt wieder Ärger! Wenn, dann richtig!«

Hier war Pawel vor zwölf Stunden schon einmal gewesen. Vor diesem Klingelschild hatte er schon einmal gestanden. Er war diese Stufen schon einmal hochgestiegen. Das alles begriff er jetzt erst so richtig. Pawel wollte in die Wohnung von Tina, aber ein Uniformierter versperrte ihm den Weg: »Woher kommen Sie? Haben Sie unten die Sperre durchbrochen? Sind Sie ein Nachbar? Woher kommen Sie? Wer sind Sie? Weisen Sie sich aus!«

»Melden Sie mich dem Verantwortlichen.«

»Ihr Name? Wer sind Sie?«

»Pawel Höchst, Detektiv. Sie war meine Klientin.«

Der Uniformierte sah Pawel an, als habe er gesagt, er wolle auf Pinguine schießen. »Ihre Klientin? Und dann ist sie tot? – Unterlassene Hilfeleistung? Vier bis zehn Jahre Gefängnis!«

Pawel schüttelte genervt den Kopf. »Reden Sie keinen Quatsch. Melden Sie mich, ich kann helfen.«

Wenig später stand er vor dem stellvertretenden Chef des Rostocker Kriminalkommissariats. Heinze warf einen Blick auf Pawels Ausweis, sah ihm streng in die Augen und sagte: »Pawel Höchst? Den Namen habe ich gerade schon gehört. Wir haben Ihre DNA! Sie sind bei uns wegen Körperverletzung gespeichert. Sie haben mit dem Opfer Kaffee getrunken. Warum kommen Sie an den Tatort zurück?«

»Ich komme nicht zurück, das heißt, doch, ich komme zurück. Hören Sie, ich kann helfen! – Lassen Sie mich einen Blick ins Zimmer werfen.«

»Helfen? Woher wissen Sie, dass die Tat im Schlafzimmer geschah? Sie wollen doch eher Spuren verwischen. Was haben Sie hier vergessen?«

»Gar nichts. – Ich habe ›Zimmer‹ gesagt, nicht ›Schlafzimmer‹!«

»Und woher wissen Sie, dass der Mord in einem Zimmer geschah?«

»Das weiß ich nicht. Woher soll ich das wissen?«

»Weil Sie es eben gesagt haben! Antworten Sie! Weichen Sie nicht mit Gegenfragen aus, das macht Sie nur noch mehr verdächtig!«

Pawel sah dem stellvertretenden Dienststellenleiter hart in die Augen und wiederholte: »Sie war meine Klientin, ich nehme das hier persönlich. Ich will euch helfen.«

»Helfen! – Wo waren Sie vor zwei Stunden?«

»Im Bett.«

»Das ist kein Alibi! Sie haben also kein Alibi? Habe ich das richtig verstanden?«

»Gar nichts haben Sie verstanden. Sie haben verstanden, was Sie verstehen wollten. Lassen Sie mich den Tatort inspizieren, ich kann helfen!«

»Nichts da. Pawel Höchst, ich nehme Sie wegen des Verdachts fest, Tina Schneider ermordet zu haben. Sie werden jetzt aufs Präsidium gebracht, wo Sie zu allen Vorwürfen Stellung nehmen können. Ich muss Sie aber warnen: Alles, was Sie sagen, kann und wird gegen Sie verwendet werden.«

»Bist du bescheuert?«

»Kommissar! Nehmen Sie den Mann fest und bringen Sie ihn weg. – Sorgen Sie dafür, dass die Medien gute Bilder bekommen. Die Welt soll sehen, dass wir hier in Rostock schnell arbeiten, schnell und erfolgreich!«

»Ihr Schweine! – Das ruiniert meinen Ruf!«

Für seine letzten Worte bekam Pawel vom abführenden Kommissar einen Nierenschwinger, ehe ihm die Handschellen anlegt wurden. Pawel wähnte sich in einem schlechten Krimi und fluchte. Er wurde die Treppe hinuntergestoßen, wobei er ein paar Mal gegen die Wand prallte. Er spürte, dass seine Stirn aufgeschabt war. Als er unten ankam, blutete eine der Augenbrauen, während Dutzende von Blitzlichtern auf ihn abgefeuert wurden. Fernsehkameras blendeten auf. Mikrofone schossen auf ihn zu. Pawel versuchte, sein Gesicht zu verstecken, was ihm aber nicht gelang. Fragen prasselten auf die beiden Männer ein.

»Kommissar, wer ist der Mann?«

»Ein Verdächtiger?«

»Ein Nachbar?«

»Wie haben Sie ihn so schnell festgenommen?«

»Kommissar, ein paar Worte, bitte!«

»Mein lieben Vertreter der Presse und der Medien«, sagte der Polizeibeamte. »Wir haben um vier Uhr siebenunddreißig, exakt zwei Stunden und zwanzig Minuten nach der Tat, den vermutlichen Täter festgenommen. Wie alle zwanghaft agierenden Verbrecher, kam auch dieser hier an den Ort seines abscheulichen Verbrechens zurück, um sich an den Nachwirkungen seiner Tat zu ergötzen. Wir werden in wenigen Stunden das Verhör beendet haben und können Ihnen dann mehr zu den Umständen der Tat sagen. Die Möglichkeit, dass es sich hier um den Serienkiller handelt, dem Sie den Namen Meistermörder gegeben haben, können wir zu diesem Zeitpunkt nicht ausschließen. Die Rostocker Kripo sowie das BKA bitten Sie, noch ein wenig Geduld zu haben. Es kann gut sein, dass wir hier den meistgesuchten Verbrecher Deutschlands dingfest gemacht haben. Wir arbeiten schnell, erfolgreich und präzise in Mecklenburg-Vorpommern! Bei uns können sich Einwohner und Urlauber jederzeit sicher fühlen!«

»Wer ist der Mann? Osteuropäer? Ist er ein Ausländer?«

»Nein, er hat einen deutschen Ausweis. Er wurde aber in der damaligen Sowjetunion geboren.«

Plötzlich streckte Pawels sich und sagte mit aufgerissenen Augen in die laufenden Kameras: »Ich bin Privatdetektiv. Die Tote war meine Klientin. Ich wollte der Polizei meine Hilfe anbieten. Ich bin Vater von zwei Kindern und habe im letzten Jahr ordnungsgemäß meine Steuern gezahlt. Rostock ist meine

Heimat. Bürgerrechte werden hier mit Füßen getreten! – Wie damals beim Rostocker Pogrom!«

Dann wurde sein Kopf nach unten gedrückt, ehe er sich auf der Rückbank eines Polizeiwagens wieder fand. Die Menschenmenge machte dem Polizeiauto, dessen Blaulicht eingeschaltet war, nur zögernd Platz. Viele Fäuste schlugen gegen die schusssicheren Glasscheiben. Pawel versuchte sich über seine Situation klar zu werden. Das Erste, was er begriff, war, dass er wirklich kein Alibi hatte. Susanne konnte nicht bezeugen, dass er neben ihr gelegen hatte. Ihm wurde schlecht.

Kreideweiß war er, als der Wagen auf das Gelände des Kriminalkommissariates einbog, das von außen so ungefährlich wirkte. Vor dem Kino in der Waldemarstraße stehend, hatte er sich das alte Backsteingebäude oft angesehen, während er rauchte. Als er kurz darauf in eine Zelle gestoßen wurde, konnte er das Kino sehen. Aber er hatte nichts zu rauchen.

IX.

Die Rostocker Kriminalpolizei startete in den beiden folgenden Tagen eine einzigartige Aktion. Noch niemals zuvor war in Deutschland eine solche Massenbefragung durchgeführt worden. Die heimischen Kriminalisten wurden von Beamten des LKA und ausnahmsweise sogar des BKA unterstützt. Außerdem wurde um Amtshilfe bei ausländischen Stellen gebeten, weil der Verwandten- und Bekanntenkreis von Tina Schneider viel größer war und weiter reichte als zunächst angenommen. Stundenlang wurden alle Menschen verhört, die mit Tina Schneider zu tun gehabt hatten. Die Antworten wurden sofort verglichen und ausgewertet.

Verhöre fanden außer in Rostock in Hamburg, Berlin, München, Zürich und Prag statt. Tina Schneider hatte zudem Freunde in Südfrankreich und Portugal gehabt. Via Internet wurden unzählige Datenabgleiche vorgenommen. Dabei kamen sieben Fälle von Steuerhinterziehung ans Licht und ein Missbrauch im familiären Umfeld. Jedoch fanden sich keinerlei Hinweise auf das Mordmotiv. Alle Befragungen hatten das gleiche Ergebnis: null Komma nichts.

Kein Tatmotiv. Und niemand kannte einen Pawel Höchst.

Heinze, der stellvertretende Leiter der Kripo Rostock, der die Leitung der rasch eingerichteten Sonderkommission übernommen hatte, sah seinen erschöpften Kollegen in die Gesichter. Neununddreißig Stunden lang hatte jeder von ihnen verhört, nachgefragt, provoziert und entlassen. Jetzt saßen sie alle um den nierenförmigen Tisch des Konferenzzimmers und sahen sich mit geröteten Augen an. Hohe Papierstapel lagen vor ihnen, über viele Blätter war Kaffee verschüttet worden.

Müde sagte Kommissar Treidler, der der Dienstälteste im Raum war: »Ein Satz mit x, das war wohl nix.«

Niemand lachte oder grinste auch nur.

Kommissarin Siebert, die Verbindungsfrau vom BKA, schüttelte den Kopf: »Das geht doch auf keine Kuhhaut! Die Tür war abgeschlossen, sie ist nicht gewaltsam geöffnet worden. Das Opfer hat den Täter freiwillig in die Wohnung gelassen, nachts um halb zwei! Sie müssen sich gekannt haben. Und wenn sie sich gekannt haben, dann hat Tina Schneider irgendwann mit irgendwem über diesen Mann gesprochen.«

»Sollte man glauben.«

»Hat sie aber nicht. – Nicht ein Hinweis!«

»Muss sie aber.«

Die Kripobeamten redeten durcheinander, kurze Sätze ohne Ausrufezeichen. Sie wussten nicht mehr weiter, und auch ihr Vorgesetzter schwieg. Er dachte an Kriminaldirektor Richardt, den Leiter der Rostocker Kripo, der noch zwei Tage im Urlaub war. Heinz hatte gehofft, dies könnte sein großer Fall werden. Er könnte auf der Karriereleiter einen wichtigen Schritt tun und die Position des ewigen Stellvertreters endlich hinter sich lassen. Doch damit lag er ja wohl falsch. Wie es immer so war! Bevor man einen Schritt nach vorne tat, musste man zwei zurück machen. Heinze hob den Blick und sah seine Mitarbeiter der Reihe nach an, ehe er zugab: »Kollegen, ich weiß auch nicht mehr weiter. Wir haben Steuergelder in Höhe von fast hunderttausend Euro verbraucht. Ergebnis: null! Richardt wird mir dafür den Kopf abreißen, ich schätze, ich werde bald den Verkehr regeln.«

Eine Pause entstand, bis Kommissarin Siebert ihr Unverständnis wieder in Worte packte: »Wer war dieser Bekannte oder Verwandte von Tina Schneider? Was, verdammt noch einmal, haben wir übersehen? Nicht mal der Exmann wusste etwas!«

»War es am Ende doch der Meistermörder? Haben die Medien recht? Der hat doch schon vierzehn andere Frauen ermordet. Aber den findet ja nicht einmal das BKA mit seiner Ermittlungseinheit.«

»Unwahrscheinlich, warum ausgerechnet Tina Schneider aus Rostock? Das ergibt doch keinen Sinn«, sagte Kommissarin Siebert, ohne auf die Spitze gegen ihre Zugehörigkeit zum BKA einzugehen.

»Das haben sich doch die Kollegen der anderen Dienststellen auch gefragt: Warum ausgerechnet bei uns? Dieser Serienkiller hat immer Frauen getötet, die er nicht kannte. Und ohne Mordmotiv. Wie bei uns.«

»Mit Mordmotiv, nur, dass wir alle keinen blassen Schimmer haben, was diesen Kerl antreibt! Es gibt immer ein Motiv.« Sieberts Stimme klang gepresst.

»Das stimmt.« Heinze versuchte, die Anspannung zu mildern. »Die Morde in Grimma, Pasewalk, Köln, Jever, Rothenburg, Breeskow, Jena, Nürnberg, Augsburg, Wien, Schöppingen, Schreyahn, Cismar und München wurden genauso wie unser Mord begangen. Schnitt durch die Kehle, im privaten Umfeld der Opfer, kein erkennbares Motiv, aber immer war man sich sicher, dass Mörder und Opfer sich kannten.«

»Wir haben etwas übersehen! Irgendwer hat gelogen. Das kann gar nicht anders sein.«

»Und Agatha Christie wüsste auch, wer«, sagte Heinze, und diesmal lächelten wenigstens ein paar der Beamten. »Feierabend für heute.«

Pawel Höchst saß immer noch in Untersuchungshaft und wartete auf seine Entlassung. Er hatte beschlossen, nicht mit den Polizisten zu sprechen, auch wenn er kein Alibi hatte.

Keines zu haben, hieß doch noch lange nicht, eines zu brauchen. In der heutigen Zeit wurde es sowieso immer unwahrscheinlicher, dass Leute nachvollziehbare Alibis hatten. Es gab immer mehr Singles und immer mehr Menschen, die alleine arbeiteten. Pawel glaubte ohnehin, die Suche nach einem Alibi würde bald ganz aus der Polizeiarbeit verschwinden. Wozu noch Leute befragen, wenn es DNA gab?

Er fühlte sich wie an Bord eines Fischtrawlers. Auch Seeleute waren Gefangene. Gefangene ohne Freigang. Pawel sah aus dem Fenster, fast zwei Tage war er nun schon in dieser Zelle. Wenigstens war das Essen gut. Er stand von der Pritsche auf, stellte sich mit dem Rücken gegen die Wand, streckte die Arme aus und suchte blind zwei der Gitterstäbe. Als er sie gefunden hatte, hielt er sich an ihnen fest und hob die Beine soweit er konnte. Viele Male. Danach absolvierte er sechzig Liegestütze, unterbrochen von langen Pausen. Zeit war gerade nicht sein Problem. Er sah auf die Uhr, in einer Stunde mussten sie ihn sowieso laufen lassen. Dann waren achtundvierzig Stunden vorüber. Anklage oder Freilassung. Der Privatdetektiv begann damit, Kniebeugen zu machen.

Er war nicht verwundert, als die Zellentür kurz darauf geöffnet wurde. Heinze, der stellvertretende Leiter selbst, kam zu ihm rein, reichte ihm wortlos Jackett, Schlips, Gürtel und Schuhbänder. Auch sein Handy bekam er zurück. Dreizehn Anrufe, immerhin, Pawel fädelte in aller Ruhe die Schnürsenkel in die Schuhe. Zu sagen gab es nichts, meinte er.

»Ich muss mich bei Ihnen entschuldigen«, sagte der Beamte nach einer Weile.

Pawel richtete den Schlips und nickte.

»Wir hatten endlich Zeit, Ihr Alibi zu überprüfen. Sie waren zur Tatzeit wirklich zu Hause. Im Bett. – Wie jeder anständige Kerl.«

»Tatsächlich?«, fragte Pawel. Wie konnte er denn plötzlich ein Alibi haben? Von wem? Was passierte hier? Er zog sich den Gürtel in die Hose und sagte ins Blaue hinein: »Ist doch schön, wenn man Freunde hat.«

»Wieso Freunde?«, fragte Heinze müde. »Sehen Sie Ihre Ehefrau nur als Freund? Schätze, das wird ihr nicht sonderlich gefallen.«

Susanne? Susanne hatte? Sie hatte nicht geschlafen? Pawel zuckte zusammen. Sie hatte sich in der Nacht nur schlafend gestellt? Sie hatte darauf gehofft, dass er sie ansprach? Mitten in der Nacht? Susanne!

Er hätte sie in diesem Moment küssen können. Nach all den Wochen hätte er sie in diesem Moment endlich wieder in den Arm nehmen können. Sie hatte nicht geschlafen! Sie hatte auf einen Anfang gewartet, einen echten Neuanfang, und er hatte sich heimlich die Uhr gestellt, um sich wegschleichen zu können. Pawel versuchte, sich nichts von seinen Gefühlen anmerken zu lassen, und fragte, ob er jetzt gehen könne.

Er konnte. Es war kurz vor sieben Uhr morgens.

Als er zehn Minuten später auf offener Straße sein Handy abhörte, war keine der dreizehn Nachrichten von Susanne. Was waren Frauen doch kompliziert! Wozu dieser Stress? Pawel sah auf Höhe des Pizzabringservices, vor dem ständig vier oder fünf Smarts standen, einen Blumenladen, der ihm noch nie zuvor aufgefallen war. Er ging hinein und sah sich um. Unschlüssig.

»Was darf es denn sein?«, fragte der junge Verkäufer ihn, wobei er die Hände in die Hüfte stützte. »Wir haben offiziell noch nicht auf, ich bin erst am Einräumen, aber was soll's?«

»Rosen sind zu protzig«, überlegte Pawel laut. »Aber die Richtung. – Vielleicht diese großen, gelben, die aussehen wie eine Sonne?«

»Sonnenblumen?«

»Genau!«

»Da habe ich genau das Richtige für Sie! Die haben wir vor einer halben Stunde geliefert bekommen. Ganz frisch aus der Erde, Bioerde natürlich. Wie gefallen sie Ihnen?«

Pawel nickte, ehe er sagte: »Vielleicht kriegen Sie da einen Strauß raus? Bisschen Grünzeug mit bei, oder so?«

»Ich weiß, was Sie meinen. Ich brauche zwanzig Minuten! Ich mache Ihnen einen asiatischen Strauß. Das ist der letzte Schrei. Die Frauen lieben asiatisch! Da verzeihen sie alles. – Und als Krönung eine einzige, wunderschöne Sonnenblume.«

»Prächtig«, sagte Pawel: »Ich bin in einer halben Stunde wieder hier.«

Er schlenderte bis zur nächsten Nebenstraße und fand eine Studentenkneipe, die immer noch offen hatte. Studenten! Zwar gab es in Rostock eine Universität, aber die warb damit, dass man hier gut surfen und herrlich am Strand liegen könne. Pawel stellte sich direkt an die Theke. Zu dumm, dass er vergessen hatte, wie dieser Gincocktail hieß, den er doch probieren musste! Er zeigte auf den Zapfhahn und bestellte: »Ein Großes!«

Aus dem Raucherzimmer hörte er die Übertragung eines aufgezeichneten Fußballspieles. Das Zimmer war brechend voll, Pawel konnte es durch die Glasscheibe sehen. Sieben Uhr morgens, und die Jungs guckten immer noch Fußball! Pawel dachte wieder an seine Zeit als Hochseefischer, in der er alles über Männer und ihre Geheimnisse gelernt hatte. Er sah zum Raucherraum und sagte zum Barkeeper: »Einsamkeit hält man zusammen doch viel besser aus!«

Stumm nickte der Mann und sah Pawel ein wenig später zu, wie er das Bier auf ex austrank und einen Fünf-Euro-Schein auf den Tresen warf. Ohne ein weiteres Wort ging Pawel hinaus und lachte über den Namen der Kneipe: Pleitegeier.

Er holte seinen asiatischen Blumenstrauß ab, wobei er auch dem jungen Verkäufer ein prächtiges Trinkgeld gab, und sagte: »Freiheit ist Einsamkeit, und Einsamkeit ist Freiheit. Aber wer will das schon wissen!«

Rostock bestach jedenfalls durch die Möglichkeit, Einsamkeit und Freiheit gut verbinden zu können. Vielleicht war das das Geheimnis der Rostocker? Pawel ließ seinen Blick die Straße hinauf und hinab schweifen, fast alle Fenster waren noch dunkel. Vielleicht war diese eigenartige Symbiose der Grund dafür, dass die Rostocker so gut wie immer zukunftsorientiert waren? Die Stadt hatte jahrhundertelang keine Konkurrentin gehabt. Es gab in ganz Mecklenburg keine andere große Stadt. Sie hatte in diesem uralten, deutschen Herzogtum unbehelligt existieren können. Lübeck war an der einen Seite weit weg, und Stettin an der anderen. Und Berlin sowieso, aber auch Kopenhagen. Rostock war der Mittelpunkt dieses Vierecks gewesen, meinte Pawel, und von Mittelpunkten wusste er, dass sie durch die vielen sie kreuzenden Linien dick und pompös wurden. Er grinste, als er merkte, dass er Rostock in Gedanken auf einen Sockel zu stellen begann. War das nicht eines der Heimatgefühle, die man haben konnte? War er noch Nordrusse oder wurde er schon Mecklenburger?

X.

Während er auf dem Weg nach Hause war, warf Pawel immer wieder einen kurzen Blick auf den asiatischen Blumenstrauß. *Morgenröte verzeiht dem Nachtsturm* stand auf einem kleinen Zettel. Die Sonnenblume machte sich gut in dem ganzen Schnickschnack, meinte er.

Am Gebäude der »Ostseezeitung« bog er nicht nach rechts Richtung Bahnhof ab, sondern fuhr geradeaus. Er hatte sich das vorher nicht überlegt, er hatte nur gemerkt, dass er den Blinker nicht setzen konnte, und hatte vor der Ampel die Fahrbahn gewechselt, um bei Gelbrot über die Kreuzung zu rasen. Kurz darauf bremste er scharf ab und kroch mit Tempo zwanzig durch die Eigenheimsiedlung, in der er zu Hause war. Die Kinder waren in der Schule, Haustiere lagen auf dem Gehweg herum, vereinzelt kam Musik aus den Küchen der Häuser, die alle gleich aussahen. Inseln des Rostocker Mittelstands. Pawel ließ die Kirche links liegen, fuhr an seinem Haus vorbei, querte die Umgehungsstraße und fuhr wenig später auf dem Dierkower Damm Richtung Freihafen.

Er kannte sich. Er konnte jetzt nicht zu Susanne. Er konnte sich überhaupt nicht konzentrieren, und schließlich würde wieder alles in einem wortlosen Streit enden. Er musste warten, bis er einen freien Kopf hatte.

Tina Schneider war schließlich seinetwegen ermordet worden. Er hatte ihre Ängste nicht ernst genommen, er hatte ihr den Schutz verweigert, für den sie ihn bezahlt hatte. Er dachte: *Niemals, unter keinen Umständen, nimmt man einem Mann die Arbeit weg.* Pawel sah sich im Rückspiegel an und sagte laut: »Diese Rechnung ist noch offen, alter Mann. Die wird jemand begleichen müssen.«

Er kurbelte während der Fahrt das Seitenfenster herunter und warf die verzeihende Morgenröte in den Graben der neu asphaltierten Straße.

Es war gegen neun Uhr morgens, als er seinen Ausweis zückte und die Wache des Freihafens passierte. Auf dem Parkplatz des Bürogebäudes standen schon wieder viele Autos, und auf dem Korridor glaubte Pawel zunächst, er würde so überrascht gemustert, weil er so früh in sein kleines Büro käme. Dann aber wurde ihm schlagartig klar, dass ihn alle anstarrten, weil er einen dreckigen Job hatte: Aus der Bürotür war das Schloss herausgebrochen worden, die Tür selbst stand halb offen, ein Plastikband sicherte das Zimmer: *Polizei, betreten verboten.* Pawel riss es ab, knüllte es zusammen, sah sich auf dem Flur um und ging in sein Büro.

Der Schreibtisch war umgestoßen worden, um die Unterseite der Schreibplatte abzutasten. Die Lamellen der Jalousie waren heruntergerissen worden, die Gardinenstange lag auf dem Boden. Die beiden Aktenschränke und der Drehstuhl waren auseinandergenommen worden. Der Wippsessel lag in Teilen auf dem dunkelblauen Teppich, und sogar die farblich passende Kaffeemaschine war untersucht worden, doch worauf Pawel am längsten starrte, das war der offene Wandsafe. Er schluckte.

Eine Quittung lag darin. Er könne sich den Inhalt des Safes auf der Polizeiwache abholen. Daneben lag eine Rechtsbelehrung: Die Polizei könne jede Privatwohnung und jeden Dienstraum durchsuchen, wenn Gefahr im Verzug sei. Paragrafendschungel.

War das noch Deutschland? Oder schon Russland? Pawel stieg über die Aktenstapel und lehnte sich gegen das Fenster. Er wollte gar nicht wissen, wie es bei ihm zu Hause aussah. Er wollte Susannes Gesicht nicht sehen. Er war froh, erst einmal hier zu sein. Was hätte er sagen sollen? Zu Hause hätte er sie jetzt in den Arm nehmen müssen, er hätte ihr über die Haare streichen müssen, er hätte Dinge sagen müssen, die sie beruhigten. Verflucht schlechter Zeitpunkt.

Verdammt, wer war denn hier fremdgegangen? Jahrelang! Sie oder er? Er oder sie? Pawel drehte sich um und richtete erst einmal die Zimmertür wieder her, so gut er es eben konnte.

Gut konnte er es nicht. Sie kippte immer wieder nach innen. Er musste sie schließlich mit dem Garderobenständer abstützen. Dann machte er sich ans Aufräumen. Eine knappe Stunde brauchte er, dann stand der Tisch wieder, die Akten waren einsortiert, und die Kaffeemaschine ratterte vor sich hin. Nur die Gardinenstange bekam er nicht mehr an die Decke. Die Schrauben waren kurzerhand mitsamt Dübel herausgerissen worden. Pawel versuchte eine Reparatur erst gar nicht.

Er telefonierte mit dem Hausmeister, ehe er sich mit einer Tasse Kaffee in den Wippsessel legte, die Beine von sich streckte und aus dem Fenster sah. Hellgraue Wolken wanderten langsam vorbei, er ließ den Blick schweifen. Einer der letzten Schneeschauer für dieses Jahr, hoffte er. Pawel schlürfte vom heißen Kaffee und spürte, wie sich Großes nähere.

Er kannte diese innere Vorwarnung. Er war lange genug ein Mann der See gewesen, um zu wissen, wann aus einer Vorwarnung eine Gefahr wurde.

Diesmal war es keine Gefahr, die von außen kam, sondern eine, die in ihm aufstieg. Der er sich stellen musste, die er nur beseitigen konnte, wenn er tat, was er tun musste: Pawel Höchst, Privatdetektiv und ehemaliger Hochseefischer, war an der Ehre gepackt worden. Man hatte ihn eingesperrt und verdächtigt. Ihn! Das musste er geraderücken, ein für alle mal.

Er musste auf die Jagd gehen. Er musste seine alte russische Seele und sein neues deutsches Denken in Einklang bringen. Es ging jetzt nicht mehr um weggelaufene Teenager und läufige Katzen, es ging um Pawel Höchsts Würde, die angetastet worden war. Aber es war nicht Rache, die ihn antrieb, er wusste ja, Rache war nur Zeitverschwendung.

Pawel stellte den Hacken des linken Fußes auf den Rand der Sitzfläche, fuhr mit zwei Fingern in die Socke und beförderte den Telefonmitschnitt aus Tina Schneiders Wohnung ans Licht. Wie durch ein Wunder hatten die Polizeibeamten, die ihn durchsucht hatten, seine Füße nicht abgetastet. Er hielt die Minikassette hoch, drehte sie durch die Finger, bis sie herunterfiel. Pawel sah auf sie hinunter und dachte: *Wer immer du bist. Du hast Glück, dass du nicht weißt, wer ich bin.*

Doch hatte der Mord wirklich etwas mit den Anrufen zu tun? Oder bildete er sich das nur ein? Wollte er sich das nur einreden, weil seine hübsche Klientin davon überzeugt gewesen war? Wer immer da am anderen Ende der Leitung gesessen hatte, Pawel musste ihn finden und in die Zange nehmen.

Das einzige Problem war nur, dass es allein in Rostock neunzehn Callcenter gab. Selbst das kleinste hatte noch dreißig Angestellte. Dieser Anrufservice war ja eine Wirtschaftsmacht, Pawel verlor den Mut immer mehr, je länger er mit seinem PC im Internet surfte. In fast ganz Ostdeutschland gab es flächendeckend solche Center. In Westdeutschland suchte Pawel erst gar nicht.

Er brauchte einen Plan, einen verdammt guten Plan. Pawel schlug mit der Faust auf den Tisch. Er fing die leere Kaffeetasse im letzten Moment ab und stellte sie mittig auf die Tischfläche. Ein Plan, gut und schön, es gab bloß keine Möglichkeit, eine einzelne Stimme im weltweiten Äther zu orten. Wenn es die Stimme eines Fischschwarms gewesen wäre, ja, dann hätte er keine Probleme gehabt! Dafür gab es Fischsonars. Aber Menschen? Wie fing man Menschen? Wie fand man eine menschliche Stimme?

Wie sollte er den Namen zu dieser Stimme finden?

Und wenn er sie gefunden hatte?

Und wenn es wirklich der Meistermörder war, nach dem in ganz Europa gesucht wurde? Die Antwort auf diese Frage kannte Pawel. Er lächelte. Wenn es so war, dann ging es um eine Belohnung: eine Million eisharte Euro.

Hielt er hier wirklich eine Spur in der Hand, die so viel Geld wert war? Sollte er vielleicht jemanden bitten, ihm bei der Recherche zu helfen? Nein. Lieber wollte er das Spurenlesen neu lernen, als sich einen Partner ins Boot zu holen. Ein Begleiter war ein Gebieter. Auf einen Begleiter musste man verdammte Rücksicht nehmen. Ein Begleiter und Geschäftspartner war nicht das, was Pawel Höchst brauchte. Er musste selbst lernen, wie man im Internet Spuren fand.

»Hallo, ja, ich bin es noch einmal wegen der Umfrage, wir hatten ja gestern einen Termin für heute gemacht. Hätten Sie denn nun ein paar Minuten für mich?«

Sehr clever, dachte Pawel. *Kein Firmenname! Zufall oder Absicht?*

Er hörte den Mitschnitt weiter ab: »Aber nur ein paar!«

Das war die Stimme von Tina Schneider. Pawel spulte und stoppte erst wieder am Ende des Bandes: »So, das waren sie schon, unsere Fragen. Ich danke Ihnen sehr. – Ach, sagen Sie, sind Sie verheiratet?«

»Nein.«

»Haben Sie Kinder?«

»Warum wollen Sie das denn wissen?«

»Nur für die Statistik. Zur anonymen Auswertung.«

»Einen Sohn.«

»Ach …?«

Hier fiel die Stimme des Anrufers aus der Rolle. Hier beschäftigte ihn irgendetwas anderes. Pawel spulte noch einmal zurück, ehe er das Band weiterlaufen ließ: »Ach, Sie haben also einen Jungen und keinen Vater dazu, ja, ja, die modernen Zeiten. Sagen Sie, würden Sie vielleicht noch an einer Umfrage zur Verhütung von Straftaten an Kindern mitmachen? Wir würden Ihnen einen Prospekt zusenden, und ich würde Sie noch einmal anrufen, um Ihre Antworten in meine Liste einzutragen.«

»Was für Straftaten an Kindern?«

»Nicht Straftaten, zur Verhütung von Straftaten.«

»Verstehe, also gut.«

Da hatte er sie geknackt! Mithilfe des Sohnes. Pawel erschauerte. Tina Schneider gab dem anonymen Anrufer ihre Anschrift. Sie buchstabierte sogar mehrmals.

Doch was bewies das schon? Pawel nahm den Mitschnitt aus dem Abspielgerät und drehte ihn wieder zwischen den Fingern. Was?

Es bewies eine ganze Menge, verstand er plötzlich: Wenn es keine Prospekte und keine Fragelisten von diesem Verein gab, dann war das eine Spur! Eine verdammt heiße sogar!

Er musste noch einmal in die Wohnung, heimlich. Er musste Tinas Post durchsuchen.

Pawel klopfte sich in Gedanken auf die Schulter, legte den Mitschnitt in den Tresor und ließ die kaputte Zimmertür hinter sich. Sollte sich der Hausmeister darum kümmern! Pawel Höchst hatte eine Fährte.

Kurz verachtete er sich dafür, dass er erst an die eine Million gedacht hatte und dann an die Leiche von Tina Schneider und zum Schluss erst an ihren kleinen Sohn. Dann verdrängte er diesen Gedanken ganz schnell wieder. Gab es diesen Prospekt nicht, dann hatte der Anrufer wirklich nur die Adresse von Tina Schneider und ihrem kleinen Sohn gewollt. Dann war ihr eine Lüge aufgetischt worden. Aber eine Lüge war doch noch kein Mord. Pawel hörte mit dem Denken auf und raste mit seinem alten Peugeot durch den Nachmittagsverkehr von Rostock.

Der Feind war eine Formel, stand in seinem Handbuch, die immer zu entschlüsseln war.

XI.

Zum dritten Mal stand Pawel Höchst vor dem Eingang der Nummer sechsundneunzig. Auf dem Klingelknopf fand sich noch immer der Name von Tina Schneider, und Pawel überlegte, während er einen Schritt zurückging, ob ein Fremder von außen in die Wohnung im dritten Stock gelangen könnte. An der Fassade? Unmöglich.

Vor vier Tagen hatte es hier von Polizeisirenen nur so gewimmelt, aber nun lag das Neubauviertel wieder still da. Die Arbeitslosen sahen aus den Fenstern, die Aufstocker waren mit den Fahrrädern auf dem Weg zu ihren Arbeitsstellen, und die Rentner schoben Geräte über den Asphalt, die zugleich Einkaufswagen und Krückstock waren. Gehhilfen nannte man diese Dinger, Pawel sah einer alten Frau hinterher und dachte: *Was für ein Sadismus, diese Alten am Leben zu erhalten, nur damit die Pharmaindustrie durch die Krankenkassen an ihnen verdient. Wo ist denn in Deutschland das Sterben in Würde noch möglich?* In Russland kam die ganze Familie zusammen und wartete am Sterbebett auf die letzten Worte, weil es dort kaum lebensverlängernde Maßnahmen gab, aber hier? Die Jungen sollten die Alten pflegen, die es verpasst hatten, in Würde zu sterben, aber war das für die Jungen nicht eine Zumutung?

Pawel hielt die Tür fest, als ein Teenager aus dem Haus kam, und ging in den Flur. Der Jugendliche warf noch einen Blick zurück, Pawel spürte es. War der Junge etwa schwul? Er drehte sich nicht um, obwohl ein Impuls da war. Stattdessen ging er die Stufen zur dritten Etage hoch. Oben meinte er, es gäbe Schlimmeres.

Das Polizeisiegel war durchtrennt und nicht mit einem neuen überklebt worden. Die Polizei hatte die Wohnung also freigegeben. Pawel drückte gegen die Tür, die jedoch nicht nachgab. Dann grinste er sarkastisch, fiel ihm doch ein, dass er gerade einen Fehler gemacht hatte. Wenn er auf der Suche nach Prospekten war, hätte er dann nicht zuerst in den Briefkasten schauen müssen? Leute schickte das Arbeitsamt! Dann gab er dem Jugendlichen, der ihm nachgesehen hatte, die Schuld. Er hatte ihn abgelenkt. Absolut.

Pawel zog seinen elektrischen Dietrich aus der Innentasche, setzte ihn an, hustete und schloss kurz darauf die Tür von innen. Er schaltete das Flurlicht ein. Fast alle Zimmertüren waren offen. Schnell sah Pawel ins Bad, ins Schlafzimmer, dann stand er im Wohnzimmer, durch das er nach einem kurzen Rundblick ging, um sich in der Küche umzusehen.

Nirgends Prospekte oder Fragelisten von einer Hilfsorganisation, die Kinder vor Gewalt schützen wollte. In den Schränken fanden sich keine Spendenquittungen. Pawel schlug den Ordner einer Versicherung auf, in der sich amtliche Dokumente befanden. Steuerbescheide, Krankenkassenabrechnungen, Mietverträge, Kaufverträge, Altersvorsorgebelege, Pawel stellte ihn wieder zurück. Er holte sich in der Küche ein Glas Wasser, ging auf den Balkon und sah auf einen riesigen Innenhof, der von zwölf Neubaublocks begrenzt wurde. In der Mitte breitete sich ein verwahrloster Spielplatz aus. Die Geräte waren kaputt, die Stangen verrostet. Auf demolierten Bänken saßen ein paar Jugendliche, unter denen sich auch der Junge befand, der ihn mit diesem merkwürdigen Blick gemustert hatte. Jetzt kam er darauf, was es mit ihm auf sich hatte: In seinen Augen hatten Demut und gleichzeitig Neugierde gestanden, eine Mischung, die er früher immer in den Augen seiner Ehefrau gefunden hatte. Eine Mischung, die er jetzt so heftig vermisste. Suchte er diese Mischung etwa unbewusst? Fielen ihm diese Blicke nur auf, weil er sie suchte? Aber warum sahen ihn Frauen nicht mehr so an, sondern ausschließlich Schwule? Der Junge sah just in diesem Moment hoch, und Pawel trat schnell einen Schritt zurück, um sofort im Wohnzimmer zu verschwinden.

Er stellte das leere Glas auf den Couchtisch und ließ sich aufs Sofa fallen, auf dem er schon einmal gesessen hatte. Ihm gegenüber hatte Tina Schneider gesessen und ihn besorgt angesehen. Hilfe suchend. Pawel schloss die Augen. Was war das Motiv? Warum?

Er schüttelte den Kopf, dann fiel ihm ein, dass er die vierte Tür noch nicht geöffnet hatte. Er hatte sich gescheut, die Klinke niederzudrücken. Doch Scheu war nur die kleinere Schwester der Abscheu, meinte Pawel, und Abscheu dürfe er gar nicht erst aufkommen lassen. Er seufzte, warf den Oberkörper nach vorne und stand schwungvoll auf.

Noch einmal sah er sich im Wohnzimmer um, während er sich sagte: »Sieh hin, übersieh nichts, guck dir alles an, hast du die Schrankwand gemustert, ja, auch oben drauf, ja, der Tisch, was liegt auf ihm, nichts, auf den Stühlen, nichts, bist du dir sicher, alles gesehen zu haben, ja, also gut, dann ab ins Kinderzimmer.«

Pawel blieb vor der Tür stehen, drückte die Klinke langsam herunter und trat ein. Er war überrascht, dass hier die Gardine noch immer zugezogen war. Unter dem Fenster stand das kleine Bett. Pawel beugte sich leicht noch vorne, zog die Vorhänge zurück und schrak zusammen.

»Was, verdammt?«

»Papa?«

Pawel starrte auf den Jungen. Seine Haare waren so flachsblond, dass sie in der Dunkelheit leuchteten. Pawel zog die Gardine ganz auf. Der Junge sah ihn mit großen Augen an, keineswegs ängstlich.

»Ich kenne dich, du warst schon mal bei meiner Mutter!«

Pawel nickte. »Wo ist deine Mutter?«

»Verreist. Sie kommt aber bald wieder.«

»Und wer passt solange auf dich auf?«

Der Siebenjährige wühlte sich aus dem Bett, stellte sich in die Mitte des kleinen Zimmers und sagte mit einem mächtigen Stolz: »Mein Vater! Mein Vater ist zurückgekommen. Er ist jetzt immer für mich da. Das hat er selbst gesagt.«

Pawel nickte erneut und hockte sich aufs Kinderbett. Die Decke war noch warm, verstört sah er den Jungen an.

»Und wer bist du?«

»Ich bin Privatdetektiv.«

»Und was willst du hier?«

»Etwas überprüfen.«

»Was denn?«

»Etwas, was du noch nicht verstehst. Ich muss mit deinem Vater reden.«

»Der ist nur kurz einkaufen, der kommt gleich wieder.«

»Der kommt gleich wieder?«

»Ja, was denkst du denn? Denkst du, mein Vater lässt mich hier alleine zurück? Das macht er nicht, das hat er selbst gesagt. Das macht er nie wieder. Nie wieder!«

Sollte er abhauen? Noch war Zeit! Er war ohne zu klingeln in die Wohnung gegangen, überzeugt, dass sie leer war, aber warum sollte sie? In diesem Moment wurde die Wohnungstür aufgeschlossen, der Junge rannte in den Flur und schrie: »Papa, Papa, da ist ein Mann in meinem Bett!«

Pawel wurde knallrot, dann wurde ihm schlecht. Er versuchte erst gar nicht, aufzustehen, und wenig später sah er einen breitschultrigen Mann im Türrahmen stehen, Kurzhaarfrisur, Stiernacken. Alles klar. Es war der Typ Mann, der körperliche Arbeit gewohnt war. Pawel sah es auf den ersten Blick.

»Was, zum Teufel, machen Sie hier?«, brüllte der Vater.

»Das ist nicht so, wie es aussieht!«

»So? – Wie sieht es denn aus? – He, wie denn? – Wie?«

Pawel bereute es, nicht aufgestanden zu sein. Der Vater war mit zwei Schritten dicht vor ihm. Der Schlag traf ihn links am Kinn. Wortlos sackte der Privatdetektiv zusammen.

»Geh in die Küche, Björn«, wies der Vater seinen Sohn an.

Der Junge stand im Flur und hielt sich am Türrahmen fest. Neugierig schielte er ins Zimmer.

»Geh in die Küche!«

Das Kindergesicht verschwand, und der Vater warf den Bewusstlosen auf den Bauch. Er drehte ihm beide Hände nach hinten und sah sich im Zimmer um. Mit einer Kinderhose, die er zusammenzwirbelte, fesselte er den Eindringling. Er war kein Mann vieler Worte. Er lebte seit drei Jahren allein, und auch auf dem Marinewachboot sprach er nur, wenn er von Untergebenen oder Vorgesetzten dazu gezwungen wurde. Thomas Schneider schloss die Kinderzimmertür von außen, drehte den Schlüssel um und wählte auf seinem Handy die Eins-Eins-Null.

»Ich möchte Hauptkommissar Heinze sprechen.«

»Wer sind Sie?«

»Thomas Schneider, der Vater von Björn Schneider, der Exmann von Tina Schneider, ermordet am Neunten diesen Monats.«

»Einen Moment.«

»Heinze, wer ist da?«

»Ich habe den Mörder von Tina Schneider gefasst. Hier ist ihr Exmann.«

»Der Marinesoldat?«

»Ja.«

»Ich hoffe, Sie sind nicht durchgedreht.«

»Nein. – Es ist besser, Sie kommen her. – Keine Gefahr im Verzug, ich wiederhole, keine Gefahr im Verzug.«

»Verstehe. Ich komme ohne Blaulicht, aber ich warne Sie: Wenn Sie einen Beamten verschaukeln, dann nennt man das intern Beamtenverschauklung. Oder auch Behinderung der Polizeiarbeit. Das ist eine Straftat.«

»Kommen Sie her. Bringen Sie Handschellen mit«, sagte Thomas Schneider, unterbrach das Gespräch und ging zu seinem Sohn in die Küche. »Komm her, Björn.«

Vater und Sohn setzten sich auf die Wohnzimmercouch. Björn sah neugierig zu Thomas hinauf, der tief Luft holte, bevor er behutsam sagte: »Egal, was passiert ist, erzähl es mir. Du brauchst keine Scheu zu haben.«

»Was ist Scheu?«

»Angst. Also, Björn, was hat der Mann mit dir gemacht?«

»Nichts.«

»Komm, erzähl es mir. Ich muss es wissen, bevor die Polizei hier ist. Dann ist es zu spät. – Was hat er mit dir gemacht?«

»Gar nichts, Papa, wirklich, gar nichts!«

»Du weißt, dass ich dich beschütze?«

»Ja.«

»Darum muss ich wissen, was er mit dir gemacht hat. Es gibt für mich nichts Wichtigeres mehr auf der Welt, als meinen Sohn zu beschützen. – Also?«

Doch statt einer Antwort rückte der Sohn zum Vater heran, schmiegte sich an ihn, und der Vater konnte nicht anders, als den Arm um sein Kind zu legen, ehe er sich ein wenig entspannte.

XII.

In Deutschland hatte es das bisher nur vier Mal gegeben – ein Serienkiller, der einfach nicht zu fangen war. Jeden Tag spekulierten die großen Zeitungen, und eine Boulevardzeitung brachte sogar ein Bilderrätsel auf der Titelseite, mit dem man tippen konnte, wo der Meistermörder das nächste Mal zuschlagen würde.

Das Rätsel hatte die Form einer Deutschlandkarte, in der vierzehn Orte bereits durchgestrichen waren. Jetzt war mit Rostock ein fünfzehnter hinzugekommen.

Die diesmalige Gewinnsumme von siebentausend Euro mussten sich dreitausend Leser teilen. Dieses Verhältnis war auch der Grund dafür, dass niemand auf Berlin oder Hamburg wettete. Alle suchten sich Gemeinden oder Kleinstädte aus. Deutschland war wie im Wahn.

Einerseits waren die Menschen erwartungsvoll, andererseits hatten sie eine Mordsangst. Warme Worte kamen fast wöchentlich aus Österreich, wo es bereits mehrere Serienkiller gegeben hatte. Einer von ihnen, Jack Unterweger, hatte nie gestanden, sich aber durch den Knoten verraten, den er im Gefängnis geschlagen hatte, um sich mit der Kordel seiner Jogginghose erwürgen zu können. Diesen komplizierten Knoten hatte Unterweger auch bei neun Prostituierten und einem Mädchen angewandt. Er hatte sie mit ihren eignen Kleidungsstücken erwürgt.

Der Großvater, bei dem er aufgewachsen war, hatte ihm diesen Knoten beigebracht, während sie zusammen als Wilddiebe durch Österreich streiften. Sie stahlen Vieh, schlachteten es und verkauften die Teile. Sie galten als die letzten Viehdiebe Österreichs.

Später trieb Jack Unterweger seine weiblichen Opfer mit einer ausziehbaren Stahlrute durch einsame Waldstücke. Sie mussten sich ausziehen, und er trieb sie hin und her, prügelte auf sie ein und erwürgte sie schließlich. Sein Motiv war Frauenhass gewesen, Tobias schüttelte den Kopf, wie konnte man nur aus Hass töten? Hass war doch blind.

Er legte den Stapel Tageszeitungen weg und sah auf die Anzeige. Vier Flüge waren gestrichen worden, doch seiner zurück nach Düsseldorf sollte planmäßig starten. Tobias saß auf dem Züricher Flughafen, viel zu früh war er von der Berghütte losgegangen. Er hatte die Seilbahn viel früher als geplant erreicht und zu allem Übel auch eine frühere Zugverbindung in die Schweizer Metropole bekommen. Nun saß er schon seit drei Stunden auf dem Flughafengelände und stöberte in den vielen deutschsprachigen Zeitungen, die sich alle mit dem Meistermörder beschäftigten. Doch kein einziger Journalist hatte Neues zu berichten. Der Mob war fasziniert, huldigte dem Mörder fast wie einem Superstar. In Bremen sollte es eine kleine Merchandisingfirma geben, die T-Shirts und Bürotassen vertrieb, auf denen etwas dargestellt wurde, was mit den Morden zu tun hatte. Tobias fragte sich, was das nur sein konnte? Es war doch vom Mörder nichts bekannt, gar nichts. Bis auf die Taten natürlich. Er las weiter den Bericht über Jack Unterweger und behielt die Anzeige der Abflüge im Auge.

Hass war nur überbrodelnd und kurzzeitig, meinte er, Mord aber erforderte eine lange Planung, um erfolgreich durchgeführt zu werden. Tobias war von diesem Österreicher beeindruckt, der es auf zehn Morde gebracht hatte. Unterweger war bescheinigt worden, ohne Gefühle zu leben. Er hatte kein Mitgefühl, keinerlei Fähigkeiten, emotionale Kontakte herzustellen. Dies war eine Eigenschaft, die offenbar alle Serienmörder gemeinsam hatten.

So unterschiedlich sie auf der weiten Welt auch unterwegs waren, sie waren alle gefühlsarm. Die Opfer waren immer nur Objekte, um die Fantasien auszuleben. Die Täter hatten eine funktionsfähige Oberfläche, auf der sie ein normales Leben führten, doch unter dieser Oberfläche fand sich Dreckiges, Kaputtes, Ekliges, Furchtbares.

Wie bei fast jedem Menschen, dachte Tobias und legte die Boulevardzeitung weg. Er hatte per SMS seinen Tipp abgegeben: Oberammergau.

Jetzt waren es fünfzehn Tote in Deutschland, der Österreicher hatte nur zehn geschafft. Doch während man bei Unterweger ziemlich schnell auf das Motiv gekommen war – wer Huren tötete, der hasste eben Frauen – war die Öffentlichkeit wegen der Motive des Meistermörders noch immer völlig ratlos. Es gab nichts, was die toten Frauen gemeinsam hatten. Sie waren auch nicht gequält worden, sie waren nicht missbraucht worden, sie waren nicht gedemütigt worden, sie waren alle einfach nur ermordet worden; schnell und präzise.

Immer in der Vertrautheit der eigenen Umgebung und immer ohne Hinweise auf den Täter. Nie gab es eine Verbindung vom Opfer zu ihrem unbekannten Mörder.

So hatten die Medien auch schnell die These der Polizei verworfen, im Fall Tina S. könnte ein Verwandter die Tat begangen haben. Diese Fährte war ganz offensichtlich falsch.

Doch noch immer wusste niemand, wie der Täter in die Wohnung von Tina S. gekommen war. Ein Privatdetektiv war in Verwahrung genommen worden, gleich zweimal, aber warum? Wenn man davon ausging, dass Tina S. vom Meistermörder getötet worden war, dann konnte man den Detektiv Pawel H. als Verdächtigen ausschließen, weil er für die anderen Tatzeiten gute Alibis hatte.

Die Öffentlichkeit war am Ende mit ihren Spekulationen, man wusste einfach nicht mehr weiter, und jedem in Deutschland wurde klar, wenn man nicht wusste, warum einer etwas tat, dann wusste man auch nicht genau, was er überhaupt getan hatte, auch wenn das Ergebnis vor einem lag. Es kam nicht darauf an zu wissen, was hinter dem Gleichheitszeichen stand, es kam darauf an, was davor stand. Der Feind war eine Formel, von der man nur das Ergebnis kannte, vorerst. Tobias erhob sich und bestellte sich an der Bar einen Espresso.

Bisher hatte man nur eine Gemeinsamkeit der Opfer herausgefunden: Sie alle waren allein erziehende Frauen.

Dummerweise gab es in Deutschland zurzeit zwei Millionen siebenhundertachtundsechzigtausend Alleinerziehende weiblichen Geschlechts. Tobias schüttelte den Kopf. Solch eine gewaltige Zahl! Männlichen Geschlechts waren es nur siebenundneunzigtausendsechshundert.

Er trank das Gebräu mit einem Schluck aus und frankierte ein großes Kuvert, das an eine literarische Stiftung in Darmstadt adressiert war. Er hatte die Verleihungsurkunde für eine literarische Ehrung unterschrieben und die Kopie wie verlangt zurückgeschickt.

Tobias schlenderte mit kleinem Marschgepäck in der Hand durch die große Halle und suchte sich in aller Ruhe einen Briefkasten. Auf der oberen Ebene sah er durch die Panoramafenster auf die Alpen. Diese vielen Gipfel, die schneebedeckt die Weitsicht verhinderten. Tobias dachte an den Philosophen Nietzsche, der gejubelt hatte, als er endlich in einem Schweizer Ferienort zwei Dinge gefunden hatte: Körperliche Bewegung durch das Erklimmen von Bergen sowie das Kochen mit körperverträglichem Öl anstatt mit Butter. Diese beiden Neuerungen hatten den Krankheitsverlauf gehemmt, weil seine Schwester ihn bis dahin jahrelang durch die Verwendung von Butter gequält hatte, ohne es zu wissen.

Unsere großen Geister, dachte Tobias, *in ihren kleinlichen Abhängigkeiten.*

Er hatte gerade gelesen, auch Unterweger hatte Nietzsche geliebt. Und auch Nathan Leopold und Richard Loeb, die einen vierzehnjährigen Jungen ermordet hatten, nur um zu beweisen, dass es den perfekten Mord gab. Sie hatten versagt. Ihr Opfer war umsonst gestorben, aber auch sie hatten sich auf Nietzsche berufen. Man durfte diesem Philosophen nicht glauben, dass es Übermenschen gab, dass es ein Über-Ich gab, denn wenn man dies tat, unterschätzte man die anderen. Und das Unter-Ich sowieso, was auch immer das sein sollte.

Dieser Nietzsche war der Philosoph des Sterbens, der Hausgelehrte des Todes. Hatte er nicht sogar behauptet, ein Unsichtbarer, ein Geist, ein Toter wäre tot? *Gott ist tot.* Ein Untoter wäre tot?

Tobias lächelte. Wie konnte jemand tot sein, der gar nicht lebendig gewesen war? Nur der Tod war unsterblich. Gott, das war nun mal lediglich eine Metapher für den Gevatter Tod. Einer seiner vielen Spitznamen.

Tobias fand einen Briefkasten an der Drehtür der Flughafenhalle. Wie immer streichelte er noch einmal über den Umschlag, ehe er den Schlitz öffnete und das Kuvert in den Kasten fallen ließ.

Eine letzte Stunde in der Schweiz noch, Tobias ahnte, dass er lange nicht mehr in die Alpenrepublik zurückkommen würde. Bobby Franks, so hieß das Opfer der Chicagoer Mörder Loeb und Leopold, vielleicht sollte er es einmal mit Amerika versuchen?

Tobias stellte sich Chicago als einen guten Ort vor, um Inspiration für neue Lyrik zu finden. Mord, Totschlag, Vergewaltigung, das waren ja die Themen seiner Poesie, die in ganz Europa so gefeiert wurde. Und galt Chicago nicht sogar als Heimat des Verbrechens? Loeb war achtzehn und Leopold neunzehn Jahre alt gewesen, als sie den perfekten Mord an den Jungen geplant und ausgeführt hatten. Ihr Trick bestand später darin, sich gegenseitig zu bezichtigen, den Mord begangen zu haben. Die Geschworenen wussten nicht, wen sie verurteilen sollten, und hätten daher beide wieder freilassen müssen, wenn sich nicht im letzten Moment Loeb doch noch zum Mord bekannt hätte.

Dank seiner achtzehn Jahre entkam er der Todesstrafe, wurde aber im Gefängnis von einem Mithäftling umgebracht. So hatte der Masochist überlebt, der Sadist hingegen war getötet worden, denn Loeb war eine dominante, treibende Persönlichkeit gewesen, Leopold hingegen hatte Gefallen daran gefunden, seinem jüngeren Freund als Sklave zu dienen.

Tobias grinste: Da war dann also der Übermensch gestorben, der kleine Mitläufer hingegen hatte überlebt. Hätte Nietzsche das gewusst, er hätte seine ganze schöne Theorie vom Übermenschenkult ins Klo spülen können.

Tobias rückte seine Tragetasche auf der Schulter zurecht, während er zur Schleuse ging, um einzuchecken. Die Kontrollen passierte er ohne Probleme, sein hübsches Gesicht machte Eindruck auf die Kontrolleure. Sein Charme und seine neunzehn Jahre, dazu der gediegene Anzug und die langen, blonden Haare, Tobias war es gewohnt, mit Unterwürfigkeit behandelt zu werden. Er dachte nicht mehr an Loeb und Leopold, während er zum Flieger ging, stellte sich aber vor, wie es wäre, hätte er einen solch persönlichen Sklaven. Keinen Hund wie Hitler, sondern einen echten menschlichen Sklaven.

Als ihm die Stewardess nachschenkte, der Flieger losrollte und sie ihm einen Blick auf ihre schönen Brüste gestattete, wusste er, dass es ein kurzweiliger Flug werden würde. Er zwinkerte ihr zu und hauchte ihr ein paar Zeilen des besten Poeten der Liebe ins Ohr; Paul Verlaine, nicht er selbst.

Ob das Mädchen ein wenig devot und masochistisch veranlagt war? Tobias spürte jetzt ein großes Verlangen danach.

DRITTER TEIL

XIII

Die Vögel waren schon wieder aktiv, als er sich aufs Fahrrad schwang und Rostock-Dierkow auf der Hauptstraße verließ. Wie jeden Arbeitstag hielt Tim Leidger beim Bäcker und holte sich zwei Brötchen, die mit Käse und Schinken überbacken waren. Er fuhr an der Endhaltestelle der Straßenbahn vorbei und bog auf der Bundesstraße nach links ab. Immer mehr Vögel gingen ihrem Tagwerk nach.

Tim radelte über den Damm, wenig später über die Brücke und ordnete sich an der großen Kreuzung in den Verkehr der Umgehungsstraße ein. Wie immer fuhr er stadteinwärts, überquerte die beiden Fahrspuren, hörte es hinter sich hupen und bremsen, um auf die Linksabbiegerspur zu kommen. Seine Arbeitsstätte befand sich direkt neben dem Klostergebäude der Hochschule für Musik und Theater. Er konnte die Studenten von seinem Arbeitsplatz aus trainieren sehen, aber Training nannte man das ja nicht, verbesserte sich Tim, es war ein Üben, ein stetiges Üben.

Unter dem Vordach schloss er das Fahrrad an und ging um die Ecke, um ins Bürogebäude zu kommen. Er mochte diese Stadt, in der sich der eine so wenig um den anderen kümmerte. Tim mochte auch die häufig noch immer vollkommen unsanierten Häuser, neben denen die sanierten schon wieder vom Salz des Windes gezeichnet waren. Rostock bestach für ihn durch das Bewusstsein des ewigen und schleichenden Verfalls. Man konnte gegen die See nicht gewinnen, keine Stadt der Welt konnte das, aber man konnte mit der See leben. Man konnte eine Kreuzfahrtgesellschaft gründen und Millionen von Euros in den Hafen bringen. Man konnte den vom Salz zerfressenen Lack immer wieder übermalen, weil man sich das Geld von der See holte. Tim fand, Rostock sei ein Fährschiff, das alle paar Jahrzehnte überholt werden müsse. Er mochte diesen Fährcharakter dieser einzigartigen Stadt. Tim Leidger wusste, dass der Boden von Zeit zu Zeit unter den Füßen zu schwanken begann. Man brauchte ihn nur lange genug anzustarren. Er ging ins Gebäude und meldete sich wenig später zur Arbeit.

Die Tüte mit den Brötchen ließ er auf den Arbeitstisch fallen, schaltete noch im Stehen den PC ein, ließ die Software hochfahren und sah sich im Saal um. Dreiviertel der Plätze waren schon belegt, aber er kannte kaum einen seiner Kollegen. Die meisten waren Studenten und Schüler, ein paar Hausfrauen und Rentner, und hin und wieder gab es einen Arbeitslosen, der es durch irgendwelche Tricks schaffte, sich hier etwas dazuzuverdienen.

Er selbst war einer der wenigen Freiberufler, die sich hier ihre Miete verdienten, um das tun zu können, was sie eigentlich tun wollten. Auch wenn Tim das Geld nicht nötig hatte, kam er doch zwei- bis dreimal in der Woche her, um sich für sechs Stunden das Headset aufzusetzen und wildfremde Menschen in ein Gespräch zu verwickeln.

Mochte er diesen Job? Möglich, es war doch ein guter Ausgleich zu seiner restlichen Zeit, die er schweigend verbrachte. Er hatte keine Freundin, keine Freunde, mit seiner Familie hatte er keinen Kontakt mehr, und ja, Beziehungen waren ihm zuwider. Ihm reichten diese flüchtigen Gespräche mit fremden Leuten, die er manchmal sogar zum Lachen brachte.

Zum Glück gab es einen Stundenlohn, mit fünf Euro natürlich viel zu niedrig. Jedes Gewerkschaftsmitglied würde wütend werden, wenn es diese Summe hörte. Dafür war die Arbeitsatmosphäre hier, im Gegensatz zu anderen Callcentern, entspannt, und das Pensum war immer so angelegt, dass es am Abend erledigt war. So war es nun mal, ging es Tim durch den Kopf, man hatte entweder Geld oder Zeit, aber nur selten beides zusammen. Hatte man jedoch beides zusammen, dann war man einsam. Vereinsamt oder auch tot. Er meldete sich im Programm an und sah durch die Fenster, wie der Frühling die Vögel zu Höchstleistungen antrieb. Er sah sie krakeelen und grinste, ehe er aufs Anzeigenfeld klickte und sich die Fragen für die heutige Studie vorlas, um gleichzeitig die Zeit zu stoppen.

Nach der Standartfrage, welche Partei der Angerufene wählen würde, wenn heute Bundestagswahl wäre, wurden Audifahrer angesprochen, um deren Vorlieben und Kundenwünsche herauszubekommen. Fuhr der Angerufene keinen Audi, ging es direkt weiter zu Tiefkühlkost, falls die Befragte eine Frau war. War es ein Mann, wurde nach der Automarke gefragt. Danach kam der Auflockerungsblock, der sich diesmal mit dem Frühlingsgefühl beschäftigte. Dann wurde nach Alkohol gefragt, und wenn der Angerufene Raucher war, folgte eine lange Liste mit Zigarettensorten zum Selbstdrehen, die nur dazu da war, den Süchtigen an seine Sucht zu erinnern. Es gab zehn verschiedene Sorten der Marke Marlboro. Wenn man den Markennamen zehn Mal sagte, hatte man dem Konzern geholfen, gab es doch nicht wenige Süchtige, die sich erkundigten, was dieses und jenes genau sei.

Werbung per Telefon in einer Meinungsumfrage über Politik versteckt. Das war die Erfolgsmasche seiner Firma, denn wer hatte nichts zur Politik zu sagen? Niemand. Die Industrie ließ sich so eine Umfrage viel Geld kosten, die Politik brauchte gar nichts zu bezahlen, und der Verbraucher bekam das gute Gefühl, einmal seine Meinung zu aktuellen Themen loswerden zu können. In diesem System gab es mit Ausnahme der schlecht bezahlten Callcenter-Agenten keine Verlierer, aber die hatten ja keine Lobby.

Er klickte sich zum Ende der Umfrage durch und sah auf die Zeit. Ein solches Interview würde heute vierzig Minuten dauern. Tim brauchte also nur fünf oder sechs Gesprächspartner, dann wäre seine Arbeitszeit auch schon wieder um. Da verging die Arbeitszeit beim Plaudern doch wie im Fluge. Hatte er Pech, würde er stundenlang nur Absagen kassieren. Dann wäre die Arbeitszeit qualvoll lang.

Zur Sicherheit packte er sein Buch aus und schob es zum Rand. Dann setzte er sich, streifte sich das Headset über, bog sich das Mikrofon zurecht und goss sich Wasser in die Kaffeetasse, die einen halben Liter Flüssigkeit fassen konnte. Er meldete sich mit dem Passwort an und schaltete den automatischen Anrufsucher ein. Während er sich auf dem Drehstuhl hin und her bewegte, bemerkte er, wie hinter den Arbeitsplatzabblendungen seine Nachbarn und sein Gegenüber dazukamen. Sie grüßten sich wie Börsenmakler, dann war er wieder allein.

Bei den ersten siebzehn Kontakten wurde er beleidigt und beschimpft. Routiniert schaltete er Mal um Mal weg. Dann war ein alter Mann am Telefon, der schon einige Biere getrunken haben musste. Dabei war es erst halb elf vormittags. Tim fragte ihn, ob er sich für Politik interessiere.

»Interessieren, interessieren? Ich interessiere mich für meine Invalidenrente, ich bin nämlich seit drei Monaten Invalide, nicht dass du glaubst, ich hab nichts zu tun. Ich bin Invalide! Das hab ich zu tun! Sonst wäre ich hier gar nicht am Telefon. Ich hab nämlich eine Beinprothese, ganz neu, aus England! Hat alles die Krankenkasse bezahlt, kann man nicht meckern, kann man nicht. Von Hause aus bin ich Schreiner, na, nun nicht mehr, nun bin ich gar nichts mehr, nur noch Invalide.«

»Wen würden Sie denn wählen, wenn man nächsten Sonntag Bundestagswahl wäre? CDU, SPD, FDP, die Linke oder die Grünen?«

»Nächsten Sonntag? Da muss ich zu meinem Vater, der liegt schon seit zwölf Jahren im Bett. Hat nichts, tut nichts, liegt nur rum. Nächsten Sonntag kann ich nicht. Da muss ich mit meiner neuen Prothese zu meinem Vater. Bisschen angeben.«

»CDU? Was für Sie?«

»Nö.«

»SPD? Besser?«

»Nö.«

»FDP. Oder?«

»Nö.«

»Die Linke? Passt?«

»Nö.«

»Die Grünen?«

»Nö. Gibt's eigentlich noch die Bierpartei? Ne, Biertrinkerpartei, so hieß die. Gibt es die noch?«

»Ich bedanke mich für das Gespräch und wünsche Ihnen alles Gute«, beendete Tim souverän das Telefonat und hörte nicht mehr darauf, was der Einbeinige noch alles loswerden wollte. Seinetwegen hätte er ihm ja ein Ohr abkauen können, aber er wusste, dass manchmal mitgehört wurde. Allzu nachlässig durfte man auch nicht sein.

Wenn man feststellte, dass ein Gesprächspartner nicht kooperierte, hatte man das Gespräch freundlich zu beenden. Der Automat wählte sofort neue Nummern, vierzig in einer Minute. Die meisten Menschen waren tagsüber auf Arbeit, oft sprang der Anrufbeantworter an. Erklang der Ton eines Faxgerätes, dann musste Tim sich rasend schnell den Kopfhörer von den Ohren reißen, um sich vor dem Piepen zu schützen. Doch Faxgeräte gab es privat kaum noch. Er fragte sich, wie so oft, wie der Automat es bewerkstelligte, dass er nur private Nummern anwählte. Wie funktionierte das? Wenn er das nur herausbekäme! Er schlug sein Buch auf und las ein paar Zeilen des neuen Thrillers, ehe eine Hausfrau fragte, was er wolle.

»Guten Tag, ich rufe vom Markt- und Meinungsforschungsinstitut an und hätte da ein paar Fragen an Sie. Wir führen gerade eine Umfrage zu aktuellen Themen durch, und dazu wurde auch Ihr Haushalt zufällig ausgewählt. Und nun würde ich Sie gerne bitten, uns ein paar Fragen zu beantworten.«

»Wie lange soll der Spaß denn gehen?«

»Vierzig Minuten, wenn Sie Raucher sind. Wenn nicht, sind es nur zwanzig. Ihre Sache.«

»Ich bin Raucher! Aber vierzig Minuten ist mir viel zu lange. Nichts für ungut, aber ich hab' hier vier Mädchen, die schon halb am Verhungern sind. So schreien sie jedenfalls.«

»Kein Problem! Dann entschuldigen Sie bitte die Störung. Auf Wiederhören.«

»Auf Wiederhören«, hörte er die Frau noch sagen, ehe sie auflegte. Er machte hinter ihrer Telefonnummer im Kästchen Raucher ein Häkchen. Wieder gab es eine Information, die die Firma verkaufen konnte, und Tim hatte einen Euro neunzig mehr in der Tasche.

Das Gefühl von Einsamkeit konnte in Menschengruppen ansteckend wirken. Wer einsam war, hatte zudem wenig Freunde und neigte dazu, diese mit der Zeit ebenfalls zu verlieren. Tim wusste, wovon diese amerikanische Studie sprach, die im »Journal of Personality and Social Psychology« veröffentlich worden war. Man sollte sich den Freundeskreis als eine Ansammlung von Menschen vorstellen, bei der diejenigen in der Mitte die meisten Freunde hatten. Zum Rand hin wurden die sozialen Bindungen weniger, am Rand selbst wirkte alles wie der ausgefranste Ärmel eines alten Pullovers. Wer sich innerhalb einer Gruppe am Rand befand und sich einsam fühlte, hatte oft negative Kontakte zu anderen Personen, die durch diese angesteckt wurden. Die Folge war eine Abwärtsspirale aus Einsamkeit, in die sogar die Freunde der Freunde hineingezogen werden konnten. Weil sich einsame Menschen oft schlecht fühlten und ein negatives Weltbild hatten, reagierten sie auf andere Menschen misstrauisch, was wiederum zur Übertragung der negativen Stimmung führen konnte. Tim wusste, wovon die Rede war. Am Ende blieb man allein und richtete sich ein. Man suchte gar keine anderen Menschen mehr, um sie nicht mit der Einsamkeit anzustecken, man suchte sich eine Arbeit, bei der man keine sozialen Kontakte aufbauen musste. Man wurde Callcenter-Agent.

Er lächelte und unterbrach die Leitung, als er einen Mann hörte, der lachte. Hinter diesem Mann waren anderen Menschen, die ebenfalls lachten. Besser, wenn man vergaß, dass es das Lachen überhaupt gab. Wieder las er ein paar Zeilen des Thrillers, ehe der Apparat für ihn einen weiteren Einsamen ausmachte.

XIV

In jener Langzeitstudie über Freundschaft und Einsamkeit hatten Forscher der Universität von Chicago die Entwicklung der sozialen Beziehungen von fünftausendeinhundert Menschen ausgewertet. Einsamkeit war ein Virus, ansteckend, das Misstrauen erzeugte und das neue Freundschaften erschwerte. Einsamkeit schädigte die Gesundheit, die Gesellschaft trug zur Vereinsamung bei, Tim wusste das alles aus eigener Erfahrung. Er erhob sich vom Stuhl und streckte sich.

Er schaute über die Abblendwände seines Anrufarbeitsplatzes und ließ den Blick über die knapp hundert Callcenter-Agenten schweifen, die in ihren Kabuffen saßen und vor sich hin plapperten. Was für eine Art von Arbeit! Schlimmer als auf einer Galeere, meinte er, weil man hier ohne Blick zum Nachbarn war, ohne Plausch mit dem Kollegen und ohne zielgerichtetes Arbeiten. Jeden Tag wurde die Menschheit befragt, als hinge davon der Wohlstand der Massen ab. Tim zog die Brauen hoch, ließ sich wieder auf den Arbeitsstuhl fallen, rollte ein wenig hin und her und überzeugte eine Schwerhörige von der Lebenswichtigkeit seiner Umfrage. Er schrie so sehr ins Mikrofon, dass seine beiden Nachbarn an die gegenüberliegenden Ränder ihrer Zellen rücken mussten. Sie kamen mit ihren eigenen Fragebögen durcheinander und zerbrachen Zahnstocher zwischen den Fingern. Er beugte sich nach vorn und schrie unter den Monitor: »Welche Tiefkühlkost bevorzugen Sie? Geflügel, Schwein, Rind oder vegetarische Kost?«

»Geflügel«, kam es laut zurück.

»Geflügel, gut. – Also: Ente? Hühner? Oder Pute?«

»Hühner.«

»Huhn, gut. – Also: Brust? Schenkel? Oder Flügel?«

»Brust. – Sagen Sie, geht das noch lange so?«

»Brust, gut. – Nein. – Also: Braten Sie die Brust? Kochen Sie die Brust? Backen Sie die Brust auf?«

»Mal so, mal so.«

»Was würden Sie sagen? ›Meistens brate ich Hühnerbrust, meistens backe ich Hühnerbrust, meistens koche ich Hühnerbrust?‹«

»Meistens brate ich Hühnerbrust.«

»Gut. Und was würden Sie sagen? ›Meistens backe ich Hühnerbrust oder meistens koche ich Hühnerbrust.‹«

»Meistens koche ich. Dann kommt backen.«

»Gut, danke, dann zurück zum Braten: Tauen Sie die Hühnerbrust vorher immer, fast immer, selten oder nie auf?«

»Fast immer.«

»Warum?«

»Wie ›warum‹?«

»Äh, das steht hier nicht.«

»Warum ich die Hühnerbrust auftaue oder warum ich sie fast immer auftaue?«

»Ja, ja, ich hab Sie schon verstanden. Unser System spinnt da.«

»Auch gut, dann lege ich jetzt auf.«

»Moment, Moment! – Ach, Mist«, sagte er und drückte mit der Maustaste auf »abbrechen«.

»Wurde abgebrochen, weil die Zielperson a keine Zeit mehr hatte, b kein Verständnis mehr hatte, c keine Lust mehr hatte, oder d sich nicht mehr kompetent fühlte?«, fragte das Programm. Er drückte wie immer auf »d«, sah den Bildschirm für einen Moment schwarz werden und verfolgte gelassen den Neustart des Systems.

Keine Hühnerbrust gebraten mehr, dachte er und nahm sich erneut den Thriller vor. In dem ging es ja wirklich zur Sache! Was da in Frankreich damals los war, Wahnsinn! Kein Wunder, dass da die Revolution ausgebrochen war. Freiheit, Gleichheit, Brüderlichkeit für alle! Hinein in den Krieg, hinein in die Revolution! Tim interpretierte das auf seine Weise: Brüder, befreien wir uns von unseren hartherzigen Müttern und nehmen wir die Väter in die Pflicht! Nur weg von den Müttern! Mutterflucht war doch der wahre Grund für alle Revolutionen! Tim schlug das Buch zu und antwortete einer Angerufenen so, dass sie sofort wieder auflegte.

Kurz darauf hatte er die Stimme eines Kontrolleurs im Ohr: »Was war das denn gerade?«

»Kurzzeitiges Flimmern vor den Augen«, sagte er wahrheitsgemäß.

»Dann nimm dir eine kurze Pause.«

»Geht nicht, ich kann nicht aufstehen, weil dann mein elendes Herz nur noch mehr rast.«

»Wir brauchen hier nur die Besten.«

»Also mich.«

»Nicht noch mal heute!«, sagte der Kontrolleur und schaltete sich aus der Leitung. Dann war wieder das Tuten zu hören. Dreimal erklang es, dann wählte der Automat eine neue Nummer. Die Chefs hatten Angst, dass sich die Anrufbeantworter zu oft einschalteten, was nur unnütze Kosten verursachte. *Abschalten nach dreimaligem Klingeln sind fast immer Anrufe aus Callcentern*, dachte Tim Leidger.

»Ja, hier ist die Kleinfamilie Großschmidt.«

»Schönen guten Tag, Frau Kleinfamilie, hier ist das Markt- und Meinungsforschungsinstitut.«

»Welches?«

»Den Namen darf ich nicht sagen, weil die Umfrage objektiv bleiben muss, aber Sie kennen uns sicherlich, wenn ich Ihnen die erste Frage stelle: Welche Partei würden Sie wählen, wenn am nächsten Sonntag Bundestagswahl wäre?«

»Die Grünen.«

»Moment, damit es wirklich objektiv zugeht, muss ich Ihnen erst alle vorlesen, vielleicht fällt Ihnen ja gerade eine nicht ein, und die ist dann diejenige welche. Also: CDU, SPD, FDP, die Linke, die Grünen.«

»Die Grünen.«

»Ich danke Ihnen –«

»War's das schon? Das ging ja mal schnell! Super, dann noch einen guten Tag! Tschüss.»

»Moment, Moment. – Mist», sagte Tim und drückte wenig später wieder auf »d« für unkompetent.

»Was war das denn?«, fragte der Kontrolleur wieder: »Du sollst dich zwischendurch doch nicht bedanken! Ich erinnere an das Memo drei Strich vierundsiebzig.«

»Ja. Machst du jetzt einen großen Lauschangriff bei mir?«

»Quatsch!«

»Mobbing ist strafbar.«

»Warum drückst du eigentlich immer auf ›d‹? – Wir brauchen das Tatsächliche, nicht das Gefühlte, klar?«

»Klar. – Aber ich hab' jetzt eh Feierabend!«

»Da hast du ja mal wieder Schwein gehabt, beim dritten Mal hätte es eine Ermahnung gegeben.«

»Wenn das Wörtchen wenn nicht wär, dann wär mein Vater Millionär! – Dann bis Freitag!«

»Hau rein!«

Tim nahm sich das Headset vom Kopf, hängte es an den Bildschirm, beendete das Programm und sah, dass auf dem Konto nun vier Gespräche mehr waren. Er tippte das Geheimwort ein und sah zu, wie der Computer sich ausschaltete. Dann stand er auf und reckte sich.

Sein Gegenüber zog sich einen Kopfhörer vom Ohr und sagte zu ihm: »Computer sagt nein.«

Sie grinsten sich an, gelassen wie Börsenmakler, und Tim hob zum Abschied die Hand.

Als er am Ausgang war, sah er zu den Kontrolleuren hinüber und verabschiedete sich stumm. Einer von ihnen machte hinter seinem Namen einen Haken und trug die Uhrzeit ein. Vierzehn Uhr.

Im grellen Sonnenschein stand er vor seinem Fahrrad, sah zur Hochschule für Musik und Theater, aus der einige der besten Nachwuchsschauspieler Deutschlands kamen, und dachte: *So pleite unsere Verbrecherstadt Rostock auch ist, die HMT bleibt absolute Elite. Vielleicht sind die Jungs und Mädels ja sogar froh, für ihre Rollen ein paar Feldstudien in der echten Verbrecherwelt machen zu können? Wer weiß, der weiß!*

Neidisch schloss er das Fahrrad ab und schob es die ersten paar Meter, ehe er sich auf den Sattel schwang und zurück nach Dierkow fuhr. Er freute sich auf die Abgeschiedenheit des Neubauviertels, das für fremde Augen immer wieder nur hässlich war. Für ihn bedeutete es Anonymität, also Einsamkeit und Freiheit. Für ihn war es Lebensmöglichkeit. Die vielen sechsstöckigen Plattenbauten mit den verglasten, angebauten Balkonen, die in Wellenlinien zueinanderstanden, so dass die schmalen Straßen fremde Autofahrer immer wieder zum Staunen brachten, die Nähe, die die Menschen in den Häusern aushalten mussten, und drumherum die Ferne von schwedischen Landschaften, Tim Leidger freute sich darauf, in dieser Ambivalenz erneut verschwinden zu können.

XV

Endhaltestelle. Payerbach-Reichenau. Tobias stieg aus dem Doppelstockzug und warf einen Blick auf die österreichischen Berge, die das Flusstal umstanden.

Na ja, wie die schweizerischen Gebirge, dachte er. *Kennst du eines, kennst du alle.*

Er nahm seine Umhängetasche auf und stieg von der Bahnstation hinunter in den Ort. Zwei Kilometer zum Schloss Wartholz. Immer die Hauptstraße entlang. Der Poet sah zur anderen Straßenseite, wo ein Taxi stand, entschloss sich dann aber, die Strecke zu Fuß zurückzulegen. Er wurde gegen vierzehn Uhr auf Schloss Wartholz erwartet, jetzt war es aber erst kurz nach zwölf. Tobias sog die frische Bergluft tief ein und genoss jeden Schritt.

Schon bald musste er drei Tage lang herumsitzen. Fünfzehn Autoren waren eingeladen worden, um sich um den mit zehntausend Euro dotierten, renommierten Literaturpreis Wartholz zu streiten. Siebenhundert Einsendungen aus aller Welt hatte es gegeben, eine Jury aus Philosophen, Wissenschaftlern und Journalisten sollte öffentlich über die Texte diskutieren, ehe der Gewinner bekannt gegeben wurde. Tobias seufzte und dachte: *Die reinste Verschwendung.*

Er tat sich jetzt schon leid. Drei Tage lang dem Gestotter überforderter Juroren zuzuhören, dabei war hier ganz in der Nähe doch der österreichische Serienkiller Unterweger aufgewachsen. Vielleicht könnte er sich ja verdünnisieren, um mal ein wenig zu recherchieren?

Unter dem Viadukt, das Payerbach und Reichenau voneinander trennte, stellte Tobias die Tasche auf den Bürgersteig. Über ihm ratterte der Zug zurück nach Wien. Anderthalb Stunden. Tobias war erschöpft vom langen Flug, von der Zugfahrt und vom Gehetze auf dem Flugplatz, das sich als ganz unnötig erwiesen hatte, weil die Wiener einen sparsamen Umgang mit Zeit nicht zu kennen schienen, waren alle Umsteigezeiten doch großzügig bemessen gewesen.

Er gähnte und sah sich den alten Zugwaggon an, der zu einer Gaststätte umgebaut worden war und auf der anderen Straßenseite stand. Jetzt ein kleines Herrengedeck und er wäre wieder munter! Er hatte die Tasche schon wieder aufgehoben, wollte die Straßenseite schon wechseln, zögerte dann aber und geizte wieder einmal mit seiner Zeit. Tobias ging weiter.

Vielleicht sollte er einmal in Wien wohnen, um ein neues Leben zu versuchen? Er entschloss sich, nach dem dreitägigen Lesemarathon ein paar Urlaubstage in der österreichischen Hauptstadt anzuhängen. Er wollte sich das Preisgeld in bar auszahlen lassen und dann eine Juniorsuite im Steigenberger anmieten. Er mochte die Steigenberger Hotels, und seitdem man ihm eine Karte gegeben hatte, die ihm garantierte, immer ein Zimmer zu bekommen, egal wo auf der Welt er sich gerade befand, war er ein treuer Kunde. Während er am Kurpark vorbeiging, der rechter Hand lag, malte er sich aus, dass das Wiener Steigenberger Hotel auf dem Dach einen Pool haben würde, von dem aus man die ganzen Sehenswürdigkeiten bequem mit einem Fernglas abhaken könnte.

Am Kreisel, der sich am anderen Ortsausgang der Hauptstraße befand, pausierte er erneut und studierte eine Gedenktafel. Schloss Wartholz hatte einmal den Habsburgern gehört. Die kaiserliche Familie von Österreich und Angehörige des Hochadels waren hier ein- und ausgegangen. Der Sohn des letzten Kaisers Karl, Otto, war hier geboren worden. Der Poet nickte. Also genau das Richtige für ihn. Er wurde auf Schloss Wartholz erwartet, genau wie Rilke ständig auf irgendwelchen Herrensitzen Europas. Rilke hatte schließlich gar keinen eigenen Wohnsitz mehr gehabt, er war einfach von einer Schlossherrin zur anderen gereist. Der Poet grinste und dachte: *Kennst du eine, kennst du alle!*

Tobias betrat wenig später die Schlossgärtnerei, in der ein kleiner Empfang stattfand. Seine Kontrahenten waren alle schon eingetroffen. Er wurde ihnen vom Schlossherrn vorgestellt. Wie immer war auch ein Schweizer unter ihnen. Fünf weibliche und zehn männliche Kollegen, geduldig nahm Tobias ihre Huldigungen entgegen. Einer Frau, die aus dem Kongo stammte und seit vielen Jahren in Österreich lebte, zwinkerte er zu. Ihre prächtige Schönheit konnte ihm zur Gefahr werden. Er wollte sie sogleich auf seine Seite ziehen, um ihr, wenn er mit ihr im Bett war, das Manuskript zu rauben. Tobias war sich sicher, dass kein anderer Vertreter ihm das Preisgeld streitig machen konnte.

Überschwänglich ging er quer durch den Saal auf die vier Juroren zu und umarmte sie fest und charmant. Sie waren gerührt, als er ihnen erzählte, wie sehr er ihre Arbeit der letzten Jahre bewunderte: »Einzigartige Gedanken, ganz einzigartig!«

Der Schlossherr klopfte mit einer Dessertgabel gegen ein geschliffenes Champagnerglas und begrüßte die Gäste. Sie waren weltweit die besten Vertreter der Literatur, er war sehr stolz, dass sie seiner Einladung gefolgt waren. Tobias sah zu der Kongolesin, die aber keine Notiz von ihm nahm. *Bloß keine Lesbierin*, ging es ihm durch den Kopf.

Man gruppierte sich um das Buffet und tauchte winzige Weißbrotscheiben in Schalen voller Kaviar. Ein russischstämmiger Autor führte das Wort, bis Tobias erklärte, dieser Kaviar stamme aber aus Norddeutschland, aus Demmin. Der Stör werde dort gezüchtet. Das Kaviarmonopol Russlands sei schon lange aufgebrochen. »Nichts für ungut«, fügte er an. »Wussten Sie, dass nur hundertdreißig Kilometer von hier der erste überführte Serienkiller geboren worden ist? Der Viehdieb Jack Unterweger. Zehn Morde!«

»Wie schrecklich«, sagte eine der Autorinnen.

»Ich dachte, Sie meinten den anderen Massenmörder«, sagte einer der Männer. Er trug einen langen, schwarzen Bart und blickte finster durch eine Brille mit runden Gläsern und breitem, schwarzem Gestell. Tobias schien es, als wolle der Mittdreißiger seine Augen verstecken. Er ging auf dessen Bemerkung nicht ein. Wozu auch?

Ein wenig später wurde das Fünf-Gänge-Menü serviert, bei dem sich die Unterhaltung um die Rosenzucht drehte. Das Gespräch schleppte sich dahin, auch die anderen Gäste waren von der Anreise ermüdet. Tobias gähnte ungeniert, war er doch mit großem Abstand der Jüngste, wobei seine Preisliste eine der längsten war. Erst letzte Woche hatte ein Wirtschaftsmagazin seinen Markwert neu beziffert, weil er die Rechte an seiner Biografie versteigert hatte. Das war wieder einer jener kühnen

Schachzüge gewesen, die den Literaturbetrieb im Innersten erschüttert hatten. So offen habe noch kein Lyriker gezeigt, dass es ihm ums Geld gehe, hatten die Literaturmagazine gewettert.

Tobias erhob sich als einer der ersten Gäste und verabschiedete sich, um ein Stündchen Mittagsschlaf zu halten. Dies hielten auch andere für eine ausgezeichnete Idee, der Gastgeber protestierte erschrocken, musste sich dann aber damit abfinden, dass die ersten Lesungen heute erst nach dem Abenddinner stattfanden. Er gab seinem Sekretär einen Wink, der die Presse benachrichtigte.

Untergebracht waren sie im größten Hotel des Erholungsortes, das sich gegenüber dem Theatergebäude befand, in dem die Lesungen gehalten werden sollten. Reichenau an der Rax war noch wie ausgestorben, im Hotel waren die Schriftsteller unter sich. Tobias nahm seinen Schlüssel entgegen und sagte, er brauche für die nächsten Tage drei schwarze Anzüge, drei weiße Hemden und passende Schuhe. Konfektionsgröße L, Schuhgröße dreiundvierzig. Der Mann an der Rezeption sah ihn überrascht an: »Der nächste Herrenausstatter befindet sich in Wiener Neustadt. Das sind rund vierzig Kilometer!«

»Dann schicken Sie jemanden dorthin, die Sachen zu holen, und setzen Sie es auf die Hotelrechnung. Der Veranstalter übernimmt sämtliche Kosten. Ich bin direkt vom Flieger hierhergekommen, keine Möglichkeit, noch passende Sachen zu kaufen, aber was entschuldige ich mich überhaupt bei Ihnen!«

»Ich weiß nicht, ob …«

»Oder bestellen Sie den Schneider her. In sechs Stunden brauche ich ausgehfähige Kleidung. Neunzehn Uhr fünfundvierzig ist Anprobe, mein Lieber«, sagte Tobias. Er hob seine alte Sporttasche auf, drehte sich um und ging zu den Aufzügen. Im Lift sagte er zu zwei seiner Kollegen: »Leute schickt das Arbeitsamt!«

Das Zimmer erinnerte ihn an das auf Bornholm. Eine gemütliche Einrichtung, gediegener Komfort, alles nicht mehr ganz neu, aber sehr gepflegt und sauber. Er ging auf den Balkon und dachte an die Ostsee, die er auf Bornholm vom Zimmer aus hatte sehen können. Hier war nichts von einem Meer zu sehen, hier versperrten schneebedeckte Gipfel den Blick zum Horizont.

Mal wieder Berge, dachte er. *Kennst du einen, kennst du alle!*

Der Poet ging zurück in sein Zimmer, öffnete den Safe und versteckte als Erstes sein Vorlesungsmanuskript. Dann inspizierte er die Bar, bevor er es sich mit einem Fläschchen Whisky auf dem Bett gemütlich machte. Er trank es in einem Schluck aus, drückte noch auf den Knopf, der die Gardinenelektronik in Gang brachte, und legte sich den Kopf auf die Hände. Tobias streckte die Beine von sich, hörte ein wenig den Vögel zu und schnarchte bald darauf leise vor sich hin.

Er träumte von zehntausend Euro in Fünf-Euro-Scheinen, die locker gehäuft auf einem nierenförmigen Tisch lagen. Darin befand sich der augenlose Kopf seiner Erzeugerin. Ihr Leib fehlte. Anstelle der Haare hatte der Kopf kleine, grüne Giftschlangen, die vor sich hin züngelten und nur darauf warteten, dass der kleine Tobi in den Geldhaufen griff. Tat er aber nicht! Der kleine Tobi drehte sich um und verließ das Zimmer auf seinem Dreirad. Er eierte durch dunkle Flure, helle Zimmer und Unmengen von Küchen, in denen das Wasser am Hahn gefroren war.

XVI

Exakt um neunzehn Uhr vierzig klopfte es an der Hotelzimmertür, Tobias schrak hoch und rief: »Herein.« Er gähnte und streckte sich.

Von draußen sagte eine Stimme im besten Wienerisch: »Mein Herr, das geht leider nicht. Wenn Sie so gut wären, mir zu öffnen? – Hier ist Ihr Schneider, wenn Sie so gut wären?«

»Moment!«, rief Tobias, als er merkte, dass sich im Schlaf sein Penis versteift hatte, und dachte: *Mist!*

Er setzte sich auf die Bettkante, wischte sich mit beiden Händen übers Gesicht, gähnte noch einmal und rechnete eine komplizierte Mathematikaufgabe aus, ehe er aufstehen und zur Tür gehen konnte.

»Kommen Sie, kommen Sie schon!«, sagte er. »Wir haben keine Zeit, keine Zeit!«

»Aber an mir liegt es nicht, mein Herr, ich bin pünktlich. Pünktlich, kaum zu glauben.«

»Haben Sie alles?«

Der glatzköpfige Schneidermeister nickte, zog den Reißverschluss eines Kleidersacks auf und holte einen schwarzen Anzug heraus: »Sie meinten, Größe L, aber so etwas führen wir nicht. Ich habe mich bei den Kaufhäusern erkundigt, was gemeinhin L ist. Dieser müsste Ihnen eigentlich recht gut passen, Sie sind ja schlank. Das Ebenmaß eines Körpers, der junge Herr, wenn ich sagen darf. Wollen Sie probieren? Im Auto habe ich noch andere Größen. Hier sind die Hemden, schneeweiß wie die Gipfel unserer schönen Berge ringsherum. Haben Sie unsere Berge schon betrachtet? Hier wären die Hemden. – Wenn ich die Hose für Sie schließen darf? Wirklich ein schöner Körper, wie gemacht, um nur die besten Anzüge der Welt zu tragen. Passt! Sie brauchen nicht einmal einen Gürtel! – Und lassen Sie sehen, drehen Sie sich, ja, auch am Allerwertesten, mein junger Herr, wirklich eine Augenweide, die Anzughose meine ich natürlich. – Wenn Sie sich das Hemd überziehen wollen? Manschettenknöpfe habe ich auch, falls Sie keine dabeihaben.«

»Nein, nein, da habe ich meine eigenen! Glücksbringer.«

»Ich verstehe! Diamantenbesetzte Glücksbringer, ich staune, der junge Herr versteht zu leben! Sie würden es in unserer Wiener Gesellschaft recht gut haben, einen wirklich ausgeprägten Geschmackssinn, den Sie da haben. – So, vielleicht noch das Jackett übergestreift? Nur zur Probe?«

Tobias nickte, als es erneut klopfte.

»Ach, das ist nur mein Geselle, er sollte die Schuhe noch fix überpolieren, wenn Sie erlauben?«

Tobias ging zum mannshohen Spiegel und musterte sich. Sein junges Gesicht mit den schwarzen Pupillen werde vom Anzug gut unterstützt, fand er. Mit den Fingern strich er die langen, welligen Haare zurück, deren Dunkelblond in Verbindung mit den dunklen Pupillen sehr selten war. Er zupfte sich den Pony zurecht und gähnte noch einmal, während er vom kleinen Zimmerflur aus einen kurzen Streit hörte. Dann erschall eine Ohrfeige, ein unterdrückter Schrei folgte, ehe der Meister mit seinem Gesellen im Zimmer erschien.

»Probleme?«, fragte Tobias, ohne den Blick vom Spiegel zu nehmen.

»Nein, nein, alles gut, alles bestens!«, sagte der Meister. »Wenn Sie die Schuhe anprobieren wollen? Ich hörte, Ihre Veranstaltung beginnt gleich. Sogar einige Staatsminister sind anwesend und das Fernsehen!«

»Es geht sowieso erst los, wenn ich da bin. Ohne mich können sie ja schlecht anfangen.«

»Noch besser.«

Tobias setzte sich auf einen Sessel, streckte die Beine von sich und sah dem Gesellen, der im Alter seines Vaters war, zu, wie er ihm die Schuhe über die Füße streifte.

Wiener müsste man sein, dachte der Poet, während der Geselle noch einmal mit einem Lappen das Leder polierte. Tobias spürte die Bewegungen durchs dünne Oberleder. Er stand auf, machte ein paar Schritte und war zufrieden. Dem Meister gab er aus der eigenen Schatulle ein gutes Trinkgeld, vergaß auch den Gesellen nicht, und schob die beiden Schneider dann bestimmt zur Tür.

»Und Sie sind sicher, dass Schloss Wartholz die Kosten trägt?«

»Aber ja, aber ja, nur keine Sorge! Einfach auf meine Hotelrechnung setzen lassen, der Herr!«, sagte Tobias. »Eine ganz ausgezeichnete Arbeit, die Sie da in der Kürze der Zeit zustandegebracht haben.«

Der Schneidermeister nickte, lächelte und sagte, schon auf dem Hotelflur stehend: »Wissen Sie, es sind nämlich immerhin einige hundert Euro.«

»Ich mag die Summe gar nicht wissen, das könnte mich nur irritieren. Sie wollen doch nicht, dass ich von Österreich irritiert bin? Sie sind doch Patriot, oder?«

Augenblicklich straffte sich der Schneidermeister.

Tobias schloss ohne ein weiteres Wort die Tür und ging zurück zur Minibar. Er nahm sich eine Cola, mischte sie mit einem Energydrink und trank den Mix in einem Zug aus. Bevor er das Zimmer verließ, nahm er das Manuskript aus dem Zimmertresor und steckte es sich in die Innentasche des prachtvoll sitzenden Anzuges. Wenig später stand er in der Hotellobby, wo auch andere Schriftsteller die Zeit hinauszögerten, bis sie sich der Jury zu stellen hatten. Tobias war angeekelt von den Menschen, denen er gleich gegenüberstehen würde.

Warum schickte man ihnen die Preisgelder nicht einfach nach Hause? Was sollten diese öffentlichen Auftritte? Sie waren doch nur verschrobene Literaten, die lieber am Schreibtisch saßen, um sich eine Welt zu erfinden, anstatt hinaus in die schon vorhandene Welt zu gehen. Tobias seufzte und suchte die Frau aus dem Kongo. Sie war nicht mehr oder noch nicht in der Lobby. Er schlenderte zur Drehtür, die sich in Bewegung setzte, sobald er in ihrer Reichweite war. Sofort blitzten draußen Kameras auf. Reporter brachten sich in Stellung. Sogar einen roten Teppich hatte das Hotel spendiert. Tobias schüttelte den Kopf und machte auf den Absätzen kehrt.

»Kommen Sie, mein junger Lyriker, wir nehmen alle noch einen kleinen Red Bull. Wussten Sie, dass dieses Getränk hier in der Alpenrepublik erfunden wurde?«

»Es gibt hier sogar einen Fußballverein, der von unserer Sucht profitiert«, sagte der Schweizer.

»Salzburg! Mein Gott, vielleicht schaue ich mir nach der Veranstaltung noch Salzburg an«, sagte ein anderer. »Wer weiß, wann ich mal wieder in Österreich bin.«

Sie verplauderten an der Hotelbar eine ganze halbe Stunde, ehe der Schlossherr höchst aufgeregt ins Hotel kam: »Meine Herren, meine Damen, wenn ich bitten darf! Man erwartet Sie!«

Nacheinander nahm er sie alle am Arm und zog sie von den Thekenhockern, während er fortfuhr: »Die Auslosung hat ergeben, dass heute Abend der Lyriker Tobias Siegfried März beginnen wird. Es folgt die Dramatikerin Sarah Oboschanie, ehe der Abend von Theodora Meyer beendet wird. Dann gibt es einen Empfand des Kulturministeriums, ehe wir morgen in aller Frische weitermachen. – Entspannen Sie sich, seien Sie einfach Sie selbst!«

Tobias ging als Erster hinaus und blieb auf dem roten Teppich dicht an der Drehtür stehen, so dass seine Kollegen ihm nicht folgen konnten. Er lächelte charmant in die Kameras und sagte immer wieder: »Tobias März, März Tobias, Tobias März, Tobias, Tobias März!«

Das war die Antwort auf alle Fragen, die auf ihn einstürmten. Er lächelte in die ratlosen Gesichter der Journalisten.

Erst nach vier Minuten ging er ein paar Schritte weiter und befreite seine Kollegen so aus der misslichen Lage, in der Drehtür festgesteckt zu haben. Sie stolperten ins Freie, was kein schöner Anblick war. Tobias drehte sich um und gab sich mit großer Geste hilfsbereit. Er ließ die ersten Kollegen vorbei, um sich die schöne Afrikanerin zu schnappen. Er hakte sich bei ihr unter, tätschelte ihre Hand, zog sie mit sich und fragte sie ins Ohr, ob er etwa zu aufdringlich wäre.

Sie lachte auf, lächelte dann, und die Klatschpresse reagierte mit Blitzlichtsalven.

»Sind Sie ein Paar? Woher kennen Sie sich, wenn die Frage erlaubt ist?«

Der Poet an der Seite der Dramatikerin antwortete nicht, sondern wedelte mit der linken Hand den Weg frei.

Leider war sein erster Plan fehlgeschlagen! Er konnte ihr Manuskript nicht mehr vernichten, weil sie ihren Auftritt gleich nach ihm hatte. Es blieb ihm also nur der ursprüngliche Plan, der hauptsächlich auf seinem ausgemachten Jungencharme fußte. Tobias richtete seine ganze Konzentration auf die Verwirrung der hübschen Frau an seiner Seite, die er für seine härteste Konkurrentin hielt. *Kannst du einen Gegner nicht vernichten, dann umarme ihn*, hatte er bei seinem Vorgänger Wilde gelesen. – Er musste sie also so sehr aus der Fassung bringen, dass ihr die Gegenwart unwichtig wurde und sie ins Träumen geriet. Er hatte noch zwanzig Minuten Zeit, um ihren Vortrag zu sabotieren.

XVII

Das Tonic nur kurz ist das Eisfach zu legen und den Moment zu erwischen
Da sie zwei Drittel Eis und ein Drittel flüssig ist. Sie kräftig
Durchzuschütteln und den Gin mit ihr aufzufüllen. Eisstücke
Im Glas schwimmen zu sehen und auf Zitrone glattweg zu verzichten.

Das Glas in der schweißnassen Hand zu fühlen und das brunftige Grün
Eines rieseigen Baumes. Von der Veranda aus den heißen Tag
Auf den Straßen fahren zu sehen. Das kalte Glas
An die Wange zu führen. Und den Rand an die Lippen.

Das Chinin für gefährlich zu halten, den Gin aber nicht. Selbst einem
Hemingway hat es den Lebenssinn zerstört. Wacholderbeeren aber
Mildern die Zersetzung des Chinins. Und Gin ist gut.

Clay sagt, sie habe einen Freund, der jetzt Nutte ist. Passiert
Schon mal, sage ich. Er sei einer von den Söhnen, deren Väter
Ständig gegrüßt werden, erklärt sie, und ich sage: Gib ihm
Keinen Gin zu trinken. Lasst ihn keine Lasten schleppen.

Eine Biene versucht in den Porsche zu kommen. Feiner Wüstenstaub
Fegt über die Motorhaube. Ich lege die Hand auf die Knie von Clay.
Wir steigen
Aus dem Auto. Aus den Klamotten. Ich sage zu Clay, sie ist jetzt
Ihr Freund, ich ficke sie in den Hintern.

Wüstensand auf ihrem weißen Arsch. Kristalle fangen sich im Schweiß.
Gänsehaut auf ihrem Nacken. Clay schreit, und ich bin wieder vorsichtig.

AH.

Bis sie sich daran gewöhnt hat und sich auf der Motorhaube entspannt.
Blut rinnt ihr aus dem Hintern, ich stoße weiter zu und sehe mir die
Sonne an.
Clays Brüste wischen über den Lack und lassen Schleifspuren zurück.
Sie weiß nicht mehr, dass sie nicht Clay ist. Sie ist ihr alter Freund, die
Nutte.

Wo ist der Gin mit dem künstlichen Teufelszeug? Ich will Chinin. Gebt
Mir Chinin, aber ich bekomme nur Clays Hals zu fassen. Ihr Röcheln
Mischt sich in den Wüstenwind. Gebt mir Chinin, aber lasst mich
Clay fragen, ob sie auch schön leide: Süße, leidest du so schön?

Meinen Samen im Arsch rutscht Clays Körper ins heiße Gelb. Kein Laut.

Tobias lächelte, ließ beide Blätter durch das Bad der Juniorsuite segeln und tauchte im Wasser des Whirlpools unter. Die zehntausend Euro hatte er zwar nicht in Banknoten, sondern als Verrechnungsscheck bekommen, aber das Steigenberger Hotel hatte dieses kleine Problem anstandslos gelöst. Man hatte mit der Hausbank telefoniert, und schon hatte der Poet seine Suite in der siebten Etage. Wien lag heute im Nebel.

Tobias war nach der Überreichung des Schecks kurzerhand mit dem Taxi in die Hauptstadt gefahren, er hatte keine Interviews mehr gegeben. Payerbach und Reichenau lagen hinter ihm. Hinter ihm und Sarah. Ihr makelloser Körper tauchte an seiner Seite aus dem Wasser. Sie schmiegte sich an ihn, und er strich mit der flachen Hand über ihre schwarze Haut. Der Poet umfasste ihre Scham, bewegte die Fingerkuppen, während er die Schamhaare mit dem Handballen streichelte. Sarah öffnete die Schenkel weit und knabberte an seinem Ohrläppchen.

»Morgen muss ich weiter nach Chicago«, flüsterte sie. Ihr Oberkörper wölbte sich und die großen, festen Brüste tauchten aus dem warmen Wasser auf. Steif thronten die Nippel, und ein wenig Schaum rutschte von der Haut. Tobias streichelte die Schamlippen von innen und sagte: »Chicago, da wollte ich schon immer mal hin.«

»Dann komm mit«, sagte sie, und sogleich bereute sie diesen weiblichen Reflex, diese heimliche Angst vor der Unabhängigkeit. Sie fügte rasch hinzu: »Bloß nicht. Bleib ja hier.«

»So sind sie, die Frauen«, sagte er. »Immer wieder sich selbst widersprechend. Meinst du manchmal auch, was du sagst?«

»Selten, darum schreib' ich ja Theaterstücke.«

»Verstehe.«

»Da kann ich mir dauernd widersprechen.«

»Ich sagte doch schon, dass ich dich verstanden habe. – Los, lass uns noch eine Flasche Champagner trinken.«

»Möchtest du mich jetzt nicht lieber ficken? In meinen Hintern?«

»Wenn du jetzt meinst, was du sagst?«

»Ja, mir geht dein Gedicht nicht mehr aus dem Kopf.«

»Niemandem geht es aus dem Kopf«, sagte er. »So ist das mit der Kunst aus Erfahrung.«

»Wie ist es?«, fragte er sie, auch wenn es ihn nicht interessierte. Er saß entspannt auf einem der Ledersessel, hinter sich das Panoramafenster, und schaukelte ein Kognakglas im Kreis.

Die drei jungen Stricher, die er über die Rezeption bestellt hatte, arbeiteten routiniert und unangestrengt. Sarahs Körperöffnungen waren mit ihren Schwänzen vollgestopft, sie zitterte am ganzen Leib, zwischen Schmerz und Lust hin und her gerissen.

Manchmal verdrehte sie die Augen so, dass nur noch das Weiß in ihrem schwarzen Gesicht zu sehen war. Die Jungs lachten nicht, lächelten nicht einmal, sahen sich nur immer wieder an und nickten sich zu, bevor sie die Positionen tauschten.

Sie streiften sich die Kondome ab, setzten neue auf und wechselten, bis jeder von ihnen dreimal in Sarahs Mund, Vulva und Hintern gewesen war. Dann knieten sie sich neben ihren Kopf, nahmen die Kondome ab und spritzten ihr den Samen aufs Gesicht.

Tobias lachte und fotografierte mit dem Handy. Dann trank er den Kognak mit einem Schluck aus.

»Gut gemacht, Jungs!«, sagte er, als sich die drei Edelstricher wieder anzogen. Keiner von ihnen hatte ein Wort gesagt, auch jetzt schwiegen sie, während Tobias sie auszahlte. Er rundete bei jedem von ihnen auf tausend auf und sagte: »Jetzt ist die Kleine im Spermienhimmel!«

Die drei steckten die Geldscheine in die Hinterntaschen ihrer Jeans, und einer von ihnen fragte höflich, ob Tobias vielleicht auch in diesen Himmel wolle?

Er lachte: »Nein, nein, aber danke für das Angebot.«

Nachdem sie hinausgegangen waren, ging er zu Sarah und verteilte das fremde Sperma auf ihrem Gesicht und auf den Brüsten. Sie keuchte noch immer. Er sah an ihr herunter: »Und aus deinem Arsch blutest du jetzt auch. Wird Zeit, dass du abhaust.«

Sie sah ihn mit großen Augen an.

»Oder anders«, sagte er: »Ich verschwinde jetzt mal, du lässt die Sauerei hier wegmachen, und wenn ich wieder in meine Suite komme, dann bist du sonst wo. Egal wo, aber nicht hier!«

Sie nickte.

»Gut«, sagte er, gab den beiden großen Brüsten je einen Klaps, dass sie schwabbelten, zog den Pyjama aus und ging unter die Dusche.

Mit nassem Haar und neuem Anzug stand er eine halbe Stunde später im Lift und sah sich die Handyfotos an. *Das ist nun also die größte Dramatikerin unserer Zeit*, dachte er. *Aufgespießt und besudelt.* Er schickte die Fotos an seine Homepage, um sie später anonym ins Internet zu stellen, während er dachte: *Wieder eine Konkurrentin weniger.*

An der Rezeption bestellte er ein Taxi und ließ sich kurz darauf durch Wien fahren. Er hätte auch einen Fiaker nehmen können, fiel ihm ein, als er an der langen Reihe Droschken vorbeifuhr, die an der Rückseite des Stephansdoms standen, aber dann sah er, wie eines der Pferde Äpfel fallen ließ, die von einer Vorrichtung aufgefangen wurden, bevor sie auf dem Boden landen konnten.

Er starrte auf den fetten, schwarzen Pferdearsch und sagte zum Chauffeur: »Fahren Sie schon weiter! In die Kirche brauche ich nicht. Kennst du eine, kennst du alle, heißt es im Norden. Zeigen Sie mir lieber etwas, dass es nur in Wien gibt! Egal, was es ist.«

»Aber woher soll ich wissen, was es woanders nicht gibt? Ich war seit zwanzig Jahren nicht mehr außerhalb der Stadt.«

Tobias nickte, ehe er wütend wurde: »Nun bringen Sie mich schon von diesen scheißenden Pferden weg!«

»Mir scheint, die sind so ziemlich einmalig in Europa«, antwortete der Taxifahrer, sah das wütende Gesicht seines Fahrgastes und gab Gas, ehe er sagte: »Ich bringe Sie zum Friedhof. Liegt ein wenig außerhalb, aber das lohnt sich für uns beide!«

XVIII

Pawel Höchst blinzelte ins Sonnenlicht und massierte sich die Schläfen. Dreizehn Stunden Verhör lagen hinter ihm, vier Beamte der Rostocker Kripo hatten sein gesamtes Leben vor ihm auseinandergenommen. Dann waren Männer des BKA gekommen und hatten üble Psychotricks mit ihm veranstaltet. Ob er als Kind von Priestern missbraucht worden war? Aus einem Opfer wurde schon mal ein Täter. Er könnte es ihnen ruhig sagen, er sei ja jetzt in Sicherheit in Deutschland, bis hierher reiche der Arm Russlands nicht. Keine Sorge!

Was hatte er im Kinderzimmer des Jungen gewollt, dessen Mutter gerade ermordet worden war? Hatte er ein weiteres Opfer gesucht, hatte er geglaubt, der Junge wäre so schutzlos wie kleine Kinder in der Kälte des Beichtstuhls? Man sei doch unter sich, also, was hatte er nun im Zimmer des Jungen gewollt?

Diese Fragen und Anschuldigungen schossen ihm wieder und wieder durch den Kopf, während er zum zweiten Mal in nur drei Tagen das Gefängnistor hinter sich ließ. Den Wachmann grüßte er trotzdem nicht.

Er ging mit gesenktem Kopf die Waldemarstraße entlang. Instinktiv glaubte er, alle Leute würden ihn anstarren. Was für eine verrückte Idee, in die Wohnung der Toten zu gehen! Was hatte er sich nur dabei gedacht? Prospekte hatte er auch keine gefunden, doch immerhin hatte er diese Spur für sich behalten. Eines war ihm während des Verhörs klar geworden. Die Sache war persönlich geworden. Er würde den Meistermörder selbst fassen. Er würde sich von jedem Verdacht reinwaschen. Welche Unterstellungen! Wie leicht man in den Mühlen der Justiz doch zum Opfer werden konnte. Pawel fragte sich, ob er den richtigen Job hatte. Nervenstränge wurden ja mit der Zeit nicht dicker.

Sicherlich, man galt als unschuldig, solange die Schuld nicht bewiesen war, aber, verdammt noch mal, warum musste man die Unschuld überhaupt erst beweisen? »Keine Sorge«, von wegen!

Pawel kam auf den Doberaner Platz und ging ins Café Central. Er setzte sich nahe des Ausgangs an einen Tisch, der direkt an einem Fenster stand, und sah hinaus. Ein rotblonder Student, dessen Schulterumfang so schmal wie Pawels eigener Unterarm lang war, trat an seinen Tisch und lächelte ihn auffordernd an: »Sie brauchen doch einen starken Drink, oder irre ich mich da?«

»Ganz und gar nicht, du scheinst diesen Nebenjob schon lange zu machen.«

»Lange genug.«

»Und was studierst du?«

»Germanistik und Sport auf Lehramt.«

»Sport?« Pawel grinste über beide Wangen und sah den Jungen skeptisch an, der ernst antwortete, er könne gut motivieren und darauf komme es letztlich an.

Pawel nickte, ehe er sagte: »Ich nehme einen French 75.«

»Habe ich noch nie gehört.«

»Ein Gincocktail!«

»Ich frage mal an der Bar nach«, sagte der Kellner.

Pawel sah ihm hinterher und war doch eher erfreut, als er sah, wie der Junge an der Bar ein Mädchen umarmte, das auch kellnerte, und es auf die Art küsste, wie es Schwule nicht taten.

Er sah aus dem Fenster und dachte daran, wie unsanft man ihn in der Untersuchungshaft behandelt hatte, ehe man ihn in die Zelle gestoßen hatte, in der sich schon ein Kleinkrimineller befand. Zum Glück hatte dieser Typ Bewährung und wollte alles, nur keinen Ärger.

Tilo Klähn sei sein Name. Internetkriminalität.

»Scheiß Internet«, hatte Pawel geantwortet, »das macht doch alles nur kaputt.«

»Was, alles?«

»Alles.«

Daraufhin hatten sie geschwiegen.

»Tut mir sehr leid«, sagte der Rothaarige, »aber von so einem Drink haben wir hier noch nichts gehört. Ich habe sogar unseren Chef in der Likörfabrik angerufen, der wusste aber auch nichts über einen French 97.«

»French 75.«

»Oder so.«

»Und nun?«

»Keine Ahnung«, sagte der Junge und fuhr sich instinktiv mit beiden Händen durch das Haar. Er schielte dabei zu seiner Freundin, die gerade vorbeikam.

»Ein verdammtes Bier nehme ich dann, aber nur, wenn es kalt ist!«

»Am kältesten ist es bei uns in der Flasche. Beim Zapfhahn sparen wir ein wenig Strom. Wegen der Umwelt.«

»Ja, ja, die Umwelt! Von wegen!«, sagte Pawel und orderte eine Flasche vom tschechischen Bier, dessen Name er nie aussprechen konnte. Obwohl er doch ein geborener Russe war! War das ein erstes Zeichen, dass er ganz und gar heimisch wurde?

Der Rotblonde nickte und machte kehrt. In diesem Moment klingelte Pawels Handy. Er zuckte zusammen und sah auf das Display. Seine Ehefrau! Liebend gerne hätte er erst einen Schluck vom Bier getrunken, um sich für diesen Anruf zu wappnen. Er verzog die Augenbrauen und nahm das Gespräch an: »Hallo!«

»Was ist nur los mit dir?«

»Was meinst du? Ich arbeite. Ich habe einen schwierigen Job, entschuldige, wenn ich die letzte Woche nicht zu Hause war, aber es ist gerade alles ungemein kompliziert.«

»Kompliziert? – Was glaubst du eigentlich, was kompliziert ist? Was du mit mir machst, dass du mich ignorierst, das ist ja noch auszuhalten, aber was du deinen beiden Söhnen zumutest, das ist der Gipfel!«

»Was meinst du?«

»Was meinst du, was meinst du! Stell dich an, aber nicht dämlich!«

»Ich verstehe kein Wort.«

Der Junge goss ihm Bier aus der Flasche ins Glas und stellte ihm beides auf den Tisch. Schnell nahm Pawel einen Schluck, der hauptsächlich noch aus Schaum bestand. Leute schickte das Arbeitsamt!

»Deine Söhne sind von der Polizei aus dem Kindergarten geholt worden. Die Kindergärtnerin wurde befragt, ob die Zwillinge irgendwie auffällig geworden sind. Ob sie verängstigt gewirkt haben. Pawel, meine Kinder wurden von einem Arzt untersucht, ob sie sexuell missbraucht worden sind! Sag mir bitte, was geht hier vor?«

Beim zweiten Zug verschluckte der Privatdetektiv sich und spuckte eine Bierlache auf den Holzboden des Cafés: »Was? Die Bullen haben was?«

»Pawel, weißt du, was sie jetzt im Viertel herumerzählen? Ich habe schon sämtliche Gardinen zugezogen!«

»Ich bin in zwanzig Minuten da!«

»Sei aber vorsichtig. Hier gibt's eine Nachbarschaftswache, die andauernd mit Farbbeuteln auf unser Haus wirft.«

»Was?«

»Pawel, was sollen wir bloß tun?«

»Ich bin in zehn Minuten da! – Mach solange nichts!«

Der Detektiv stürmte aus dem Café und hörte den verliebten Jungen nicht, der das Bier bezahlt haben wollte. Jetzt war es endgültig persönlich geworden! Die Bullen waren dabei, sein Privatleben zu zerstören. Wegen des Meistermörders! Nein, jetzt fror bald die Hölle zu!

Man konnte ja vieles mit ihm machen, aber eines war schon auf den Fischtrawlern heilig gewesen: das Privatleben. Niemand kümmerte sich dort um den persönlichen Mist des anderen, nur so war ein Überleben auf einem Trawler möglich. Sieben

Monate zusammengepfercht, das funktionierte nur, wenn man dem Kollegen seine Freiheit ließ! Und diese Freiheit bestand auf einem Fischtrawler hauptsächlich aus dem Erinnern. Pawel winkte ein Taxi heran, das gegenüber der Deutschen-Bank-Filiale abrupt zum Halten kam.

Wie hieß das heilige Motto aller Hochseefischer doch? Pawel fluchte es mehr, als dass er es vor sich hin sagte: »Privat heißt privat, weil es privat ist!« Das hatte bisher noch jeder Mann verstanden, und auch dieser verdammte Meistermörder sollte es eines Tages verstehen. Dafür wollte Pawel schon sorgen.

Er stieg ins Taxi und sagte: »Wenn Sie die Höchstgeschwindigkeit überschreiten, geben ich Ihnen einhundert Euro extra.«

Der Fahrer nickte und sah sich kurz um. Dann startete er den Wagen, drückte das Gaspedal voll durch und legte ein Schild auf das Armaturenbrett: Arzt im Einsatz.

XIX

Hinter einer der Plattenbausiedlungen, die heute zu zwei Dritteln leer standen, breitete sich eine Brache aus, die früher einmal bewirtschaftet worden war. Dahinter versteckte sich, jenseits eines schmalen Baumgürtels in einer Senke, eines der ältesten Dörfer dieser Region: Toitenwinkel, toter Winkel.

Heute kannte man diese Gemeinde hauptsächlich wegen des Heizkraftwerks, dessen riesiger Schlund zu einem der unschönen Wahrzeichen Rostocks geworden war. Vor Jahrzehnten war die Hansestadt ein Tor zur Welt gewesen, doch heute fuhren die Frachter lieber nach Stettin, wenn sie nicht nach Hamburg wollten. Stettin war nur eine Stunde von Berlin entfernt, die Güter konnten auf kleinere Schiffe verfrachtet und auf der Oder nach Süden transportiert werden. So hatte Mecklenburgs Großstadt im Gewirr der Ausweitung der Europäischen Union den Anschluss verloren. Auch der hiesige Fußballverein, der seit Jahren zwischen der zweiten und dritten Liga pendelte, hatte Imageprobleme. Randalierer zogen mit dem Verein durch das Land und hinterließen regelmäßig Chaos und Schrecken. Gerne nannten sie sich die Wikinger, aber sie waren keine Wikinger, weil sie nicht aus der Not heraus aufgebrochen waren, meinte er. Pawel Höchst sah die Fußballfans die Breite Straße blockieren, als er aus dem Fenster des Taxis starrte, das die Lange Straße entlangheizte, um nach Rostock-Toitenwinkel zu kommen. Hundert Euro waren für einen Taxifahrer viel Geld.

»Nicht viel los?«, fragte Pawel, der sich ablenken wollte.

»Monatsende, da ist immer mau.«

»Wieso?«

»Weil die ganzen Arbeitslosen am Monatsende keine Kohle mehr haben.«

»Arbeitslose fahren hier Taxi?«

»Nein, das nicht. Sie lassen sich nur, wenn sie nachts durchsaufen, von uns mit Alkohol versorgen.«

»Wie das?«

»Sie geben mir einen Fünfziger in die Hand und sagen, ich soll zur Tankstelle fahren, dies und das holen. Also tue ich das und bringe ihnen das Bier und den Schnaps.«

»So faul? Wieso an der teuren Tankstelle, ach so, verstehe, weil nachts ja nichts anderes aufhat.«

»Sie haben es erfasst. Ein Scheißjob, für diese Säufer den Trottel zu machen, die nicht einmal für einen Tag vorsorgen können.«

»Glaub' ich gern. Ich bin mal zur See gefahren, ich weiß, wie scheiße Säufer sein können, wenn man ihnen Geld in die Hand gibt.«

»Meine Meinung, die haben zu viel. Wer säuft, aber nicht arbeitet, der muss ja ein reicher Mann sein. Unsereins spart sich jeden Cent zusammen, und die zahlen nicht einmal in die Rentenkasse ein.«

Pawel nickte und sah wieder aus dem Fenster. Ablenkung gut und schön, aber nicht das ewige Jammern. Sicherlich, Rostock war wie so viele Städte bis über beide Ohren verschuldet, weil der Stadtrat einen Kredit nach dem anderen aufgenommen hatte, und jetzt musste an allen Ecken und Ende gespart werden. Aber niemand war gezwungen, hier zu leben! Konnte man nicht weggehen? Für einen Privatdetektiv gab es hier jedenfalls genug Arbeit. Vielleicht könnte die Bezahlung besser sein, aber könnte sie das nicht immer? Für Pawel Höchst war Rostock jedenfalls der prächtigste Ort der Welt, Hort einer einzigartig blühenden Landschaft. Diese vielen kleinen Verbrecherseelen, die hier im Windschatten der Weite der Ostsee gediehen, sie sicherten dem Privatdetektiv ein gutes Auskommen. Solange sich keine Mafiabanden in der Stadt breitmachten, musste er nichts befürchten. Doch da würde die Rostocker Unterwelt schon zusammenhalten, wusste Pawel, sollten Asiaten, Osteuropäer oder sonst wer hier eindringen wollen. Rostock war zwar eine offene und freundliche Stadt, aber jede Stadt, die so war, musste gute Verteidigungsmaßnahmen haben, die man oft gar nicht sah. Pawel fühlte sich hier sicher. Vielleicht gerade wegen der Verbrecher? Er musste über diesen Gedanken lachen, doch als guter Detektiv wusste er ja, es gab nichts, was es nicht gab. Und eine seiner wichtigsten Lebensweisheiten lautete ohnehin: Nicht gierig werden! Er sah die unsanierten Plattenbauten, ein wenig später die Brache, dann bremste der Taxifahrer, fuhr durch den uralten Dorfkern und bog in die neue Eigenheimsieldung ein, die zum größten Teil noch den Banken gehörte. Auch sein Haus war noch lange nicht abbezahlt. Es stand in der Mitte einer Einbahnstraße, die am Ende eine Wendeschleife hatte.

Sein Haus wurde von einem halben Dutzend Autoscheinwerfern angestrahlt, obwohl es Mittagszeit war. Die Nachbarn standen hinter ihren Autos und rauchten.

»Ich lasse Sie gleich hier raus, wenn es recht ist«, sagte der Taxifahrer. »Soll ich über Funk die Bullen rufen, wenn ich weg bin?«

»Nicht nötig, die verdammten Drecksbullen haben mir den Müll da eingebrockt. Von denen habe ich erst mal die Schnauze voll.«

»Verstehe. Macht zwanzig Euro achtzig.«

»Hier sind zwanzig. Und hier ist der Hunderter!«

»Alles klar, Chef. – Hui, hui, hui, nicht in meinem Wagen«, sagte der Fahrer, als er sah, wie Pawel seine Waffe zog und durchlud.

»Keine Sorge, ist gesichert«, sagte der Detektiv, steckte die Pistole wieder in sein Halfter, stieß die Tür auf und stieg aus.

Der Fahrer legte den Rückwärtsgang ein, und Pawel stand dem Mob allein gegenüber. Die Männer kamen langsam zwischen den Autos hervor und bauten sich in einer Reihe auf. In seinem Haus waren wirklich sämtliche Gardinen zugezogen worden. Die Vorderseite war mit bunten Farbflecken übersäht. Sonnenstrahlen durchbrachen in diesem Moment die Wolkendecke. Pawel spuckte aus und ging einen Schritt auf seine Nachbarn zu, von denen er eher wenig wusste.

»Na, Männer«, sagte er, »was soll das werden? Einer Frau und ihren Kindern Angst machen, ist das eure Vorstellung von korrekter Freizeitgestaltung?«

»Unsere Vorstellung von Freizeitgestaltung ist es, einem verdammt perversen Pädophilen seine Birne weich zu klopfen.«

»Weichzutreten«, sagte ein anderer Mann.

»Verstehe«, sagte Pawel. Er ging auf den Wortführer zu, baute sich vor ihm auf und sagte, ohne ihm in die Augen zu sehen: »Dann ist das da aber ganz bestimmt die falsche Adresse.«

»Das sehen die Bullen aber nicht so.«

»Die Bullen glauben auch, sie wüssten, wer Kennedy ermordet hat. Wissen sie aber nicht.« Jetzt hob Pawel den Blick und starrte dem Kontrahenten in die Augen. Der verzog die Brauen und wich dem Blick aus.

»Die Bullen dachten auch lange, Jack Unterweger wäre unschuldig«, fuhr Pawel fort. »War er aber nicht.«

Sein Gegenüber hatte sich gefangen, er spuckte Pawel auf die Lederschuhe und sagte: »Ich frage dich jetzt mal was, alter Seemann. Ich frage dich mal ganz direkt: Hast du mit deinen Söhnen was angestellt oder nicht? Müssen wir um unsere Kinder Angst haben oder nicht?«

Pawel lachte auf, bemerkte, wie die anderen Männer um ihn einen Kreis bildeten und sich Blicke zuwarfen.

Er zog seine Waffe, entsicherte sie und hielt sie seinem Gegenüber zwischen die Augen. Ruhig sagte er: »Lass es mich so ausdrücken. Wer mich so etwas fragt, der beleidigt mich aufs Blut. Und wer mich aufs Blut beleidigt, der muss mit Blut bezahlen.« Er trat einen Schritt zurück, hielt den Arm jetzt ausgestreckt und warf einen Blick in die Runde.

»Wo sind die verdammten Beweise, ihr Vollidioten?«, schrie er sie an und drückte die Mündung weiter fest gegen die Stirn des Mannes: »Was ist mit euch los? Ich kann diesen Mann hier vor euren Augen erschießen, ohne dass mir etwas passiert. Denn das ist Notwehr. Aber ihr kommt dann alle vor Gericht, weil ihr mich in eine Notwehrsituation gebracht habt. Wollt ihr in Untersuchungshaft? Ich war wegen einer falschen Anschuldigung da, ich weiß, wovon ich rede, aber ihr wisst es noch nicht.«

Seine Nachbarn sahen sich an. Keiner erwiderte etwas.

Pawel legte nach: »Ihr werdet jetzt hier verschwinden und eure peinlichen Autos mitnehmen. Dann werde ich diesen Mann hier gehen lassen. Seid ihr in zwei Minuten nicht verschwunden, drücke ich ab und ihr landet in der Haftzelle. Und einer von euch wird sich so eine Zelle mit mir teilen! – Lasst meine Frau und meine Kinder in Ruhe! Ich warne euch! Ich werde meine Familie schützen, vor jedem, der ihr zu nahe kommt. Das ist mein verdammtes Bürgerrecht. Das ist meine verdammte Pflicht, ihr Arschgeigen! – Haut jetzt ab, ihr bekloppten Spinner! Man reizt einen Bären nur, wenn man ihn auch töten will. – Weg jetzt!«

XX

Im Gegensatz zu dem, was ihm nun bevorstand, war die Vertreibung seiner Nachbarn vermutlich ein Kinderspiel, fürchtete Pawel. Er zögerte, die Haustür zu öffnen, als seine Frau es für ihn tat und sagte: »Komm rein.«

Wie sprang man über seinen Schatten? Pawel fiel schon dieser kleine Schritt über die Schwelle seines Hauses unsagbar schwer. Er konnte sie nicht ansehen. Pawel zog sich die Jacke aus, schnallte sich das Halfter ab und verstaute es mitsamt der Pistole in der Kommode.

»Du siehst furchtbar aus«, sagte sie.

Er nickte und blieb im Flur stehen.

»Deine Haare sind ganz und gar …«, sagte sie und hielt inne, als sie merkte, dass er seinen Kopf ihrer Hand entzog.

»Es tut mir so leid«, sagte sie.

Er spürte zwar, wie sie darauf brannte, mit Worten alles auszumerzen, was zwischen sie gekommen war, aber er wusste, so leicht würde es nicht werden. Das elende Gefühl stieg wieder in ihm hoch. Dieses Dumpfe, Lähmende, das sich immer weiter ausbreitete. Dieser Verlust der Stimme. Oder der Sprache?

»Willst du denn gar nichts sagen?«, fragte sie.

Er schüttelte den Kopf, drängte sich an ihr vorbei, ging zur Küche und öffnete den Kühlschrank. Sie hatte das ganze untere Fach leer geräumt und mit einem halben Dutzend Bierflaschen bestückt. Ihm stiegen Tränen in die Augen. Seine Ehefrau hasste es, mehr als zwei Flaschen Bier im Kühlschrank zu haben. Es erinnerte sie an ihren Säufervater, und nun lagen hier schon seit Tagen diese vielen Flaschen. Pawel kniff die Augen zusammen, starrte weiter ins grelle Kalt und strich mit dem Finger über die Flaschenhälse. Waren es die kleinen Gesten, die Großes bewirkten?

Stralsunder sollte man nur kalt trinken, dieses edelste der deutschen Biere musste man temperiert servieren, als wäre es ein französischer Weißwein. Er hatte es ihr früher oft gesagt, wenn er nach sechs oder sieben Monaten Fahrenszeit nach Hause gekommen war und kein Bier im Kühlschrank vorgefunden hatte. Immer hatte sie behauptet, sie hätte es nur vergessen. Pawel entschied sich für die mittlere Flasche der oberen Lage. Behutsam nahm er sie heraus, drehte sie langsam senkrecht und stellte sie vorsichtig auf den Rand der Spüle. Der Öffner lag wie immer bei den kleinen Löffeln, und während er die Flasche sorgfältig aufhebelte und sich bemühte, in den Kronkorken keinen Knick zu machen, setzte sie sich an den Küchentisch und wischte über die abwaschbare Decke. Er hörte das Geräusch, konnte sich aber nicht umdrehen. Pawel nahm sich ein kleines Glas aus dem Hängeschrank und füllte es nach und nach mit der gelben Flüssigkeit, bis vom Schaum nur noch ein schmaler Streifen Weiß übrig geblieben war.

Er setzte das Glas an und trank es zur Hälfte aus. Dann schenkte er sich den Rest der Flasche ein und setzte sich zu seiner Ehefrau an den Küchentisch. Die Sonne versuchte, durch den Gardinenstoff zu kommen, hatte aber keine Chance; genauso wenig wie er selbst, hinauszugelangen.

»Man kann über alles reden«, hoffte sie.

»Wenn man es kann, dann sollte man das tun«, sagte er, während er den Biergeist spürte, der ihm ins Hirn drang, angenehm unaufdringlich.

»Können wir es versuchen?«, fragte sie.

»Wir müssen es«, sagte er. »Aber nun sage nicht, wegen der Kinder. Die Kinder haben damit gar nichts zu tun.«

»Darf ich dich etwas fragen?«

»Ja.«

»Warum bist du vor Wochen aus dem Haus gestürzt, ohne ein Wort zu sagen, nachdem ich dir gebeichtet habe?«

»Weil deine Beichte einen Schock in mir ausgelöst hat. Mir war, als wäre ich mit dem Kopf gegen einen Pfeiler gerammt, mit hundert Stundenkilometern.«

»Ja, aber du hast nicht einmal aufgebrüllt. Tut man das nicht, wenn man mit dem Kopf am Pfeiler landet?«

»Du bist es hier nicht, die Vorwürfe zu machen hat.«

»Stimmt.«

»Du kommst mit Vorwürfen, dabei wäre das Einzige, was dich vielleicht retten könnte, dich zu entschuldigen.«

»Verzeih mir.«

»Nein.«

»Nein?«

»Ich kann dir nicht verzeihen. Ich kann dich verstehen, aber verzeihen werde ich dir niemals.«

»Wie meinst du das?«

»Ich war in den letzten zehn Jahren immer sechs Monate auf See, ich verstehe, wenn eine Frau das nicht aushält, obwohl sie Treue geschworen hat. Wegen dir habe ich die Seefahrt an den Nagel gehängt, nur um zu erfahren, dass du seit Jahren einen Lover hast. Wie soll ich das verzeihen? Verstehen ja, verzeihen nein.«

»Pawel.«

Er trank einen Schluck, um die Tränen, die emporschossen, niederzudrücken. Es gelang ihm nur mäßig. Pawel stand auf und ging zur Spüle. Er stellte sich mit dem Rücken zu ihr und hielt sich am Rand fest. Als er ihre Hand auf seinen Schulterblättern spürte, schüttelte er mechanisch den Kopf. Die Tränen aber hielt das nicht auf. Sie tropften ins linke Spülbecken, wurden zu einem Rinnsal und verschwanden schließlich im Abfluss.

»Weißt du, das ist das Schlimmste, was einem Hochseefischer passieren kann«, sagte er. »Das Einzige, was einen in der rauen See überleben lässt, das ist die Gewissheit, zu Hause eine Frau zu haben, die einem treu ist.«

»Es tut mir so leid.«

»Weißt du, zwölf Stunden lang Fisch zu filetieren oder acht Stunden an Oberdeck bei Windstärke neun die Netze zu bergen, das hält man nur aus, wenn man weiß, dass es zu Hause eine

Frau gibt, die einen liebt. Die man liebt. – Die See will einen in jeder Sekunde töten, die Gewissheit, für eine Frau da zu sein, lässt einen dagegenhalten. Ich habe Kollegen gehabt, die haben sich nicht mehr gewehrt, als sie vom Ehebruch ihrer Frauen erfahren haben. Die haben sich von der See schnappen lassen. Und mir wäre es auch so ergangen, wenn ich noch auf einem verdammten Trawler gewesen wäre. – Ich bin an Land gekommen, ich bin Privatdetektiv geworden, weil du es wolltest. Du wolltest mit unseren zwei kleinen Kindern ein echtes Familienleben. – Ich bin gekommen, und du hast nichts Besseres zu tun, als mich zu zerstören. Du hast mich aufs Land geworfen, und ich ersticke hier wie ein Rotbarsch. – So sieht es aus.«

Er hörte sie schluchzen, sie hatte sich wieder an den Tisch gesetzt. Pawel öffnete erneut den Kühlschrank, nahm sich zwei Flaschen Bier und ging zur Küchentür.

»Bitte, geh jetzt nicht, noch nicht«, sagte sie.

»Ich schlafe im Wohnzimmer auf der Couch. Morgen nehme ich meine beiden Kinder und mache mir mit ihnen einen schönen Tag zu dritt«, sagte er in Richtung der Tür. »Du weißt, wen du geheiratet hast. Einen Mann vom alten Schrot und Korn.«

»Pawel. Ich weiß nichts zu sagen.«

»Ich auch nicht«, sagte er und ging ins Wohnzimmer. Er öffnete die Verandatür, schloss die Wohnzimmertür, schaltete den Fernseher ein und stellte ihn auf lautlos. Die beiden Bierflaschen stellte er auf den Glastisch, öffnete sie aber nicht. Kalte Luft strömte herein. Sie erfüllte den ganzen Raum. Pawel ging auf die Veranda und setzte sich in den Schaukelstuhl, den der Großvater seiner Frau vor knapp hundert Jahren gezimmert hatte. Über sich hörte Pawel, wie Susanne das Fenster des Schlafzimmers schloss. Es dämmerte. Irgendwann war das Grau zu einem Schwarz geworden, das vom bläulichen Flackern des Fernsehers gezickzackt wurde, Pawel schrak auf.

Wie sollte das alles jetzt nur weitergehen? Er hatte auf diese Frage keine Antwort. Sie machte ihn jedoch so unruhig, dass er aufstand, ins Wohnzimmer ging, die Verandatür schloss und sich auf die Couch setzte.

Er starrte auf den Fernseher. Eine Sondermeldung verkündete, es gebe eine neue Spur zum Meistermörder. Pawel sah Polizisten, die interviewt wurden. Er ließ den Ton aber aus. Er sah den Gesichtern ja an, dass die Männer ihren Worten nicht trauten. Solche Gesichtsausdrücke hatte er auf den Trawlerbrücken schon oft gesehen; Kapitäne, die Mut machen mussten.

Keine Sorge, dachte er. *Ich bringe euch den Kopf dieses Mörders! Ich weiß, wie kranke Männer ticken! Ich bin lange genug zur See gefahren. Sie haben mir alle ihre kranken Phantasien erzählt!*

Er würde schon dahinterkommen, machte Pawel Höchst sich Mut. Die beiden Bierflaschen öffnete er nicht. Immer mehr sank er in die Polster zurück, die Lider wurden ihm schwer, während er über sich das Ehebett knarren hörte. Hatten sie es da oben getrieben?

Pawel konzentrierte sich erneut auf die stummen Nachrichten. Bloß nicht darüber nachdenken! Lieber einen Mann fangen, der Frauen die Kehlen durchschnitt, als seine eigene Ehefrau zu töten! Schließlich hatte es in der Wohnung von Tina Schneider keine Prospekte und keine Fragelisten gegeben, und das war jetzt das Wichtigste. Pawel streckte sich auf der Couch aus, er war dem Motiv auf der Spur.

Die Bierflaschen erwärmten sich, als er von den Ereignissen der letzten Tage zutiefst erschöpft einschlief.

VIERTER TEIL

XXI

In Pawels altem Peugeot stapelten sich die leeren Pizzaschachteln. Er lebte jetzt schon fast zwei Monate in seinem Büro, wollte es aber nicht in eine Wohnküche verwandeln. Daher bestellte er sich das Essen ins Auto und tat, als würde er eine Observation durchführen.

Im Autoradio steckte eine Kassette mit Blues von B.B. King. Pawel versuchte weiter, in der westlichen Welt heimisch zu werden, aber manchmal bekam seine russische Seele doch eine so große Sehnsucht nach den unendlich vielen jungen Birken, die im Sommerwind rauschten, nach den spröden Witzen seiner Wodka trinkenden Kollegen, dass er die vertonten Gedichte Jessenins einfach hören musste. Dummerweise hatte er sie nur auf Langspielschaltplatten, und so hörte er sich im Auto das auf Kassette überspielte amerikanische Jammern an, ohne die Tragik zu verstehen.

Er kurbelte das Fenster herunter, nahm die Schachtel vom Boten und gab ihm zehn Euro. »Stimmt so«, sagte er, nickte, kurbelte das Fenster wieder hoch und holte sich ein Stück Thunfischpizza heraus. Er legte den ersten Gang ein und fuhr durch die Nacht.

Um nicht an seine Ehefrau denken zu müssen, die ihn so sehr gedemütigt hatte, dass er am liebsten wild um sich geschossen hätte, und um auch nicht an seine beiden kleinen Söhne denken zu müssen, die er so sehr vermisste, dass er beim Schießen am liebsten wie ein Wahnsinniger gebrüllt hätte, widmete er sich wieder seiner Idee, den Serienkiller zu fangen. Auch ohne Klientin. Er würde ihn zur Strecke bringen. Pawel Höchst, ehemaliger Ausländer, würde dem deutschen Staat einen verdammt guten Dienst erweisen. In diesem Moment sang B.B. King davon, die Ketten seien zu schwer, der Traum von der Freiheit sei zu fern. Pawel lachte mit heruntergezogenen Mundwinkeln. *Jammer du nur*, dachte er.

Pawel hatte ja eine Spur, von der niemand etwas wusste. Er musste ihr nur nachgehen, nicht mehr und nicht weniger, um herauszufinden, ob sie eine richtige Fährte war. Und diesmal wollte er sich von keinem aufgescheuchten Vater oder übereifrigen Beamten aufhalten lassen. Pawel beschloss, während er das letzte Pizzastück in sich hineinstopfte, es auf die nordrussische Art zu machen.

Gegen halb sieben fuhr er ins Bahnhofsviertel, das aus mehrstöckigen Villen bestand, stellte seinen Wagen auf dem Parkplatz des Gesundheitsamtes ab und positionierte sich vor der Schlecker-Filiale.

Fünf Minuten nach sieben ging im gegenüberliegenden Hausflur das Licht an. Pawel warf die Zigarette weg, schlug den Mantelkragen hoch und überquerte die Straße, als die Haustür geöffnet wurde. Der Beamte, der aus dem Haus kam, drückte sofort auf den elektronischen Türöffner seines Wagens und stieg wenig später auf der Fahrerseite ein. Als er die Tür zuzog, riss Pawel die Beifahrertür auf, warf sich auf den Sitz und umklammerte das rechte Handgelenk des stellvertretenden Chefs des Rostocker Kriminalkommissariats.

»Sie?«, fragte Heinze.

»Ich«, sagte Pawel und zog die Beifahrertür zu.

»Was wollen Sie?«

»Informationen.«

»Dann lassen Sie meine Hand los. Ich muss um halb acht im Büro sein. Wenn ich da nicht pünktlich bin, beginnt sofort eine Suche. Wir sind alle ein wenig durch den Wind. Wegen des Meistermörders.«

»Fahren Sie. Ich stelle die Fragen, Sie antworten, und in zehn Minuten bin ich wieder weg.«

»Ach, Herr Höchst, lassen Sie doch Ihre Pistole stecken! So verzweifelt können Sie doch gar nicht sein.«

Pawel nickte und steckte die Waffe wieder ins Halfter. Er wusste, der Mann spielte nur den Geschlagenen, aber das war ihm im Moment egal. Er schwieg, während der Beamte das Viertel verließ und auf die Schnellstraße Am Vögenteich einbog. Auf Höhe des futuristischen Gebäudes der Stadtsparkasse sagte Pawel: »Mir geht es um eine Sache. Um etwas Bestimmtes festzustellen, war ich am Tatort, als dieser verrückte Soldat mich verprügelt hat, aber Schwamm drüber. Wir sind alle durch den Wind, wie Sie sehr richtig sagten.«

»Um eine Sache also.«

»Ja, sagen Sie mir einfach, was Ihre Kollegen alles im Briefkasten des Opfers gefunden haben. Vom Tag des Mordes bis zu dem Tag, an dem ich dort war.«

»Im Briefkasten?«

»Ja.«

»Was hat das mit dem Fall zu tun?«

»Sagen Sie es mir einfach.«

»Briefkasten! Wenn Sie etwas wissen, Herr Höchst, Sie wissen, dass Sie uns das dann sagen müssen, damit wir es auch wissen.«

»Ich weiß, aber ich kann Ihnen keine Spekulationen weitergeben. Wenn es sich als wahr erweist, dann sind Sie der Erste, der es von mir hört. Aber ich muss die Sache erst überprüfen.«

»Sie haben eine Spur, die wir nicht kennen?«

»Ja.«

»Briefe? Erpressung? – Quatsch!«

»Keine Erpressung.«

»Was dann?«

»Wissen Sie, in Nordrussland haben wir nicht so eine große Achtung vor Polizeibeamten wie Sie hier in Deutschland. Wissen

Sie, in Nordrussland sind gerade die Polizeibeamten sich ihres Lebens oft nicht sicher.«

»Wollen Sie etwa …«

»Antworten Sie endlich, Sie Schwätzer. Was war im Briefkasten?«

Der stellvertretende Polizeichef drückte auf das Handy in der fest installierten Halterung und wenig später fragte eine Stimme über die Außensprechanlage: »Ja, Chef?«

»Drehmel, fahren Sie sofort den PC hoch, schauen Sie in die Akten, lesen Sie mir die Liste vor: Was fand sich alles im Briefkasten von Tina Schneider? – Keine Fragen, jetzt!«

»Moment, Chef. Von null auf hundert in sieben Sekunden, zum Glück haben wir die neuen Geräte. So, Ordner öffnen, Datei öffnen, Liste, Liste, Liste, ach hier, Liste Briefkasten. Es wurden gefunden: Tageszeitung ›Norddeutsche Neuste Nachrichten‹ von Dienstag und Mittwoch. Zwei Monatsrechnungen von O2. Zwei Prospekte. Sonst nichts.«

»Was wurde nach dem Tod des Opfers noch in den Kasten geworfen. Briefe? Irgendwas?«

»Danach nichts weiter. Der Witwer hat keinen Schlüssel, wir haben den einzigen. Der Kasten war nicht ramponiert oder aufgebrochen, Chef.«

Pawel hielt dem stellvertretenden Polizeichef einen Zettel vor die Augen: *Prospekte? Welche?*

»Drehmel, was für Prospekte?«

»Einer von der AOK, einer vom Jugendherbergsverein, stimmt was nicht damit? Sollen wir sämtliche Jugendherbergen abklappern? Glauben Sie, der Meistermörder mietet sich dort ein? Vielleicht als Fahrradtourist? – Könnte sein, Chef.«

Pawel winkte ab, und Heinze antwortete: »Drehmel, unternehmen Sie nichts, ich bin gleich da. Wiederhören.«

»Auf Wiederhören«, war noch zu hören, dann war die Leitung unterbrochen.

»Und? Zufrieden?«, fragte der Polizist.

Pawel nickte. Sein Gesicht wirkte hochkonzentriert, fand Heinze. Nach einigen Minuten sagte der Detektiv: »Halten Sie hier! Vergessen Sie, dass ich in Ihrem Auto war! Das wirft kein gutes Licht auf Sie als Chef!«

»Das kann ich nicht. Wir werden Sie zur erneuten Befragung vorladen«, sagte der Beamte, als Pawel den Wagen verließ. »Wir sind hier nicht in Nordrussland, Pawel Höchst.«

Der Detektiv steckte noch einmal den Kopf ins Auto und sagte: »Geben Sie mir achtundvierzig Stunden! Nicht weniger!«

»Auch nicht mehr! Dann werden Sie mir Rede und Antwort stehen, Höchst. Sonst sind Sie Ihre Lizenz los.«

Pawel nickte: »Ich bin auf Ihrer Seite, keine Sorge. Aber ich will meinen Teil vom Kuchen.«

»Verstehe«, sagte der Beamte, legte den Gang ein und fuhr so schnell los, dass Pawel die Beifahrertür nur noch mit den Fingerspitzen zuschlagen konnte. Er richtete sich auf und sah sich das riesige Gebäude der Stadtsparkasse an. Nichts als Glas und Stahl. Nische um Nische wurde nach und nach erleuchtet. Überall hängten Frauen und Männer ihre Frühlingsjacken an die Garderobenhaken. Die meisten von ihnen gingen zuerst zu den Kaffeemaschinen, einige wenige zu den Zimmerpflanzen. In der obersten Etage waren die Angestellten und Abteilungsleiter schon mit den Telefonen verbunden.

Pawel sah eine Elster, die immer wieder gegen die Glasfassade flog, ehe sie schließlich auf den Bordstein fiel. Er ging zu dem Vogel, der an seiner Gier gestorben war, hob ihn auf und warf ihn in den Mülleimer der Straßenbahnstation. Das sollte mit ihm nicht passieren. Er wollte sich nicht dermaßen verrennen oder von der Belohnung verblenden lassen. Pawel Höchst wollte sich das Genick nicht brechen. *Denk immer an die Elster!*, dachte er. *Vergiss die Elster nicht.*

Doch dann entspannte er sich und dachte an seinen Vorsprung. Zufrieden winkte er ein Taxi heran. Seine Vermutung hatte sich als richtig erwiesen. Endlich wusste Pawel, wo er den

Hebel ansetzen musste, um das Versteck des Serientäters aufzustemmen: Es gab keine Prospekte und keine Fragelisten von einem Verein gegen Gewalt an Kindern. Das war also nur ein Vorwand gewesen. Eine Lüge, um an die Adresse zu kommen! Wie er es ja schon geahnt hatte. Er hatte alles andere logisch ausgeschlossen und übrig geblieben war ein Indiz in Form eines großen Nichts. Jetzt musste er es zu einem Beweis machen, zum ersten echten Beweis.

Privatdetektiv Pawel Höchst ließ sich sofort ins Büro fahren, seinen Peugeot wollte er später holen.

XXII

Der Hausmeister hatte ganze Arbeit geleistet. Die neue Bürotür sah nicht nur besser aus, sie war auch sicherer. »Eine echte Stahltür für einen richtigen Privatdetektiv«, hatte der Mann zu Pawel gesagt, als er ihm die neuen Schlüssel übergeben hatte.

Pawel musste ab jetzt zwei Sicherheitsschlösser aufschließen, und er fragte sich, wie lange er das wohl durchhalten würde. Er schloss die Tür von innen und öffnete erst einmal das Fenster.

»Ich kriege dich!«, flüsterte er. »Ich weiß, dass du ein verdammter Callcenter-Agent bist. So kommst du an deine Opfer! Du findest sie zufällig, das ist deine Deckung. Wenn du jedoch die passende Frau gefunden hast, dann greifst du sie dir. Du bist garantiert ein sympathischer Typ, du suchst nicht, du wartest einfach. Du weißt, dass die Leute zu dir kommen, du bist es gewohnt, dass die Menschen zu dir kommen. Daher gibt es auch keine Spuren deiner Suche, aber ich werde dich trotzdem finden. Du arbeitest in einem Callcenter. Das ist nur der erste Kreis, den ich um dich ziehe, die anderen werden nicht so weit sein.«

Wieder hörte der Privatdetektiv sich den kostbaren Telefonmitschnitt an, diesmal aber nicht fragend, sondern wissend. Er verband das Diktiergerät anschließend mit seinem PC und überspielte die Sequenz.

Zu lange hatte er auf den Trawlern unter Männern gelebt, um irgendetwas nicht zu verstehen, was sie taten. Er kannte ihr Denken, das den Taten bekanntlich vorausging. Immer wieder hörte er der fremden Stimme zu und machte sich Stichpunkt um Stichpunkt.

Wie raubte man einem Angler die Ruhe? Man baute sich direkt neben ihm auf und hielt auch eine Angel ins Wasser. Man sagte nichts und sah nur auf die undurchdringliche Tiefe. Doch wie nebenbei kam man Schrittchen um Schrittchen näher an ihn heran. Das machte ihn nervös, denn gerade davor war er geflüchtet. Er wollte keine Nähe. Er wollte Abstand. Diesen Abstand musste man ihm nur nehmen. Angler waren keine Männer, die gerne redeten oder die sich gerne stritten.

Dieser Angler am Telefon musste also ein Mann sein, der einem Streit lieber aus dem Weg ging. Pawel schrieb als neues Stichwort unter die anderen: harmoniebedürftig.

Er könnte jetzt eigentlich alle Frauen warnen. Würden sie von Unbekannten angerufen, müssten sie einen Streit vom Zaun brechen, um zu überleben. Aber wie sollte man Millionen von Menschen warnen?

Pawel erkannte, dass er von der Auswahl der Opfer nicht auf den Täter schließen konnte. Das war die Sackgasse, in die die Polizei geraten war. Die Auswahl war zufällig, sie wies nur vier oder fünf Gemeinsamkeiten auf. Einen dieser Punkte kannte Pawel Höchst: allein lebende Frauen.

Noch einmal hörte er dem Killer zu und vervollständigte seine Liste:

Keinen Dialekt, keinen Akzent.

Zwischen fünfundzwanzig und fünfunddreißig.

Keine Fremdwörter.

Durchschnittsmensch.

Kommunikativ.

Harmoniebedürftig.

Schuhgröße dreiundvierzig.

Pawel sah sich den ersten Entwurf an. Es war keine besonders lange Liste, und wenn er ehrlich war, war sie Schrott. Wie sollte er damit etwas anfangen können?

Über den letzten Punkt schmunzelte er, hatte der Killer zu Tina Schneider doch selbst gesagt, er lebe nicht auf großem Fuße, nur auf Nummer dreiundvierzig. War das aber nicht eine sehr eigenwillige Formulierung? Pawel ärgerte sich, weil er sich in den Feinheiten der deutschen Sprache doch nicht so gut auskannte, um zu wissen, ob an dieser Formulierung etwas Besonderes dran war. Oder nicht.

Hätte er doch nur Kontakt zu seiner Ehefrau. Sie könnte ihm jetzt gut helfen. Er hörte sich den Mitschnitt mit Hilfe des PCs noch einmal an und achtete nun auf die bunten Linien, die steil anstiegen und abfielen. Die Spitzen nahm er für Aufregungen. Pawel schaltete die grüne Linie aus und konzentrierte sich auf die gelbe, die für männlich stand.

Dreimal war die Stimme nach oben geschossen.

Einmal als Tina Schneider ihm Straße und Hausnummer gab, dann als sie ausplauderte, dass sie mit ihrem Sohn Björn alleine lebte. Doch am höchsten war die Spitze da, wo der Killer fragte: »Wirklich?«

Tina Schneider hatte ihm gerade gesagt, dass sie in Rostock wohnte.

Was hatte das zu bedeuten? Pawel starrte diese höchste Spitze an. Verband den Mann etwas mit Rostock? War er hier oft zu Besuch? Arbeitete er auf einer der Fähren? Oder wohnte der Killer etwa hier?

Pawel fiel ein, dass die Polizei den Täter nicht gefasst hatte, obwohl sie nur vierzig Minuten nach dem Mord an Tina Schneider die ganze Stadt abgesperrt hatte. Sollte der Meistermörder sogar hier leben? Als Callcenter-Agent? Das würde die Suche ungemein einschränken. Pawel bräuchte sich nur die etwa zweitausendzweihundert Agenten der neunzehn Rostocker Callcenter vornehmen. Pawel lachte: Nur!

Der Killer kannte Rostock also gut, oder er hatte gute Erinnerungen an die Seestadt und lebte jetzt woanders. Pawel kniff die Augen zusammen. Schade, dass diese Nummern nicht zurückzuverfolgen waren!

Erneut hörte er sich den Mitschnitt an und konzentrierte sich diesmal auf den Klang der Stimme. Was verriet er ihm? Jeder Mensch hatte einen unverwechselbaren Klang in seiner Stimme. Er war wie ein Fingerabdruck. Es gab keine stimmlichen Frequenzen zweier Menschen, die sich überlagerten, die moderne Technik konnte die Stimme einem Menschen wie einen Fingerabdruck zuordnen, wenn die Techniker diesen Menschen kannten.

Als Beweis konnte dieser Mitschnitt nicht gelten, meinte Pawel, weil der Anrufer ja nichts Unrechtes sagte oder andeutete. Es klang mehr wie ein Flirt. Als wollte der Mann der allein lebenden Frau ein Date abgewinnen. Ein Blind Date. Der Klang seiner Stimme war sympathisch, freundlich, aber auch kühl, und Pawel dachte: *Nett ist die kleine Schwester von scheiße.*

Pawel fuhr den Computer herunter, zog die Jalousien zu und legte sich in den billigen Wippsessel, den er beim Bezug des Büros selbst zusammengebaut hatte. Er schloss die Augen und versenkte sich in seine Vergangenheit. Nach und nach ging er die sieben Fischtrawler durch, auf denen er gefahren war. Jeden Hochseefischer zog er aus dem Gedächtnis und rekapitulierte den Klang seiner Stimme. Auf keinen Fall klang die Stimme des Agenten wie die der vielen Männer, die zu Hause ihre Frauen vergewaltigten und zusammenschlugen. Sie klang überhaupt nicht wie eine der Stimmen der Arbeiter, die mit den Händen sprachen. Er musste höher gehen. Vielleicht zu den Technikern? Aber die benutzten gerne Fremdwörter, um anzugeben und sich abzuheben. Musste er etwa noch weiter hinauf? Wo man keine Fremdwörter mehr brauchte, um etwas darzustellen? Auf die Brücke? War es am Ende ein Studierter?

Pawel fand sich auf der Brücke der »Saudade« wieder, eines portugiesischen Trawlers, der aus dem Nachlass der untergegangenen DDR stammte, als er auf einen jungen Mann aufmerksam wurde, der sich immer im Hintergrund gehalten hatte. Er war Dritter Offizier gewesen. Er war verdammt jung und verdammt ehrgeizig, aber auch schlau genug, sich nicht in den Vordergrund zu spielen. Auch dieser Mann war ein Angler, der lieber abwartete, als auf die Suche zu gehen.

Er hatte sein Privatleben immer geheim gehalten, natürlich hatten alle geglaubt, er wäre homosexuell, aber ob er es wirklich war, konnte niemand mit Sicherheit sagen. In den Verladehäfen hatte er sich jedenfalls wie alle anderen auch Huren auf die Kajüte bestellt. Aber dieser Typ hatte etwas, das ihn von anderen abhob. Er hatte ein breites Wissen, nutzte es aber nur in den wichtigen Augenblicken. Er hatte vor der Offiziersausbildung jahrelang studiert, aber dieses Studium nie abgeschlossen, weil er sich als Mann mit einem großen Problem erkannte hatte. Pawel konzentrierte sich so sehr, dass ihm die Stirnhaut schmerzte, während er versuchte, sich an das einzige Gespräch mit diesem Dritten Offizier zu erinnern. Was hatte er nur gehabt? Was für ein Problem? Ein Syndrom, es hatte lustig geklungen! Auf jeden Fall war es etwas, das Pawel Höchst auf Anhieb verstanden hatte. Der Dritte hatte es in einfachen Worten erklärt, weil es im Grunde ein sehr einfacher Defekt war. Peter Pan! Es hieß: Peter-Pan-Syndrom!

Pawel riss die Augen auf und sagte es laut vor sich hin: »Peter-Pan-Syndrom, kurz PPS!«

Er schlug mit der Faust auf den Tisch, hievte sich aus dem niedrigen Sessel. Da rief ein Peter Pan an und brachte Frauen um! Er hielt sich für unbesiegbar. Pawel ging zur Toilette, wo er die Handgelenke unter den kalten Wasserstrahl hielt und sich im Spiegel angrinste. Zurück im Büro fingerte sein altes Handy aus der Innentasche der Jacke. Hatte er etwa noch die Nummer von diesem Dritten Offizier? Das wäre doch zu gut! Warum sollte er nicht auch einmal Glück bei Ermittlungen haben? Er klickte sich durch das elektronische Adressbuch, fand den Namen aber nicht wieder. Dieser Mann war zu unauffällig gewesen, als dass Pawel auf die Idee gekommen wäre, sich seine Nummer geben zu lassen. Sie hatten nur ein einziges Mal miteinander gesprochen, aber dieses Gespräch war ihm immerhin im Gedächtnis geblieben. Er konnte seiner Liste über den Meistermörder also noch einen Punkt hinzufügen: Unauffälligkeit.

Pawel musste nicht lange im Internet suchen, um eine informative Seite zu finden. Der US-Amerikaner Dan Kiley hatte ein Buch über das Peter-Pan-Syndrom geschrieben. Pawel sah sich das Inhaltsverzeichnis an: Kapitel vier: Abneigung gegen Verantwortung, Kapitel fünf: Angst, Kapitel sechs: Einsamkeit, Kapitel sieben: Der sexuelle Rollenkonflikt, Kapitel acht: Narzissmus, Kapitel neun: Chauvinismus, Kapitel zehn: Die Krise: Die Unfähigkeit zu sozialem Verhalten, Kapitel elf: Jenseits des dreißigsten Lebensjahres: Verzweiflung.

Verzweifelt war der Meistermörder auf keinen Fall, überlegte Pawel, also war er noch unter dreißig. Sofort korrigierte er seine Liste: Alter zwischen zwanzig und dreißig.

Alleine diese Kapitelüberschriften, klangen sie nicht nach einem absoluten Psychopaten? Pawel Höchst schüttelte den Kopf, ehe er alle Stichworte seiner Liste hinzufügte.

Dann fiel ihm ein, dass dieser junge Dritte Offizier ihm ein Geheimnis anvertraut hatte. Er hatte es das Schlüsselerlebnis genannt, es war eine so schreckliche Beichte gewesen, dass Pawel Höchst sie verdrängt hatte. Jetzt jedoch hörte er wieder jedes Wort dieses unglücklichen Peter Pans: »Wir fuhren zu mir, obwohl ich es nicht wollte. Ich hatte ja meine Clara, mit der ich mich eben erst sogar verlobt hatte. Sie war sechzehn, ich war einundzwanzig. Aber Claudia konnte mich ja an diesem Abend nicht in Ruhe lassen. Ich war noch nie so betrunken gewesen. Wir hatten alle im besetzten Jugendhaus gefeiert. Jede Menge Punks waren da, und wir warteten eigentlich alle auf die Nazis, um uns zu prügeln. Oder auf die Bullen. Aber in dieser Nacht ließen sie uns in Ruhe. Aber Claudia ließ mich leider nicht in Ruhe. Weißt du, sie war gerade achtzehn geworden und blühte wie ein ganzer Tropenwald. Sie war einfach das schönste Mädchen weit und breit. Die herrlichsten Brüste, der geilste Arsch, das faszinierendste Gesicht, das du dir vorstellen kannst. Sie genoss ihre kleine, private Revolution. Eine Tochter von Millionären, die die Punks geil fand, weißt schon! An diesem Abend hatte sie beschlossen, es mit dem hässlichsten, dem schüchternsten, dem besessensten Typen zu treiben, der sich im besetzten Haus herumtrieb. Das war ich. An diesem Abend trank ich Gin aus der Flasche, wie ein Verrückter, Clara hatte von mir die Schnauze voll und ging nach Hause. Ich war zu besoffen, als Claudia mit dem Bier kam. Sie zog mich auf die Tanzfläche, ihre Brüste an mich gedrückt, meine Hände auf ihrem Arsch, mein Schwanz an ihrer Hüfte, ich gab viel zu schnell auf. Sie aber war noch so nüchtern, dass wir mit ihrem Auto zu mir fuhren. Ihre Eltern waren nämlich verdammt reich, weißt schon, sie war es gewohnt, alles zu bekommen, und genau das machte mich in ihrem teuren Auto auch so verdammt wütend. Ich hatte nichts! Ich nahm mir schon auf der Fahrt vor, diese verwöhnte Göre leiden zu lassen. Als ich dann an die frische Luft kam, bekam ich die Keule auf den Kopf: Der Alkohol hatte zugeschlagen. Ich kann mich kaum noch an das erinnern, was in meiner Bude abging, aber ich weiß noch, dass ich sie erst mit den Fingern verrückt gemacht habe, du weißt schon, tief zwischen ihre Schenkel. Sie wollte so gerne genommen werden, sie bettelte darum, und das gefiel mir ausnehmend gut. Ich ließ sie betteln. Aber dann drehte ich sie um und besorgte es mir in ihrem Hintern. Brutal, fies, rücksichtslos. Ich drückte ihren Kopf ins Kissen, und sie bekam eine Heidenangst. Sie bockte.

Lass mich, schluchzte sie: Lass mich, du Tier. Du ekliges, stinkendes Tier! Was bist du für ein Schwein. Aber ich ließ sie nicht. Ich warf sie herum, setzte mich auf ihren Bauch, lachte ihr ins Gesicht und griff nach hinten. Alle vier Finger trieb ich ihr in die Scham. Ich kratzte ihr die Innenwände der Scheide auf. Sie schrie, bäumte sich auf, hatte aber keine Chance gegen mein Gewicht. Ich lachte nur, als der Schmerz sie durchdrang.

Sie blutete, sie konnte mich irgendwie abwerfen, sie raffte sich auf, hielt mit einer Hand das Blut zurück, dass ihr aus der Scheide floss. Sie flüchtete nackt aus der Wohnung und rannte über die Straße zu ihrem Auto, ich sah ihr vom Fenster aus zu. Weißt du, was ich da dachte? Ich dachte: Du wirst noch froh sein, keine Mutter werden zu müssen. Du jedenfalls wirst keine Mutter mehr.

Am nächsten Morgen fand ich einen Fetzen Fleisch auf meinem Laken. Er lag auf der Kuppe meines Fingers, und ich starrte ihn lange an, bis ich begriff, dass es ein Stück von einer ihrer Schamlippen war. Oder vom Kitzler, den ich zwischen den Fingern gehabt hatte? Von was auch immer; ich lachte nicht mehr, sah einfach auf dieses fremde, kalte Stück Fleisch und schnippte es schließlich gegen die Fensterscheibe.

Claudia hatte es geschafft, und bei Clara habe ich mich nie wieder gemeldet. Ich habe mich bei überhaupt keiner Frau mehr gemeldet, sondern habe mich direkt bei der Seefahrtschule gemeldet. Nach der Ausbildung bin ich dann auf den Fischtrawler gekommen, wo es keine Frauen gibt. Nur Huren, die nehme ich aber immer nüchtern! Das musst du mir glauben!«

Pawel wischte sich mit den Händen übers Gesicht.

Das hatte ihm dieser junge Offizier gebeichtet! Der Grund für seine Störung sei eine Zurückweisung durch den Vater gewesen. Stattdessen hatte die Mutter eine dominante Stellung eingenommen und den Vater so aus dem Haus getrieben. Sollte das auch auf den Meistermörder zutreffen? Ging es ihm auch um ein Mutter-Sohn-Ding? War er gar nicht darauf aus, Frauen zu töten, sondern wollte er Mütter töten? Aber warum?

Pawel berührte die Tastatur. Der Bildschirmschoner verschwand. Er nahm die Maus und klickte die Einführung von Kileys Buch an.

Er las von Männern, die nur dem Alter nach Männer waren. Ihre Handlungen waren kindisch. Solch ein Mann wollte Liebe und Mitleid in einem. Der Erwachsene sehnte sich nach Nähe, das Kind in ihm fürchtete sich aber vor Berührung. Dieses Verhalten war Ausdruck eines ernstzunehmenden Leidens. Dieser Mann war weder geisteskrank, noch war er unfähig, seine Funktion innerhalb der Gesellschaft zu übernehmen. Jedoch war er permanent traurig, das Leben erschien ihm als reine Zeitverschwendung.

Er glaubte, auf Hilfe verzichten zu können, er wusste nicht, dass er sie brauchte. Es war ihm zur Gewohnheit geworden, das Leben als öde Wüste ohne Aussicht auf Oasen anzusehen. Ging er das Risiko ein, einen Menschen zu mögen, fühlte er sich durch diesen Zwiespalt, Liebe und Mitleid in einem zu empfinden, innerlich zerrissen.

Pawel schüttelte den Kopf, ehe er weiter die Einführung las.

Solch ein Mann zog es vor, in Ruhe und Frieden stumpfe Gleichgültigkeit beizubehalten. Er strebte nicht nach Glück, er redete sich ein, er wäre zufrieden. Jedoch wurde der Widerspruch zwischen Alter und Reife immer tiefer. Sein Sozialprofil war männlich, zwischen zwölf und fünfzig Jahre, wobei eine Reihe von Symptomen erkennbar wurden: Im Alter zwischen zwölf und siebzehn entstanden eine große Abneigung gegen Verantwortung, Angst, Einsamkeit und ein sexueller Rollenkonflikt. Bis zum zweiundzwanzigsten Lebensjahr nahm die Tendenz zu, sich selbst zu verleugnen, während das Verhalten von Narzissmus und Chauvinismus bestimmt wurde. Die akut kritische Phase, in der er vielleicht Hilfe suchte und sich vage über eine allumfassende Unzufriedenheit im Leben beklagte, trat zwischen dreiundzwanzig und fünfundzwanzig Jahren auf. Bis zum dreißigsten Lebensjahr bildete sich die chronische Phase heraus, in der er vorgab, ein reifer Mann zu sein. Der Junge spielte das Mann-Sein. So gelang es ihm, eine Frau zu finden, zu heiraten, Kinder zu haben, jedoch wuchs seine stetige Unzufriedenheit bis zum fünfundvierzigsten Jahr immer weiter. Er ging einer geregelten Arbeit nach, litt jedoch an einer tiefen Verzweiflung, die sein Leben monoton und langweilig erscheinen ließ. Danach wurden Unruhe und Depressionen immer stärker.

Solch ein Mann gehörte oft der Mittelschicht an. Er wirkte sympathisch und umgänglich. Als jüngerer Mensch lebte er oft von der Hand in den Mund, als älterer war er finanziell abgesichert, was ihm aber nicht so erschien. Er strebte durchaus eine Karriere an, wollte aber nur wenig dafür tun. Später entwickelte er sich zu einem wahren Arbeitstier und definierte sich darüber. Immer setzte er unrealistische Erwartungen an sich selbst, an seine Kollegen, aber auch an seine Frau und seine Kinder. Gewöhnlich war er das älteste Kind einer traditionell strukturierten Familie.

Solch ein Mann war emotional gelähmt. Gefühle waren in ihrer Entwicklung gehemmt worden und wurden nur selten im gleichen Maß ausgedrückt, so dass aus Zorn oft Wut wurde, aus Freude Hysterie, aus Enttäuschung Selbstmitleid. Obwohl er als Kind extrem sensibel gewesen ist, war sein Verhalten als Mann oft egozentrisch und grausam. Solch ein Mann hatte den Kontakt zu sich selbst verloren, er wusste gar nicht, was er eigentlich fühlte. Es war ein Verhalten, das oft auch bei Serienkillern festgestellt worden war. Diese Menschen hatten die Verbindung zu ihrer Gefühlswelt durchgeschnitten; bewusst oder unbewusst.

Pawel Höchst lehnte sich zurück und ließ die Informationen in sich einsickern. Die restlichen vier Seiten der Einführung druckte er aus, um sie später zu lesen, doch schon jetzt hatte er eine ziemlich klare Vorstellung von dem Unbekannten, den er suchte. Pawel schaltete den Computer wieder aus und plante die nächsten Schritte.

XXIII

»Muss das sein?«

»Ja, das muss sein!«

»Warum muss das denn jetzt sein?«

»Weil wir Studien durchführen. Die müssen objektiv sein. Darum brauchen wir eine Menge subjektiver Meinungen. Wir nehmen, was wir kriegen. Jede Meinung ist uns wichtig, auch Ihre! Gerade Ihre! Die Masse macht dann den absoluten Durchschnitt.«

»Verstehe.«

»Wirklich?«

»Natürlich. Was unterstellen Sie mir denn?«

»Ach, reden wir nicht lange herum. Beantworten Sie einfach die paar Fragen am Telefon, und dann wird alles gut!«

»Von wo rufen Sie eigentlich an?«

»Aus der Provinz.«

»Die Provinz ist groß!«

»Wie wahr, wie wahr!«

»Und modern ist sie auch. ›Die Moderne kommt aus der Provinz.‹«

»Stopp!«

»Bitte?«

»Was sagten Sie da gerade?«

»Ich sagte, die Moderne kommt immer aus der Provinz. Das wird Ihnen aber nichts sagen, das ist ein Zitat des französischen Dichters …«

»Jean Nicolas Arthur Rimbaud. Geboren am zwanzigsten Oktober achtzehnvierundfünfzig. In Charleville, Provinzstadt in den Ardennen. Sohn des Infanteriehauptmanns Frédéric Rimbaud, der aus bescheidener Familie aus der Franche-Comté stammte, und der Vitalie Cuif, die aus einer Familie kleinbäuerlicher Grundbesitzer in der Gegen von Vouziers kam.«

»Verblüffend korrekt.«

»Ein Vorkämpfer, ein echter Vorkämpfer!«

»Ja, ich bin auch immer wieder fasziniert von den Gedichten. In ihnen steckt so viel Wagnis und Konsequenz. So viel Wut und Wahrheit. Und dazu noch die Tiefe der Ehrlichkeit und das so hart erarbeitete Talent. Wenn man bedenkt, dass dieser Mann keine Kindheit hatte …«

»Schweigen Sie! Kein Wort weiter!«

»Sind Sie wirklich von einem Meinungsforschungsinstitut? Sie klingen – verwirrt. Rufen Sie immer Leute an, um ihnen zu sagen, sie sollen schweigen? Witzig!«

»Sie lachen über mich?«

»Wie käme ich dazu? Über Fremde zu lachen, heißt doch, beschränkt zu sein.«

»Dumm? Beschränkt? Wissen Sie, was bescheuert ist?«

»Sie werden es mir sagen.«

»Wenn Sie sich als Frau einbilden, Rimbaud auch nur annähernd verstehen zu können! Dass ist nicht nur dumm und beschränkt, das ist wirklich saudumm!«

»Verstehe ich nicht. Ich bin Professorin für französische Literatur. Ich verdiene mein Geld damit, Rimbaud zu verstehen.«

»Nichts verstehen Sie! Gar nichts.«

»Erklären Sie mir das! – Sofort.«

»Ach, Intellektuelle! Da kommt man aus dem Gerede nicht mehr raus, wenn man einmal angefangen hat.«

»Was bocken Sie denn jetzt, Fremder? Wie ein kleines, verwöhntes Muttersöhnchen!«

»Ein was? – Kapieren Sie noch immer nicht, dass das ein Widerspruch ist, verwöhnter Muttersohn? Vergewaltigter Muttersohn, so muss das heißen. Ich denke, Sie wissen Bescheid über Rimbaud? Dann, allerdings, müssten Sie wissen, wie sehr Rimbaud unter seiner Mutter gelitten hat, unter diesem kalten Objekt der Missgunst!«

»Jetzt ist es genug. Sie rufen aus keinem Institut an! Stimmt doch? Sie machen sich einen Scherz! Sie sind der Freund einer meiner Studentinnen, oder etwa nicht? Oder hat Sie mein Exmann geschickt? Das wäre genau seine Masche!«

»Ach? Sie sind geschieden? Interessant!«

»Warum soll das interessant sein? Meine Studentinnen wissen das. Mein Ex logischerweise auch. Sagen Sie, wer sind Sie eigentlich? Jetzt mal Tacheles!«

»Ich bin wirklich nur ein Callcenter-Agent. Einer von Hunderttausenden, die ihr Leben so finanzieren. Mehr nicht.«

»Oder sind Sie ein verkappter und unglücklicher Lyriker? Sie rufen Leute an, um sie auszuhorchen, um an Geschichten zu kommen!«

»Wie kommen Sie darauf? Ich horche niemanden aus! Ich bin nur Ihr Stift und Ihr Fragebogen. Mit mir kreuzen Sie nur Antworten an.«

»Natürlich sind Sie Lyriker! Sie sind einer von Rimbauds Söhnen! Bestimmt sind Sie Mitte zwanzig, eins achtzig groß, siebzig Kilogramm schwer! Sie stammen aus schwierigem Elternhaus. Ich schätze, Ihre Haare sind blond. Strohblond, ich mag strohblonde Haare. Und Ihre Augen haben einen stechenden Blick wie die Rimbauds! Blaue Pupillen.«

»Schluss jetzt. Aus. Ende im Gelände. – Wollen Sie nun die Fragen beantworten, die wir Ihnen stellen möchten, um ein objektives Meinungsbild der Gesellschaft zu entwerfen, das Sie morgen in den Zeitungen nachlesen können?«

»Eigentlich nicht. Na ja, wenn es hilft!«

»Das ganz bestimmt!«

»Mir legt sich nämlich Ihre Stimme angenehm ins Ohr, wissen Sie?«

»Ich weiß.«

»Irgendwie anregend, mit Ihnen zu plaudern! Als begäbe man sich in Gefahr. Sie leben unerbittlich drauflos, das spürt man. Sie leben total. Mit allem, was Sie haben und hoffen. Sie sind ein Fanatiker, ich habe ein Schwäche für junge Fanatiker.«

»Äh?«

»Ihr Sprachverständnis ist beeindruckend, wenn Sie nicht gerade peinlich berührt sind. Ich stelle Sie mir mit schmalen Händen vor. Elegante, schöne Hände. Lange Finger, die eine Frau tief berühren können. Sie verstehen, zu beeindrucken. Sie haben gelernt, charmant zu sein. Sie lassen Betrachter Ihre schäbige Herkunft vergessen. Haben Sie schon viele Gedichtbände ...«

»Ich habe keine Gedichtbände geschrieben! Arthur hat, Arthur Rimbaud!«

»Ja, sicher! Ihr Charme ist einzigartig. Ich mag Ihre Verschrobenheit, die macht Sie interessant. Ich will Ihnen sagen, wie sich Rimbaud von der Übermacht seiner Mutter hätte befreien können.«

»Die er nur das Krokodil nannte!«

»Genau, die er nur das Krokodil nannte. Ich bin kein Krokodil, die meisten Frauen sind keine Krokodile. Er hätte sich nur von einer anderen Frau retten lassen müssen. Er hätte nicht in den passiven Selbstmord rennen müssen. Er hätte sich nicht in eine schwule Affäre stürzen müssen. Er hätte nicht einmal Gedichte schreiben müssen, die die Welt verändert haben. Er hätte nur einer Frau vertrauen müssen! Einer einzigen!«

»Einer Frau? Rimbaud? Unmöglich! Dazu hatte ihn doch seine Mutter schon viel zu sehr verunstaltet! Er war doch schon ein seelischer Krüppel, als er noch keine elf Jahre alt war!«

»Nur eine Frau kann eine andere Frau besiegen! Auch Sie sind nicht auf Ewigkeit verdammt! Sie brauchen nur einer Frau zu vertrauen!«

»Ich? Sind Sie verrückt? Ich mache bestimmt keine Frau zu einer Mutter! Dass das mal klar ist.«

»Sie müssen für den Ausgleich sorgen!«

»Oh, keine Sorge, ich sorge für den Ausgleich! Ich kämpfe für den Ausgleich! – Haben Sie denn Söhne?«

»Warum?«

»Ich frage, ob Sie Söhne haben.«

»Ja, drei Stück.«

»Sie haben also drei Söhne? Und Sie erziehen sie allein? Wenn man das so nennen kann.«

»Wie nennen, was meinen Sie?«

»Woher wollen Sie als Frau denn wissen, was Jungs brauchen, um Männer zu werden? Hä? Sie machen doch nur Mädchen aus ihnen! Wenn kein Vater da ist, ist der Sohn hoffnungslos verloren.«

»Was reden Sie nun wieder? Ich glaube, ich erlebe gerade den Anruf meines Lebens!«

»Das kann sein! Ich werde Ihre Söhne retten!«

»Sie?«

»Ich!«

»Jetzt muss ich sowieso auflegen. Meine Söhne kommen gleich aus der Schule. Sie sind jeden Augenblick zurück!«

»Das ist jetzt sehr wichtig, Frau Professorin, wir müssen diese Studie jetzt zu Ende bringen, da hilft nichts! Wir müssen! – Meist haben wir nur Säufer und Hausfrauen an der Strippe, jetzt sind Sie als Studierte da, das wird unsere Studie verbessern! Denken Sie an die Objektivität! Bitte, geben Sie sich einen Ruck!«

»Also …«

»Um Gottes Willen, legen Sie jetzt bloß nicht auf!«

»In Ordnung, in Ordnung! Dann fangen Sie mal an. Aber schnell! Wenn meine Söhne kommen, dann lege ich auf! Das sage ich Ihnen vorher. Worum geht es denn nun eigentlich?«

»Um Politik. Um Biermischgetränke. Um Fertiggerichte und um Mode. Und um die Europäische Union. Also eher querbeet heute, von jedem etwas!«

»Na, dann los!«

»Müsste ich zuerst wissen, wie alt Sie sind.«

»Sechsundvierzig.«

»Und Sie sind weiblich, wie ich höre.«

»Ja.«

»Führen Sie den Haushalt hauptsächlich, ja oder nein?«

»Ja.«

»Welche Partei würden Sie wählen, wenn morgen Bundestagswahl wäre? SPD, CDU, FDP, Die Linke, Die Grünen?«

»Die Grünen.«

»Welche Partei haben Sie bei der letzten Bundestagswahl gewählt? SPD, CDU, FDP, Die Linke, Die Grünen?«

»Auch grün.«

»Zwischendurch müsste ich noch etwas anderes fragen: Wir würden Ihnen sehr gerne Ansichtsmaterial und Fotos zuschicken, um eine differenziertere Aussage von Ihnen über die Politik unserer Bundesregierung zu bekommen. Ihre Angaben bleiben völlig anonym. Wir würden Sie in den nächsten Tagen noch einmal anrufen, um das telefonische Folgeinterview führen zu können. Dazu würde ich jetzt gerne Ihren Namen und Ihre Postanschrift aufnehmen, damit wir Ihnen diese wichtigen Unterlagen kostenfrei zusenden können. Wären Sie bereit, Stellung zur aktuellen Politik unserer Regierung zu nehmen?«

»Natürlich!«

»Dann bräuchte ich zuerst Ihren Vornamen.«

»Britta.«

»Jetzt den Nachnamen, bitte.«

»Lind.«

»Die Straße?«

»Hiddenseestraße.«

»Die Hausnummer?«

»Einhundertzweiundzwanzig.«

»Und nun bitte die Postleitzahl.«

»Zehn, vier, drei, neun«

»Oh, Berlin! Schöne Stadt!«

»Pankow.«

»Die Telefonnummer noch bitte. Die kann ich hier nicht sehen, weil der Computer sie Ziffer für Ziffer willkürlich herstellt. Wie beim Lotto.«

»Nein, nein, das reicht, meine Söhne kommen in den Vorgarten. Ich sehe sie durchs Fenster.«

»Ach, Sie wohnen in einem Einfamilienhaus?«

»Ja.«

»Wann wäre Sie denn für das Folgeinterview mal ungestört?«

»Nächsten Dienstagabend, da fahren meine Kinder in die Ferien. Ich bin gegen achtzehn Uhr zu Hause.«

»Super! Dann sind Sie ganz allein! Und Sie wohnen in einem Haus ohne Mitmieter? Sind Sie Eigentümerin?«

»Ja, bin ich, wozu wollen Sie das denn wissen?«

»Ach, nur so. – Letzte Frage, bitte, versprochen! Handelt es sich um ein Reihenhaus oder um ein allein stehendes Haus?«

»Allein stehend.«

»Die nächsten Nachbarn sind fünfhundert Meter entfernt, hundert oder weniger?«

»Hundert.«

»Perfekt! Sie sind geschieden, Sie haben drei Söhne, Sie wohnen allein in einem Haus und Sie sind nächsten Dienstag allein zu Hause, um das Telefonat entgegenzunehmen. Die Nachbarn sind außer Hörweite.«

»Stimmt auffallend, aber warum betonen Sie das alles so?«

»Ach, nur für die Statistik, nichts weiter. – Ich entlasse Sie für heute! Noch viel Spaß mit Ihren Kindern.«

»Danke, bis Dienstag.«

»Bis Dienstag. Ich schicke den Prospekt sofort los!«

Was weiß die schon über Rimbaud? Professorin sein, aber keinen Vater für die Söhne haben! Noch so ein Krokodil, was weiß die schon von Arthur Rimbauds Mutter?

Jeden verdammten Sonntag musste der kleine Rimbaud hinter seiner Schwester zur Kirche dackeln. Ausstaffiert als Mädchen! Als Mädchen durch eine Kleinstadt. Na, die Mitschüler werden schön gelacht haben. Das Krokodil hat seinem Sohn alles Natürliche genommen, sofern es männlicher Natur war. So töten Mütter mit der Waffe Leben! Wenn man sie lässt! Sobald man sie lässt. Aber man muss sie ja nicht lassen! Man kann die Söhne ja vor ihren Müttern beschützen, wenn es die Väter nicht tun, weil sie bei der Erziehung abwesend sind. Die Väter denken, der Junge schafft das schon, aber er schafft es eben nicht allein. Die Väter müssen in der Nähe der Söhne sein, damit sie ein Ausgleich zur Allmacht der Mutter sind. Eine Familie braucht nun mal Vater und Mutter, wenn ein Kind vorhanden ist, alles andere ist Verrat an den Kindern! Und wenn die Väter sich nicht freiwillig um die Söhne kümmern, dann müssen sie eben dazu gezwungen werden, diese Herren der Schöpfung. Es geht um die Söhne, die nicht von den Krokodilen aufgefressen werden dürfen. Keine Mutter soll mehr leichtfertig mit den Gefühlen der Söhne spielen. Die Väter werden zum Kampf gezwungen.

Der kleine Rimbaud musste ans Grab treten, in das seine Mutter sich zur Probe gelegt hatte. Der kleine Rimbaud musste ihr helfen, sich in den Sarg zu legen, damit sie herausfinden konnte, ob er auch bequem für sie sei. Arthur sah die lebendige Mutter unten im Grab, wie perfide können Weibsbilder eigentlich sein? Wie froh sie wäre, rief sie von unten, wenn sie endlich im Himmel wäre. Weg von den Männern und weg von ihrem mürrischen Sohn! Einem Bastard. Das rief sie! So grausam töten Mütter mit der Waffe Leben, wenn man sie lässt.

Sie hat ihm alles versaut, niemals hatte er auch nur einer Frau vertrauen können. Immer spürte er Verrat, Lüge und Hohn. Er stürzte sich in die Gedichtewelt und verließ sie mit neunzehn Jahren schon wieder, weil er die Muttersprache so hasste, in der er sich ausdrückte. Doch seine Gedichte haben die Lyrikwelt modernisiert. Sein Hass hat die Muttersprache doch in die Knie gezwungen. Er ließ sie danach verstummen, ließ sie im Dreck liegen und wanderte durch Afrika. Er lernte siebzehn afrikanische Dialekte, und er vergaß seine elende Mutter beinahe. Doch dann wurde er krank und sie trug ihn zu Grabe, nicht er sie. So töten Mütter mit der Waffe Leben, wenn man sie lässt! Sie rächen sich mit Demut, mit Masochismus, mit Leidensfähigkeit, die den Sohn in den Wahnsinn treiben, Frau Professorin! – Die Hauptsache ist doch, ich denke nie laut. Taten sind geschehen, wenn man sie ausgesprochen hat. Den Söhnen die Freiheit!

»Hallo?«

»Guten Tag! Institut für Markt- und Meinungsforschung. Wir führen gerade eine Umfrage durch und würden uns freuen, wenn Sie uns ein paar Fragen beantworten würden. Aktuelle Themen, Ihr Haushalt wurde zufällig ausgewählt.«

»Dazu habe ich aber zuerst auch mal eine Frage.«

»Ja?«

»Sagen Sie mal, wie kommen Sie auf meine Nummer?«

»Die wird vom Computer generiert. Wie beim Lotto wählt er Ziffer um Ziffer, bis eine Telefonnummer zusammen ist.«

»Und das soll ich Ihnen glauben?«

»Weil es so ist. Oft hören wir auch ›Kein Anschluss unter dieser Nummer‹. Oder wir werden von diesem elenden Faxton genervt.«

»Na ja, bei mir haben Sie auch keinen Anschluss unter dieser Nummer. Ich mach' sowieso nicht mit. Noch viel Glück und danke sehr!«

»Bitte, bitte!«

Bei mir ist eine Krankheit ausgebrochen, es ist alles zu spät. Da dachte ich, gesichert zu sein, doch nun ist der Virus in mir, er verändert mein Leben. Ich muss mich nach ihm richten, kann nicht anders, es ist alles zu spät, ich verfalle dir, ich kann mich nicht retten, nirgends Halt, verzeih meine Krankheit, ich habe fiebrige Augen – und ich sehe immer nur dich.

Heute ist Sonntag, und ich sitze zu Hause, in aller Stille schreibe ich von meiner Sehnsucht, die sich stündlich vergrößert, jede Stunde, die du dich nicht meldest. Ich denke viel über dich nach, alles andere ist mir egal, ich weiß, ich darf dir nichts sagen, ich muss dir stark und verlässlich erscheinen. Das bin ich auch, nur eben erkrankt an dir, durch alles, was du sagst, durch alles, was du tust.

Vielleicht freut es dich, einen Abhängigen zu haben, vielleicht macht es dir Angst, ich kenne dich zu wenig. Du hast mein Leben verändert, das ist alles. Du machst mich glücklich, und Angst habe ich, dass du zur Erinnerung werden könntest. Warum schweigst du nun schon den dritten Tag? Ich brauche dich, deine heimlichen Mittel, die mich retten, allein sie.

Und irgendwie breitet sich Ruhe und Zuversicht aus, als gäbe es irgendetwas Sicheres, als wäre dein Schweigen ein riesengroßes Ja. Das allein hält mich im Leben.

Ich stehe unter deinem Fenster, siehst du mich? Im Laternenlicht, keine Gefahr, an mir kommt niemand vorbei, du bist im Schutz, ich nehme es mit deinem Vater auf, wenn es sein muss. Ich werde ihm alles sagen, was du einst wegen ihm erlitten hast. Der Grund deiner Tränen! Ich werde ihn zum Lachen bringen, den Vater, und deine Mutter wird stolz auf dich sein. Auf dich und auf mich. Ich werde charmant zu deinen Freunden sein, sie werden uns alle beneiden.

Ich bin krank, fiebrig, so anders, aber ich fühle mich kerngesund und unbezwingbar. Man lebt mit der Krankheit, sie erhebt mich über das Grau anderer Gesichter. Du schweigst dein riesengroßes Ja – und mir steigen Tränen in die Augen.

»Hallo? Wer ist denn da? Hallo? Hallo?«

»Markt- und Meinungsforschungsinstitut ist hier. Beantworten Sie uns doch bitte ein paar Fragen zu aktuellen Themen. Ihr Haushalt wurde zufällig ausgewählt. Jetzt können Sie mal Ihre Meinung loswerden!«

»Ach, junger Mann, ich bin zweiundsiebzig Jahre alt! Zweiundsiebzig Jahre! Und zerbrechlich! Ich schlafe schon! Gute Nacht, junger Mann!«

»Gute Nacht!«

Soweit man weiß, wird jeder im Leben einen bestimmten Kurs einschlagen, den die Abdrift dann allerdings nach Lust und Laune verändert, so dass sogar der Intelligenteste seine Tage im falschen Hafen beschließt.

»Was gibt's Paul? Du, Paul, wenn du das bist, ich kann heute nicht mehr kommen, mein Mann kommt früher zurück! Ich habe …«

»Guten Tag, Markt- und Meinungsforschungsinstitut ist hier.«

»Markt und was? Meine Meinung ist, nicht mit mir! Schönen Abend noch!«

Schönen Abend? – Schöner Dienstagabend!, dachte er und steckte sich den Zettel mit der Berliner Adresse in die Brusttasche seines blauen Hemdes.

XXIV

Der Dienstag war endlich da. In den letzten Tagen hatte Tim viele Überstunden geschoben, um sich abzulenken. Und um nachdenken zu können. Er konnte beim Herumtelefonieren immer gut nachdenken, das hatte er schon früh gemerkt. Deswegen war er auch bei diesem Job mit der miesen Bezahlung geblieben, deswegen und wegen der Tatsache, so am besten seine Pläne verfolgen zu können.

Er beobachtete das Haus schon seit zwei Stunden. Tim hatte Zeit. Es stand tatsächlich separat und war von der Straße nicht einsehbar. Alte Bäume senkten ihre Zweige bis auf die zwei Meter hohe Mauer. Er lag auf dieser Backsteinmauer, von den Bäumen verborgen und sah durchs Fernglas. Vor zehn Minuten war er zusammengeschrocken, weil ein Auto die Auffahrt hinaufgefahren war, doch dann hatte er sich beruhigt. Die Jungs von Britta Lind wurden abgeholt, um ins Kinderferienlager am Wannsee gebracht zu werden, hatte er von der Homepage der Schule erfahren. Sie verbrachten dort eine ganze Woche, und wenn sie wieder nach Hause kamen, dann war alles für sie erledigt. Dann begann ihr richtiges, ihr wertvolles, ihr gutes Leben. Er stellte das Fernglas nach, beobachtete, wie die Jungs in das Auto stiegen, wie ein Mann sich korrekt von der Frau Professorin verabschiedete, die an der Haustür zurückblieb und winkte. Als das Auto abgefahren war, sah sie auf die Uhr, dann öffnete sie noch einmal den Briefkasten und schüttelte den Kopf.

Ganz recht!, dachte er. *Du wirst keine Prospekte und Materialien finden. Du wirst heute auch keinen Anruf bekommen.*

Er lächelte und wartete, bis sie die Haustür verschlossen hatte, ehe er sich von der Mauer rollte und auf feuchter Erde landete. Wie gut er die Menschen doch kannte! Kaum waren die Kinder weg, holte die Frau Professorin den Wachhund ins Haus. Er bellte zwar an der Haustür, aber die Herrin holte ihn zurück ins Zimmer.

Tim Leidger schlich sich an die Hauswand, duckte sich und packte das Rindfleisch aus. Man konnte ja nie wissen! Tim nahm das rohe Fleisch in die Hand und schlich zum Kücheneingang. Er hatte sich den Grundriss dieser Häuserart im Internet angesehen. Sie stammten alle aus der Zeit der Industrialisierung und waren für die Familien von Ingenieuren in Ballungsgebieten gedacht gewesen. Er wusste, dass es eine Küchentür zum hinteren Garten gab. Was waren Hunde schon wert, wenn man ihr Gebell nicht ernst nahm? Er hockte sich neben die Tür und begann, mit einem Schweizer Taschenmesser den Kitt vom Rand der unteren Glasscheibe der Tür zu kratzen, der sie im Rahmen hielt. Tim hatte Zeit, er ließ sich auch nicht vom Hund stören, der ihm von der Küche aus zusah und immer wieder auf das Rindfleisch starrte. Tim Leidger strahlte Ruhe aus. Der Hund schöpfte keinen Verdacht, war Tim doch in diesem Moment aus tiefster Seele freundlich, ausgeglichen und zufrieden mit sich und der Welt; der Hund spürte das, er war ja nur ein Hund.

Leidger drückte die Messerspitze am oberen Scheibenrand ins Rahmenholz, winkelte das Messer ein wenig an und holte so die Scheibe heraus. Der Hund stürzte sich sofort auf die zwei Kilogramm Rindfleisch. Er hatte aber erst einen Bruchteil geschafft, als ihm weißer Schaum aus dem Maul drang und er lautlos verstarb. Tim deckte ihn zu, ehe er ins Haus der Rimbaud-Spezialistin schlich. Sie lag auf der Couch und sah fern.

Bevor sie ihn entdecken konnte, verschwand Tim wieder im Flurdunkel. Das wollte er doch zuerst mal sehen, ob sie wirklich eine Spezialistin war! Ihm mit Rimbaud zu kommen! Ihm! Er schlich die Innentreppe hoch und fand wenig später das Arbeitszimmer. Er musste ein anerkennendes Pfeifen unterdrücken.

Rimbauds Werke standen in einer Vitrine, deren Licht sich automatisch anschaltete, wenn die Schranktür geöffnet wurde. Tim sah nicht nur die üblichen Gedichtsammlungen, er fand auch die seltenen Ausgaben aus Hohenzell. Ganz unten lagen Kopien der Briefe des Dichters, jener wenigen Briefe, die seine Schwester in ihrem falschen, naiven und religiösen Wahn nicht verbrannt hatte. Seine Schwester und das Krokodil, diese beiden Frauen, die Jean Nicolas Arthur Rimbaud so gedemütigt und verbogen hatten. Es fand sich sogar eine Kopie des Theaterstückes von Paul Zech, unaufführbar, sicherlich, wie das ganze Leben Rimbauds. Tim musste sich mit Macht von der Vitrine lösen. Er hielt ein zerlesenes Exemplar in der Hand, das er noch nicht kannte. Es stammte aus der untergegangenen DDR und das Titelbild zeigte Rimbauds berühmte Gräber, auf denen Poes Raben saßen. Tim blätterte darin, schloss die Vitrinentür und kam ins Grübeln. Im Text fanden sich unzählige Anmerkungen und Unterstreichungen. Sie zeigten ihm, dass ein wirklicher Verstand sich mit Rimbauds Werken befasst hatte. War er auf dem Holzweg? Sicherlich, diese Frau war alleinerziehend und malträtierte ihre Söhne mit der Waffe Leben zu Tode, wenn man sie ließ, aber sie war doch auch wirklich eine Kennerin von Rimbauds Leben, Werk und Sterben. Was könnte er mit dieser Frau zusammen entdecken, wenn das Schicksal ihn nicht so sehr prüfen würde. Sollte er die Prüfung bestehen, oder sollte er die Frau verschonen, um mit ihr Rimbauds Erbe angemessen wiederzubeleben? Stand er hier am Scheidepunkt oder sollte er weitergehen? Musste er nicht weitergehen? Er konnte sie nicht verschonen! Er musste sich den Besitzerinnen der Waffe Leben entgegenstellen, es ging um den Fortbestand der Söhne, die nicht weiblich erzogen werden durften. Tim steckte sich das Taschenbuch hinten in die Hosentasche und verließ das Arbeitszimmer. Wie schade, dass Gnade nur eine Erfindung von Theoretikern war.

Er kam die Treppe herunter und sah auf Britta hinab, die sich auf der Couch streckte, um an das Glas Rotwein zu kommen, das auf dem niedrigen Tisch stand. Im Fernseher lief eine Dokumentation über das Aussterben von Eisbären. Mal wieder. Er sah den weißen Pelzen zu, die durch das kalte Nordwasser schwammen und keine Eisschollen mehr fanden, auf denen sie sich erholen konnten. Nach und nach gingen sie unter, nicht ohne ein letztes Gebrüll.

»Isabelle? Isabelle?«

Nicht zu fassen! Diese Frau hatte es gewagt, ihre Hündin nach der Schwester Rimbauds zu benennen! Sofort stieg Zorn in Tim hoch. Dieses dumme, hässliche Weibsbild, das am Sterbebett des Dichters noch so viel Unheil angerichtet hatte. Tim musste tief durchatmen und sich zur Besonnenheit zwingen.

»Wo steckst du, Isabelle?«

Er holte das ausgeklappte Taschenmesser aus der Jacke und näherte sich Britta. Ihm war klar, dass sie ihn in der Scheibe der Verandatür sehen würde, aber er wusste auch, dass es dann für sie zu spät war. Er wollte es ihr so leicht wie möglich machen, daher setzte er sein charmantestes Lächeln auf, als er sich von hinten leicht über Brittas Kopf beugte. Ihre Augen schrien die Glasscheibe an. Tim drückte die Stirn nach unten und setzte schnell den präzisen Schnitt. Das Blut spritzte aus der Kehle hervor, in Intervallen. Das Herz pumpte, bis nichts mehr da war, was sich zu pumpen lohnte. Das nasse Rot sickerte in den teuren Couchstoff. Tim Leidger wischte das Messer am Haar des Opfers sauber und klappte es zusammen. Er steckte es zurück in die Innentasche seiner Jacke, und als er wieder auf der Straße war, zog er sich die Handschuhe aus.

Mit dem gestohlenen Fahrrad fuhr er zurück zur S- und U-Bahnstation Pankow, stellte es an die gleiche Stelle zurück und legte das geknackte Schloss so um den Hinterreifen, dass man den Defekt nicht sehen konnte. Tim mischte sich unter die hauptsächlich jugendlichen Fahrgäste, die ins Zentrum von Berlin wollten, und stellte erfreut fest, dass er zwischen ihnen überhaupt nicht auffiel. An ihn würde sich niemand erinnern. Er musste zwei leicht Betrunkene abwehren, die so guter Laune waren, dass sie ihre Mitreisenden mit Weißwein versorgen wollten. Gern hätte er sie gefragt, was es zu feiern gab, aber er hielt es für schlauer, genauso abwesend wie die anderen Fahrgäste der Linie S zwei zu schauen.

Tim erreichte in Gesundbrunnen sogar noch die abendliche Zugverbindung nach Rostock. Jetzt war ihm nach einem großen Schluck Bier, und er freute sich, auf der Station noch zwei Büchsen ergattert zu haben. Sie waren kalt und perlten außen. Er öffnete eine, trank lange und lehnte sich dann zurück. Tim lächelte seinem Spiegelbild zu.

Er saß im Doppelstockzug oben. Nur wenige Reisende waren hier hinaufgekommen, und niemand störte ihn mit einem Handy oder mit zu laut eingestellten Kopfhörern. Er war wieder unter Norddeutschen, die die Magie der Stille so liebten.

Er stellte sich das Lachen der drei Jungs von Britta Lind vor. Wie sie nach Hause kamen und erfuhren, dass sie vom Joch der allein erziehenden Mutter erlöst waren. Ihre Erleichterung stellte er sich vor, wenn ihr Vater sie zu sich nahm und sich um ihre Erziehung kümmerte.

Das hatten die Jungs ihm zu verdanken. Er hatte den Vater gezwungen, sich wieder um seine Söhne zu kümmern.

Welch herrliches Gefühl, dachte er, *helfen zu können. Wie schön, am Gleichgewicht der Welt mitwirken zu können.*

Rasch trank Tim auch die zweite Büchse Bier aus, ehe sie noch warm wurde. Bald darauf nickte er ein, wurde aber vom Schaffner geweckt. Tim erwarb mit seiner Kreditkarte einen Fahrschein und war über das Wecken nicht böse. Seine Blase war sowieso voll.

»Wir haben auch Erste Klasse hier«, sagte der Schaffner, der die Plastikkarte hin und her drehte, ehe er sie in seinen Apparat einführte und Tim wartend ansah.

»Erste Klasse?«

»Die Sitze sind bequemer. Und als Bonus bediene ich Sie heute mal am Platz! Auch mit Bier aus dem Hahn, falls Sie mögen.«

»Und die Toiletten?«

»Ein Gedicht!«

Sie lachten, ehe Tim das Angebot annahm. Er wechselte in die bessere Klasse und bestellte ein Glas frisch gezapftes Bier. Wann denn, wenn nicht heute?

XXV

Endlich in Marseille. Er verließ den Bahnhof und ließ sich mit dem Taxi sofort zum Krankenhaus Maria Empfängnis bringen. Endlich konnte er den Hügel hinaufsteigen und sich auf die Terrasse stellen. Tobias sah im Norden die ferne Bergkette, im Westen das Glitzern des Mittelmeeres. Der Poet drückte die Knie gegen die niedrige Brüstung und beobachtete das tausendfache Funkeln der See. Es wehte ein leichter Wind, gerade stark genug, niedrige Wellen zu erzeugen, die immer wieder das Sonnenlicht brachen, das auf die Wasseroberfläche traf.

Der Poet atmete aus. Er war auf dem Weg nach Marokko, um einen Literaturpreis für Völkerverständigung entgegenzunehmen. Dreitausend Euro, von denen er einen Teil an ein Aidsprojekt zu spenden hatte. Tobias dachte in diesem Moment aber nur an seinen berühmten Vorgänger, der vor einhundertzwanzig Jahren hier zu Tode gekommen war. Endlich stand er hier, und fast wäre er auf die Knie gefallen. Tobias wagte kaum zu atmen. Hier hatte der Sterbende seiner Schwester einen der mysteriösesten Abschiedsbriefe der Weltliteratur in die Feder diktiert:

Eine Last: ein Zahn allein.
Eine Last: zwei Zähne.
Eine Last: drei Zähne.
Eine Last: vier Zähne.
Eine Last: zwei Zähne.

Was sollte das bedeuten? Wie oft hatte Tobias sich das schon gefragt. Schließlich hatte er geglaubt, nur am Sterbeort selbst die Antwort finden zu können. Aber hier gab es keine Lösung, auch hier nicht. Tobias sah sich um und dachte: *Jede vergebliche Liebe lässt ihre Narben zurück.*

Was hatte Rimbaud gemeint, als er hier am zehnten November achtzehnhunderteinundneunzig verstarb? Kurz nach dem Diktat. Mit siebenunddreißig Jahren unter entsetzlichen Qualen. Rimbaud, französischer Nationaldichter. Rimbaud, dessen Werke von jungen Menschen überall auf der Welt geliebt wurden.

Der Poet zog die Kopie von Rimbauds vorletztem Brief hervor und las ihn:

Warum lernt man nicht Medizin auf der Schule, mindestens so viel, daß man nicht solche Dummheiten macht?

Wenn mich jemand im selben Fall wie dem meinem um Rat fragte, würde ich ihm antworten: Steht es so – dann lassen Sie sich nicht amputieren! Lassen Sie sich zerhacken, zerfetzen, ganz in Stücke reißen, aber dulden Sie nicht, daß Sie nur amputiert werden. Wenn es Ihr Tod ist, wird es immer noch besser sein als dies Leben mit weniger Gliedern! So haben es viele gehalten, und stünde ich noch einmal davor, würde ich dabei bleiben! Lieber ein Jahr lang wie ein Verdammter dulden als amputiert sein!

Dies ist das schöne Ergebnis: Ich sitze, und von Zeit zu Zeit erhebe ich mich, und hüpfe hundert Schritt auf meinen Krücken, dann setze ich mich wieder. Meine Hände können nichts mehr halten. Beim Gehen kann ich den Kopf nicht von meinem einzigen Fuß und vom Ende der Krücke abwenden. Kopf und Schultern biegen sich nach vorn, ich wölbe mich wie ein Buckliger, ich zittere, wenn ich die Leute oder die Dinge ringsum sich bewegen sehe, in Angst, sie könnten mich umstoßen und mir auch die zweite Pfote brechen. Natürlich lachen sie bei meinem Gehüpf. Wenn ich mich niederlasse, zucken mir die Hände, die Achselhöhle ist wie zerschnitten, mein Gesicht ist das eines Blödsinnigen. Verzweiflung überfällt mich, und ich sitze da wie ein vollständiger Krüppel, greinend, auf die Nacht wartend, die mir ewige Schlaflosigkeit bringt, auf den Morgen wartend, der noch trauriger als der Abend werden muß, und so weiter. Fortsetzung in der nächsten Nummer.

Mit allen guten Wünschen.

Rimbaud

Tobias schlug mit der Faust auf die niedrige Brüstung. Nirgends eine Bergkette wie eine Reihe Zähne, auch nirgends Inseln auf dem Meer. Es konnte nur so sein, wie es zwar vermutete, aber nicht beweisen konnte: Diese Zähne, das waren die Zähne des Krokodils, das ihn in den Tod gejagt hatte. Es waren die Reißer der Mutter, die ihm auf seinem vorletzten Brief nur knapp telegrafiert hatte: *Ich fahre. Ankommen morgen abend. Mut und Geduld. – Wwe Rimbaud.*

Mut und Geduld? Was für eine entsetzliche Mutter, dem sterbenden Sohn mit Mut und Geduld zu kommen! Der Poet dachte: *Es war die Mutter, die ihn umgebracht hat. Sie hat ihn mit ihren Reißzähnen gejagt, bis er nicht mehr konnte. Bis er amputiert wurde und krepierte. Warum müssen die Söhne immer die Gefühle der Mütter ausbaden? Ein Kind weiß nichts von der Kindheit der Eltern, gar nichts!*

Tobias winkte nur ab, als ihn eine Krankenschwester fragte, ob er etwas suche. Er stieg vom Hügel und ließ sich zum Hafen fahren. So viel hatte er sich erhofft, doch nichts hatte sich erfüllt. Es gab hier keine Zähne in der Landschaft, die der Sterbende zuletzt gesehen haben könnte. Die Ahnung wurde ihm zur Gewissheit: Witwe Rimbaud hatte den Nationaldichter in den Tod getrieben, ihren Sohn.

Pawel Höchst glaubte, zu spinnen, als er die Nachrichten hörte. Der Meistermörder hatte erneut zugeschlagen. Diesmal in

Berlin, Berlin-Pankow. Bessere Wohngegend, früher von DDR-Bonzen bewohnt.

Er sah auf die Uhr, ehe er aus dem Büro stürmte und wenig später mit seinem alten Peugeot auf der Autobahn Richtung Süden war. Dieser Peter Pan, Pawel musste sehen, was er hinterlassen hatte. Er musste die Umstände der Ermordung vor sich haben. Denn er war es, der den Meistermörder zur Strecke bringen würde.

Es war sechs Uhr morgens, auf der alten Autobahn war kaum Verkehr. Schneller! Schneller! Pawel trat aufs Gaspedal und hörte bald darauf eine Sirene hinter sich. Was kümmerte ihn das, er behielt sie hinter sich. Er ließ das Polizeiauto nicht vorbei, dessen Fahrer ihn in den Berliner Vorstädten aus den Augen verlor. In Berlin fuhr Pawel bis zur S- und U-Bahnstation Pankow und suchte auf dem Stadtplan, der dort aushing, die Hiddenseestraße.

Kurz vor neun stand er vor einer Backsteinmauer und diskutierte mit einem wachhabenden Polizisten. Er hätte ihn ja am liebsten feinsäuberlich zusammengefaltet, aber er brauchte Zeit, Zeit zur Begutachtung des Tatorts. Der junge Beamte zeigte keinerlei Verständnis. Pawel sah, wie die Kolonne des BKA das Grundstück verließ: Forensiker, Leichenbeschauer, technisches Personal und natürlich Unmengen von Ermittlern und Sonderermittlern. Und deren Assistenten.

»Ich mach doch nur meinen Job«, sagte Pawel.

»Ich doch auch«, sagte der junge Polizist, der ihn merkwürdig ansah. Leicht devot, glaubte Pawel. Er kämpfte mit sich, ehe er sich überzeugt hatte, dass es nötig war. Bitter nötig: »Verstehe mich doch«, flüsterte er und fügte nach einer Weile mit einem bestimmten Blick hinzu: »Süßer.«

Der Beamte sah ihn erstaunt an, schien dann aber zu verstehen und sagte: »Moment mal!«

Er ging ein paar Schritte, sprach in sein Funkgerät und kehrte zu Pawel zurück. Plötzlich war alles ganz leicht: »Wir haben von Ihnen gehört. Sie haben ja in Rostock schon für Wirbel gesorgt.

Sie haben vierzig Minuten, wenn Sie mir schwören, uns alles zu sagen, was Sie feststellen! In Rostock hält man große Stücke auf Sie, und wir nehmen jede Hilfe, die sich als hilfreich erweist.«

»Verstehe, ich bin Ihnen so dankbar!«, sagte Pawel, ehe er eine Visitenkarte zugesteckt bekam: »Darüber reden wir heute Abend bei mir um zwanzig Uhr!«

Pawel nickte und bekam vom Beamten ein Vollkörperkondom verpasst: einen dünnen, weißen Anzug mit Schuhen, Handschuhen und Kapuze. Wie ein Marsmensch kam er sich vor, als er steif zum Haus stolzierte.

Er konnte sich nicht einmal Notizen machen! Pawel durfte sich alles ansehen, aber er durfte nichts anfassen. Mehr hatte er auch gar nicht vor: sehen und verstehen.

Der junge Beamte blieb dicht hinter ihm, um jeden seiner Schritte zu überwachen. Für Pawels Gefühl ein wenig zu dicht, aber das wollte er jetzt unterdrücken. Er hatte die Chance, den Fehler des Meistermörders zu finden. Es gab kein fehlerloses Verbrechen, und er wusste schließlich, wonach er suchen musste. Pawel nickte seinem Begleiter zu, der für ihn die Haustür öffnete.

Still war es hier, kein Hinweis, dass Pawel sich in einer europäischen Metropole befand. Damit hatte der Privatdetektiv nicht gerechnet. Als wäre er mitten in einem Wald, nur ohne Vögel, meinte er, nachdem der Polizist die Haustür geschlossen hatte.

XXVI

In der ersten Etage gab es vier kleinere Schlafzimmer, die zweite aber bestand aus einem einzigen Raum, der an beiden Längsseiten je drei Doppelfenster hatte. Die Querseiten hatten je eins. Dieser Raum diente als Arbeitszimmer, Pawel blickte sich erst einmal nur flüchtig um und ging wieder hinunter. Neben der

Küche im Erdgeschoss war der Fernsehraum. Außerdem befand hier unten das Bad.

»Ich bleibe immer in Ihrer Nähe, bitte fassen Sie nichts an«, sagte der junge Beamte: »Sie müssen mir alles sagen, was Ihnen spanisch vorkommt.«

»Mongolisch.«

»Bitte?«

»Wir Russen sagen nicht spanisch, wir sagen mongolisch.«

»Verstehe. Auf einmal wollen Sie Russe sein.«

»Nordrusse.«

Das weiße Ledersofa war mit Blut besudelt. Pawel stellte sich ans Kopfende und sah hoch: »Das Opfer hat seinen Mörder gesehen. In der Fensterscheibe da.«

»Ja, das haben wir schon festgestellt. Da dürfte es aber bereits zu spät gewesen sein.«

»Die Grimasse des Todes«, sagte Pawel. Er ging in die Küche, prüfte die Küchentür, die verschlossen war, und fragte: »Aber wie kam der Täter rein? Das ist wieder die große Frage. Die Haustür war verschlossen?«

»Der Schlüssel steckte zudem von innen. Das ist uns allen ein Rätsel. Kannte auch dieses Opfer seinen Mörder? Wir wissen es nicht.«

»Und wo ist der Hund?«

»Welcher Hund?«

Pawel deutete auf einen der Vorratsschränke: »Ihr werdet doch wohl die Büchsen da gesehen haben.«

Der junge Beamte schüttelte den Kopf und zückte sein Handy: »Polizeianwärter Hilbig. Meldung vom Tatort: Das Opfer hatte einen Hund. Hier sind lauter Büchsen mit Hundenahrung. – Danke. – Ja, Chef, wird sofort erledigt. Ich gebe es weiter.«

Kurz darauf sprach er erneut ins Handy: »Theo, ja, wir haben eine Spur!«

»Langsam, langsam!«, mischte sich Pawel ein, aber der Polizeianwärter hörte nicht auf ihn und fuhr fort: »Befrag die Kinder, ob sie ihren Hund mitgenommen haben. Oder ob sie wissen, wo der Hund sich zu Zeit aufhält.«

Pawel lachte und schlug dem jungen Schwulen freundschaftlich auf die Schulter: »Wo sich der Hund zu Zeit aufhält, das klingt gut!«

»Danke!«, sagte der junge Mann nüchtern. »Wir werden wahrscheinlich den Garten umgraben.«

Pawel nickte und verließ die Küche. Er warf lieber keinen Blick in die Kinderzimmer der Jungs und stieg nach oben.

Die Hälfte des Arbeitszimmers war in eine Bibliothek umgewandelt worden: Regale standen nicht nur an den Wänden, sondern auch in Reih und Glied mitten im Raum. Die andere Hälfte wurde von einem modernen Schreibtisch dominiert, hinter dem sich eine altmodische Glasvitrine befand. Pawel sah sich den ergodynamischen Arbeitsstuhl genauer an, eher aus Neugierde, bevor er die Balkontür öffnete. Er untersuchte sie von innen und außen, fand aber auch an ihr keine Einbruchsspuren, nicht den kleinsten Kratzer. Wie war der Typ hier hereingekommen? Wie kam er nur immer in die Wohnungen und Häuser der Opfer? Was hatte er für eine Masche? Mimte er den Vertreter? Aber die Frau hatte ausgestreckt auf der Couch gelegen! Der Mörder war heimlich gekommen, hatte aber keine Spuren hinterlassen. Ein Zweitschlüssel? Dann hätte er Kontakt mit den Opfern aufnehmen müssen, und wenn er Kontakt aufgenommen hätte, dann wäre er beobachtet worden, denn jeder Kontakt hinterließ eine Spur. Dieser Ermittlungsgrundsatz konnte doch auch hier nicht falsch sein! Er schloss die Tür wieder und schlenderte durch den Raum. In der Bibliothek fanden sich vor allem zum einen französische Bücher und zum anderen Gedichtbände aus aller Welt. Wieder aus purer Neugierde heraus suchte er seinen geliebten Jessenin und freute sich, als er ihn fand. Missmutig rümpfte er dann aber die Nase, denn die Bücher standen nicht in der Rubrik »Russland«, sondern noch immer unter »Sowjetunion«! Frechheit!

Pawel ging zurück zum Schreibtisch und sah sich den Vitrinenschrank genauer an. Eine Innenbeleuchtung schaltete sich ein, als er eine der Türen öffnete. Der Schrank hatte drei Fächer, die alle mit Büchern vollgestellt waren. Es waren allesamt Bücher eines einzigen Dichters, eines Franzosen: Arthur Rimbaud. Schon ewig tot. Französischsprachig, deutsche Übersetzungen, aber auch spanische und türkische. Dicht an dicht standen die Bücher, Pawel fand nur eine einzige schmale Lücke. Und diese Lücke war es, die ihn stutzig machte. Diese Lücke befand sich mitten in der Reihe. Er drehte sich zu seinem weißen, knisternden Schatten um und fragte, ob jemand etwas aus der Vitrine genommen hatte.

Der Polizist reichte die Frage per Handy weiter und schüttelte wenig später den Kopf, ehe er fragte: »Warum?«

»Hier fehlt ein Buch!«

»Ein Buch?«

»Ja. Diese Professorin muss eine Assistentin haben. Oder einen Sekretär. Klingeln Sie diese Person aus dem Bett, wir müssen wissen, welches verdammte Buch hier fehlt.«

»Warum?«

»Weil das der Fehler ist, den der Meistermörder gemacht hat! Er hat wahrscheinlich zum ersten Mal einen Fehler gemacht! Hier und jetzt! Er hat nichts hiergelassen, aber er hat etwas mitgenommen! Etwas, das ihm persönlich wichtig war, verstehen Sie?«

»Absolut! Ich verstehe, ihm scheinen Gedichte nicht egal zu sein. – Wie viele Menschen lesen schon Gedichtsammlungen durch? – Laden wir sie alle vor?«

»Wenn es Gedichte sind! Wir müssen wissen, was hier stand. Vielleicht auch eine Biografie, oder eine Autobiografie, ein Nachschlagewerk, der neuste Thriller, oder …«

»Schon gut, schon gut, ich hab' es begriffen. – Sind Sie denn hier oben soweit fertig?«

Pawel ließ seinen Blick noch einmal schweifen, dann nickte er. Als sie die Treppe wieder hinuntergingen, sagte er: »Das war eine

Nachlässigkeit, die ihm unterlaufen ist. Sie müssen Ihre Kollegen in den anderen Städten befragen, ob da auch Bücher fehlen.«

Der Beamte nickte, während er Pawel vor die Tür brachte. Er sagte: »Ich kümmere mich gleich darum. Sobald Sie hier weg sind. Ich muss eines nach dem anderen machen, sonst mach ich alles zweimal.«

Das verstand Pawel, er erbat sich noch eine Runde durch den hinteren Garten. Der junge Beamte genehmigte sie neugierig.

Als Pawel vor der Küchentür stand, rüttelte er am Griff. Die Tür bewegte sich nicht. Pawel rüttelte noch einmal an ihr, als in Fußhöhe eine Scheibe aus dem Rahmen fiel.

Die beiden Männer sahen sich erstaunt an, hockten sich hin und der Polizist flüsterte vor Aufregung: »Die war nur provisorisch verkittet! Feinsäuberlich. Der hatte keine Eile!«

»Hier ist er rein und raus«, sagte Pawel. »Der ist nicht so wahnsinnig, wie wir dachten. Der kann pragmatisch vorgehen.«

»Wir suchen also keinen Psychopaten?«

»Eher einen Handwerker, würde ich meinen. Zumindest handwerklich begabt. Ich glaube, der spielt uns nur den Psychopaten vor.«

»Oh Mann, dieses Schwein ist wohl auf allen Feldern begabt! Kein Wunder, dass wir den nicht kriegen.«

Die Männer erhoben sich wieder, und für Pawel wurde alles immer klarer, auch wenn er es noch nicht auf einen Nenner bringen konnte. Er sagte: »Der Hund ist garantiert tot. Sonst hätte der Meistermörder es nicht bis hierher geschafft.«

Der junge Beamte nickte: »Er wusste also, dass hier ein Hund war. Er kannte auch den Grundriss des Hauses, der Typ ist mir wirklich unheimlich. Was, verdammt noch einmal, weiß der denn nicht?«

»Dass er sterblich ist«, sagte Pawel trocken und zog am Tor der Grundstücksgrenze den weißen, dünnen Anzug aus. Er gab ihn dem Beamten zurück, und bevor er sich verabschiedete, sagte er: »Vielen Dank!«

»Ja! Gut, dass Sie hier waren. Sie sind aber zum Schweigen verpflichtet! Halten Sie sich daran.«

»Ich weiß, und eines muss ich noch loswerden: Ich hoffe, Ihre Gefühle nicht verletzt zu haben, aber es war nur eine Finte von mir. Ich bin nicht …, ich meine, ich will nicht …, oder besser gesagt, ich kann nicht …«

»Mit Männern intim werden?«

»Genau!«

»Sehr schade! Aber ich dachte mir das schon.«

»Ja, tut mir leid, sind Sie sauer auf mich?«

»Ich werde es überleben. Dann muss ich meinem Freund wenigstens nichts beichten«, sagte der Beamte und hielt Pawel die Hand hin: »Obwohl solche Beichten doch ab und an das Eheleben auffrischen.«

»Wenn Sie meinen!«, sagte Pawel. »Ich könnte auf diese verdammte Beichte gut und gern verzichten, die meine Ehefrau mir gerade zugemutet hat.«

Traurig sah er ins unsicher lächelnde Gesicht des Polizeianwärters, nahm die Hand und verabschiedeten sich etwas steif, ehe er zurück zu seinem alten Peugeot ging und ihm kurz übers blanke Dach strich. *Du Franzose!*, dachte er. *Franzose, du!*

Auf der Rückfahrt meldete sich zaghaft das schlechte Gewissen, hatte Privatdetektiv Pawel Höchst doch eine Erkenntnis für sich behalten, die ihm in Pankow zum ersten Mal klar geworden war: Diese Opfer, das waren nicht nur allein erziehende Frauen, es waren ausschließlich Mütter von Söhnen, die zwischen drei und dreizehn Jahren alt waren.

Und wieder konnte er einen neuen Kreis ziehen, enger als die vorigen.

Wie viele Frauen mochte es geben, die in dieses Raster passten? Eine Million, zehn Millionen?

Und warum diese Frauen? Während er vom Berliner Ring auf die Nordostautobahn bog und ordnungsgemäß hundertdreißig Kilometer pro Stunde fuhr, versenkte sich Pawel Höchst wieder in das Gespräch mit dem jungen Dritten Offizier, der am Peter-Pan-Syndrom gelitten hatte. Warum diese Frauen? Und warum jetzt? Diese Peter Pans hatten doch eine stark ausgeprägte Neigung, Dinge auf später zu verschieben, bis sie schließlich gezwungen waren, zu handeln. Was zwang den Meistermörder, jetzt zu handeln? Pawel erinnerte sich, was er gelesen hatte: Diese Männer waren unfähig zu sozialem Verhalten. Sie hatten ein Leben lang Schwierigkeiten, sich in der eigenen Haut wohl zu fühlen. Sie waren wie Jungs, die nur Erwachsene spielten. Ihr Wunschdenken war fast schon krankhaft. Sie dachten: Wenn ich nicht daran denke, dann geht es weg. Wenn ich fest daran glaube, verändert sich alles. Und sie meinten, Schuld hätte immer nur der andere. Ihre Probleme mit der Mutter waren gravierend. Schuld und Zorn erzeugten widersprüchliche Gefühle von überwältigendem Ausmaß gegenüber der Mutter. Die Pans wollten sich zwar vom Einfluss der Mutter befreien, empfanden dabei aber ein riesiges Schuldgefühl. Und die Probleme mit dem Vater waren auch nicht zu verachten. Die Pans sehnten sich danach, dem Vater nahe zu sein, kamen jedoch zum Schluss, dass sie die Liebe und Anerkennung des Vaters niemals erlangen könnten. Und die Probleme mit ihrer Sexualität erst! Bald nach der Pubertät machten sie sich daran, eine Freundin zu finden. Ihre Unreife und ihre Albernheit hielten jedoch die meisten Mädchen davon ab, sich mit ihnen einzulassen.

Und wie endete diese Einführung des Buches von Kiley noch? Pawel hätte fast die Augen geschlossen, um sich zu konzentrieren. Leise zitierte er aus dem Gedächtnis: »Eine Frau, die selbstsicher oder unabhängig ist, erregt den Zorn oder sogar die Wut des Peter Pans.«

Aber was hatte das mit Müttern von Söhnen zu tun? Was speziell? Pawel nahm die Autobahnausfahrt Rostock-Süd und fuhr in die Hafenstadt, in der es in dieser Nacht drei Tote gegeben hatte. »Straßenschlachten zwischen Links und Rechts«, meldete der Radiomoderator und fügte hinzu: »NNN – Nichts Neues im Norden.«

FÜNFTER TEIL

XXVII

Privatdetektiv Pawel Höchst lag im billigen Wippsessel seines Büros und konnte sich nicht bewegen. Er gähnte und versuchte, sich langsam aus dem Sessel zu stemmen. In seiner Hüfte schienen nach und nach kleine Geschosse zu explodieren. Er stützte sich schwer auf die Armlehnen, schaffte es aber nicht, an sein Handy zu kommen, das auf dem nierenförmigen Schreibtisch lag und rasselte und piepte und schnurrte und nur eines nicht tat: endlich still zu sein.

Pawel drehte sich ein wenig, wunderte sich, dass es im Bürogebäude so still war, und bekam das Mobiltelefon endlich zu fassen.

»Wie spät ist es?«, fragte er, bevor der Anrufer irgendetwas sagen konnte.

»Zehn vor neun Uhr morgens, warum?«

»Ich kenne Ihre Stimme!«

»Ich bin der Polizist aus Berlin-Pankow, Polizeianwärter Kevin Hilbig.«

»Ich erinnere mich, hören Sie, es tut mir schrecklich leid! Ich benutze Menschen wirklich nur, wenn es nicht anders geht.«

»Deswegen rufe ich nicht an. Es ist dienstlich.«

»Oh.«

»Ja, wir stehen wegen dem Meistermörder alle unter Strom, ich hoffe, ich störe Sie nicht. Sie sagten mir aber, Sie hätten Probleme mit Ihrer Ehefrau, da dachte ich, ich könnte Ostermontag ruhig anrufen.«

»Ostermontag? Heute?«

»Ja.«

»Egal, was gibt es denn so Dienstliches?«

»Uns ist ein Anruf bei Britta Lind aufgefallen, etwa vier Tage vor der Tat. Die Nummer war unterdrückt, das Gespräch dauerte fast vierzig Minuten. Wir haben es zurückverfolgt, und wir haben herausgefunden, dass der Anruf aus Ihrer Stadt kam! Rostocks Kripo ist schon informiert, aber Ihre Ermittlungen haben ja in mir einen Fan gefunden. Vielleicht schalten Sie quer und kommen zu neuen Ergebnissen als wir Beamte? – Jedenfalls kann ich als Polizeianwärter für ein Praktikum überallhin versetzt werden. Auf eigenen Wunsch bin ich nun für ein paar Tage bei der Rostocker Polizei. Inoffiziell möchte ich mit Ihnen zusammenarbeiten, weil ich glaube, das sich das für mich lohnen könnte.«

»Leute schickt das Arbeitsamt.«

»Was?«

»Ach, nur so ein Spruch unter Hochseefischern. – Sie sagen, eine Rostocker Nummer? Ein langes Gespräch? Vierzig Minuten ist in der heutigen Zeit für ein Telefonat lang, oder?«

»Ja. Das meine ich auch. Das meinen wir alle. Deswegen ist es uns ja aufgefallen.«

»Ich kombiniere mal: Der Anruf stammt aus einem Callcenter oder einer Filiale eines Callcenters.«

»Meine Bewunderung wächst! Das stimmt!«

»Konnten Sie auch herausfinden, um welches Callcenter es sich konkret handelt? Wir haben hier in Rostock leider knapp zwanzig. Billiglohnsektor, die Rostocker tun, was sich bietet, obwohl Mecklenburger zum Plappern gar nicht geboren sind.«

»Es handelt sich um ein Marktforschungsinstitut, das eine Filiale in Rostock unterhält. Leider gibt es da gut achtzig Mitarbeiter. Es kann nicht festgestellt werden, wer den Anruf getätigt hat.«

»Warum nicht? Haben die keine Abrechnungscodes oder so etwas?«

»Die bekommen da Stundenlohn, die werden nicht pro Anruf bezahlt. Aber es gibt tatsächlich ein Codesystem. Zur Qualitätssicherung.«

»Zum Abhören, meinen Sie! KGB-Methoden.«

»Wie auch immer.«

»Und wozu brauchen Sie mich? – Weil der Code falsch ist! Er gehört einer siebzigjährigen Rentnerin mit Beinprothese.«

»Fast. – Sie sind wirklich gut. Ich denke, ich könnte viel von Ihnen und Ihrer Pragmatik lernen, ich möchte ja später zur Kripo oder zum BKA. Karriere machen, deswegen rufe ich Sie ja an. – Es ist eine Armprothese.«

»Moment mal, junger Freund«, sagte Pawel, stand auf und schloss das geklappte Fenster, weil draußen auf der Warnow, die hinter der Papierfabrik entlangfloss, wieder Ruderer trainierten. Ein überlautes, rhythmisches Pauken ging von dem Boot aus, das weit über das Wasser hallte. Pawel drückte den Fenstergriff nach unten, aber viel Lärm dämpften die Scheiben nicht. Er drückte den Griff noch ein paar Millimeter weiter nach links, eher aus Ärger als aus Überzeugung.

»Was wollen Sie nun von mir?«, fragte Pawel, als er wieder saß: »So weit reicht meine Fantasie nämlich nicht.«

»Unsere Rostocker Kollegen haben die Spur nicht weiter verfolgt. Ein Callcenter-Anruf, unangenehm, aber nicht strafbar. An dem Tag waren alle Interviews etwa vierzig Minuten lang. Und die Nummern werden vom Computer generiert, die Mitarbeiter können niemanden gezielt anrufen. Aber ich weiß nicht, ich habe so eine Ahnung, dass das wichtig sein könnte. Stellen Sie sich vor, ich wache heute Morgen auf und denke, Mensch, das könnte wichtig sein!«

»Verstehe, weibliche Intuition.«

»Bitte keine Schwulenwitze.«

»Entschuldigung, ich fand es nur lustig.«

»Stimmt, es ist lustig. Ein wenig jedenfalls. – Aber, was meinen Sie, ist das eine Spur oder nicht?«

Am liebsten wäre Pawel aufgesprungen und hätte gebrüllt, denn das war natürlich eine Spur, das war eine sehr Erfolg versprechende Spur, aber der ehemalige Fischer hielt sich zurück und sagte: »Geben Sie mir einfach die Adresse. Ich kümmere mich darum. Ich verspreche natürlich nichts, aber ich will mir das mal näher ansehen.«

»Halten Sie mich auf dem Laufenden?«

»Wenn an der Sache was dran ist, dann erfahren Sie es als Erster und können damit die Grundlage für Ihren Wechsel zur Kriminalpolizei legen. Darum informieren Sie mich doch eigentlich, oder?«

»Stimmt. Jetzt will ich Sie benutzen. Schlimm?«

»Ok, kein Problem. Ich sage Ihnen Bescheid.«

»Versprochen?«

»Versprochen!«

»Danke! So habe ich es mir vorgestellt. Ich rufe auch von meinem Privatanschluss aus an, nur zur Information. Keine Sorge, das ist keine Einladung zu einem Drink. Ich will nur kein Protokoll schreiben.«

Pawel Höchst lächelte, allmählich wurde ihm dieser Junge ganz sympathisch, stellte er fest. Er räusperte sich: »Alles klar, ich verstehe. – Die Adresse bitte.«

»Ja. – Es handelt sich um Affekt – Ihre Meinung ist unser Auftrag. Die sitzen in Rostock-Lütten Klein, Warnowallee, und in der Grubenstraße Ecke Am Strande.«

»Alles klar. Ich melde mich! – Wann fängt das Praktikum hier in Rostock an?«

»Morgen schon. Für etwa eine Woche.«

»Okay, bis morgen. Und: danke!«

»Nichts zu danken, wenn ich mich auch bedanken kann. – So, nun will ich aber noch ein wenig Schwulensex machen. Na, rot geworden?«

»Nicht die Bohne«, log Pawel, ehe er auflegte.

Das Pauken zog erneut am Industriehafen vorbei. Er hatte es doch gewusst! Er hatte von Anfang an richtig gelegen! Er hatte die Stimme des Meistermörders dank Tina Schneider tatsächlich auf Band! Jetzt wusste er, wo er suchen musste. Und er würde finden, was nur er sehen konnte. Pawel war klar, dass er der Polizei alles sagen müsste, und glaubte, wenn in seinen Adern deutsches Blut flösse, dann hätte er den Mitschnitt natürlich schon längst der Polizei übergeben. Aber sein Blut war nun mal nordrussisch. Ein erlegter Bär war besser als die Spur eines verwundeten Bären, hieß es auf der Colahalbinsel.

Er wollte den Polizeibeamten auch nicht sagen, dass sie prüfen sollten, ob alle Opfer vor ihrem Tod mit diesem Callcenter telefoniert hatten, denn wenn er das tat, dann würden die vielen Beamten seine Spur garantiert zertrampeln.

Jawohl, es war seine Spur! Wegen dieses Meistermörders war er zweimal in Untersuchungshaft gewesen, Pawel hielt sich für keinen Typ, den man ungestraft demütigte. Sicherlich, ihn hatten schon Kapitäne und Offiziere gemaßregelt, glücklich waren sie aber nie geworden. Am Ende lachte immer der kleine Mann über den großen, fand er, wobei es natürlich gar keine großen Männer gab. Es gab einfach nur Männer. Pawel holte die Pistole aus dem Tresor, lud und sicherte sie, ehe er sie ins Halfter steckte.

Außerdem war es seine Belohnung! Er wollte diese eine Million Euro mit dem Kind von Tina Schneider teilen. Und als er das dachte, da kam er sich plötzlich heroisch vor. Edel. Er tat es ja gar nicht aus Rache, denn Rache war nun mal Zeitverschwendung. Pawel Höchst wollte den Serienkiller zur Strecke bringen, um dem Kind von Tina Schneider aus Rostock-Lichtenhagen eine neue Mutter kaufen zu können, falls sich keine fand. Er verschloss die Bürotür und ging die Treppe hinunter.

Unglaublich, der Mörder konnte tatsächlich mit dem Fahrrad zu Tina Schneider gefahren sein! Pawel schüttelte den Kopf, als er in seinen alten Peugeot stieg und den Motor startete. Europas meistgesuchter Verbrecher versteckte sich in der kaputten Stadt Rostock! Oh, Rostock, deine Helden! Er bog in die Straße nach Lütten Klein ein und gab Gas.

Aber was wollte er in dieser Filiale des Meinungsforschungsinstituts eigentlich genau? Das fragte er sich, als er schon in dem grell erleuchteten Saal stand und auf etwa sechzig Hinterköpfe starrte, die alle von den Seitenwänden ihrer Arbeitsplätze eingerahmt waren. Der Raum war von einem grässlichen Rauschen erfüllt, das von den vielen plappernden Stimmen kam. Pawel blieb an der Eingangstür stehen und war ehrlich beeindruckt: die perfekte Tarnung! Wenn man wollte, kam man hier an alles!

An Adressen, an Vorlieben, an Kontoverbindungen! Wo sollte er anfangen? Die Polizei war hier auch nicht weitergekommen. Was wollte er hier eigentlich? Pawel musterte Hinterkopf um Hinterkopf. Er ließ sich Zeit dabei und dachte: *Egal, wer du bist, ich kriege dich!*

Frustriert verließ er diesen eigenartigen Ort wieder, diesen Ort der modernen Versklavung, und ging zu seinem Auto. Das BKA war bestimmt gerade dabei, sämtliche Personalunterlagen der Anrufer zu prüfen, das konnte er sich also sparen.

»Das ist zum Kotzen!«, sagte er und schrak zusammen, als die Backwarenverkäuferin antwortete: »Wem sagen Sie das! Wer Ostermontag arbeiten muss, der muss doch was verbrochen haben. – Was soll es denn für Sie Leckeres sein?«

Verwirrt zeigte Pawel Höchst auf ein Käsebrötchen und verließ die Bäckereifiliale wieder. Sie befand sich direkt neben dem Eingang zum Meinungsforschungsinstitut. Kopfschüttelnd sah er sich noch einmal um, ehe er wieder in seinen alten Peugeot stieg und das Brötchen zu den leeren Pizzaschachteln warf, die sich auf dem Beifahrersitz stapelten.

Es war wirklich die perfekte Tarnung! Nicht einmal eine Abwesenheit fiel auf! Schließlich arbeiteten die Leute in der Callcenter-Branche fast ausschließlich Teilzeit. Viele von ihnen kamen nur ein- oder zweimal die Woche. Wie sollte er da nur die richtige Nadel im Heuhaufen finden? Pawel legte den ersten Gang ein und fuhr erst einmal nach Warnemünde, um sich einen Disput mit dem Ostseewind zu liefern, den er für sehr schlau hielt. Seit seiner Fahrenszeit waren sie Freunde, und oft hatte der Meereswind ihm schon Sachen gesteckt, die sich als wahr erwiesen hatten. Jetzt brauchte er einen alten Freund. Es ging ums Ganze.

Am frühen Abend raste Pawel zurück nach Rostock, nervös und erwartungsvoll, und parkte unten an der Likörfabrik. Er nahm den Anstieg zum Neuen Markt. Gegenüber dem Rathaus, auf dessen Balkon die Fußballer von Hansa Rostock schon lange keinen Aufstieg mehr gefeiert hatten, befand sich die Einkaufsmeile der Stadt. Die Kröpeliner Straße zog Vorpommern und Mecklenburger aus dem ganzen Land an, die hier fleißig konsumierten. Dieser Konsum war eine der wenigen Einnahmequellen der alten Handels- und Hansestadt. Rostock war der Einkaufstempel eines ganzen Bundeslandes, und gerade war Ostermarkt. Massen von Menschen wälzten sich durch die breite Straße, die nach dem letzten Krieg teilweise originalgetreu wieder aufgebaut worden war. Kleinkriminelle mischten sich hier unter die Besucher. Sie stahlen, raubten und schlugen verdutzte Passanten auch schon mal nieder. Die hiesige Zeitung brachte darüber eine Statistik, die täglich aktualisiert wurde.

Pawel ging am Geschäft Brille Krille vorbei, zog im Vorraum einer Bankfiliale ein paar Euroscheine und blieb wenig später vor einem schmalen Eingang stehen. Links und rechts lockten die breiten Schaufenster eines Mobilfunkanbieters und eines Edelgeschirrverkäufers. Über der Tür dazwischen stand schlicht: Antiquariat. Pawel holte die Kopie einer Mail aus der Jackentasche und stieg die Stufen hinunter in den Keller.

Er betrat ein riesiges Gewölbe, das mit Buchregalen vollgestellt war, deren Bretter sich unter ihrer Last bogen. Die Bücher stapelten sich sogar auf dem Boden, und Pawel hatte sich schon halb umgedreht, um diesen Keller schnell wieder zu verlassen, als er die dünne Stimme eines Männchens hörte: »Guten Tag, was kann ich für Sie tun?«

Misstrauisch ging der Privatdetektiv zu dem älteren Mann, der hinter einem niedrigen Tisch saß und ein Buch mit altdeutscher Schrift las. Eine altmodische Leselampe war nicht eingeschaltet, obwohl hier nur wenig Licht durch die Oberlichter drang.

»Sehen Sie denn hier durch?«, fragte Pawel.

»Ja.«

»Ich suche ein seltenes Buch.«

Das Männchen hob ein wenig den Kopf und sah Pawel auf die Brust: »Die sind hier alle selten.«

»Wirklich? – Können Sie damit etwas anfangen?«, fragte Pawel und reichte dem Mann die Mailkopie.

»Oh, vom Polizeirevier Berlin-Pankow, ich habe mal in Prenzlauer Berg gewohnt, als es noch mutig war, dort zu wohnen.«

»Verstehe.«

»Ich denke schon, dass ich das Buch habe«, sagte der Alte und hievte sich aus dem hölzernen Drehstuhl, dessen Höhe verstellbar war. Pawel kannte solche Stühle aus seiner Leningrader Zeit, als der KGB ihn hatte anwerben wollen. Damals galten diese Stühle vom VEB Möbelbau Ribnitz noch als Weltneuheit, aber dann fiel ja der Eiserne.

Pawel folgte dem Antiquar, der quer durch das Gewölbe ging und sich eine Leiter an eines der Regale stellte. In altdeutscher Schrift war es mit »Lyrik, Frankreich, 18.–19. Jh.« beschriftet. Er zog ein schäbiges Buch hervor und gab es an Pawel weiter. Der Band war auf billigstem Papier gedruckt, das schon viele Male umgeblättert worden war. Den Einband zierte eine Kohlezeichnung: Unter einem schwarzen Kreuz saß ein Rabe auf einem Bein, das aus einem Grab ragte, und sah nach unten. Neben dem Vogel war ein zweiter, der hochsah, wobei sein Schnabel genauso lang wie das Holzkreuz war. Im Hintergrund erstreckte sich ein Friedhof bis zum Horizont. Eigenartigerweise schien die Sonne, dabei wusste doch nun jeder halbwegs gebildete Leser, dass Untote nur nachts aus den Gräbern kamen. Pawel schüttelte den Kopf. Der Fuß des muskulösen Beins stand auf einem dritten Raben, und das fand Pawel schon wieder lustig. Er hörte förmlich, wie der Untote beim Herauskommen sagte: Ups!

Unter der Bleistiftzeichnung stand: »französisch und deutsch. Reclam«. Und darüber: »Arthur Rimbaud. Gedichte«.

»Sie wissen ja bestimmt, dass das eine unserer wichtigsten Bibeln war, als es die Berliner Mauer noch gab. Und mit ›wir‹ meine ich natürlich den Ostteil der Stadt, die damals schon Hauptstadt war.«

»DDR und so«, sagte Pawel, woraufhin das Männchen kicherte und beinahe von der Leiter gefallen wäre.

»Genau, DDR und so. – Aber das ist kein seltenes Buch, wie Sie meinten. Erstauflage hundertfünfzigtausend Exemplare. Reclam Leipzig ist für große Auflagen bekannt gewesen.«

»Tatsächlich? Das überrascht mich. Ich dachte, es wäre so selten, dass man dafür morden würde.«

»I wo, wer hat Ihnen das erzählt?«

»Niemand. – Was ist der Preis?«

»Zwölf Euro.«

»Obwohl es nicht selten ist?«

»Es ist selten, dieses Exemplar! Das ist keine Allgemeinware. Sehen Sie mal auf die dritte Seite!«

Pawel schlug das Buch auf, fand auf der zweiten Seite das Portrait eines Halbwüchsigen mit zugepressten Lippen und verwuschelten Haaren. Trauriger Blick am Betrachter vorbei. Auf der linken Seite stand: »Arthur Rimbaud. Gedichte. französisch und deutsch. Herausgegeben und mit einem Essay von Karlheinz Bark.« Darunter hatte jemand mit Kugelschreiber geschrieben: »Gewidmet meinem langjährigen Freund und Berater.«

»Und?«, fragte Pawel. Er drehte das Buch um und las, dass dieser Rimbaud bereits achtzehneinundneunzig gestorben war. Er hatte sich wohl gern der Sehende genannt. Aber welcher Teenager tat das nicht?

»Das war einmal das persönliche Exemplar eines Erfinders. Im zarten Alter von siebzehn, achtzehn Jahren hat er es täglich bei sich gehabt. Diese Widmung ist das Besondere.«

»Ich gebe Ihnen acht Euro dafür. Keine Kopeke mehr. – Wahrscheinlich haben Sie selbst in all diese Bücher irgendwelche Widmungen von berühmten Männern und Frauen geschrieben, um so die Miete zu bezahlen. Wer im Keller sitzt, sollte nicht den Wasserhahn aufdrehen! Sagen Sie, wo finde ich denn ein persönliches Exemplar des jungen Einstein?«

»Hinten, bei den Dramen.«

Die beiden Männer lachten und gingen zurück zum alten Schreibtisch. Pawel gab dann doch zehn Euro und grüßte von der Treppe aus noch einmal. Draußen kämpfte sich der Detektiv durch den Besucherstrom des Ostermarkts, um zum Stadtpark zu kommen, der früher einmal die Wallanlage vor der Stadtmauer gewesen war. Die Stadtmauer von Rostock gab es aber schon lange nicht mehr. Dafür waren hier an der Ostsee zu viele Kämpfe ausgetragen worden. Pawel setzte sich auf eine Bank, hörte dem Geklapper der Skateboard fahrenden Jungs zu, die auf einer Übungswiese hinter den Bäumen eisern trainierten und den Schulstress abbauten, ehe er das Buch aufschlug.

Es war ihm ein völliges Rätsel, warum der Meistermörder sich dieses Buch aus der Vitrine von Britta Lind mitgenommen hatte. Nicht selten? Total billig? Was sollte das? Pawel blätterte lustlos.

Ganz hinten hatte dieser Erfinder, oder wer auch immer, selbst ein Gedicht auf die leere Seite geschrieben. Pawel las leise vor sich hin: »Am See im Grün / Wie sich das Wasser diesen Stein / zum rechten Tod hinbettet. / Mit leisen Schwüren, trauter Wärme. / Und magisch Brust erweicht es kühn und immer da / sein fast verschrienes, kleines Herz. / So lässt er Liebe glühen, / wie Mittagssonne auf dem Ährenfeld, / sich Haut um Haut zerreißen. / Und das Wasser? / Ist's sein Spiel / oder sein Leben? / * / aufrüttelnd.«

Pawel las es noch einmal, hoffend, in diesen Zeilen läge der Schlüssel zu den Morden. Beim dritten Mal las er Silbe um Silbe, er zwang sich, bei jedem Wort zu verharren, und erinnerte sich an seinen Helfer in den einsamen Stunden, an den russischen Nationaldichter Jessenin, der der russischen Seele Sprache gegeben hatte. Ein Bauernbursche, der bei den Großeltern aufgewachsen war, der weder Lesen noch Schreiben konnte, der mit achtzehn Jahre aber in die Hauptstadt Russlands kam und in den Literatursalons Gedichte vortrug, die die feinen Damen zum Weinen brachten. Was war die Gemeinsamkeit? Wo war die Verbindung? Pawel murmelte das Gedicht noch einmal vor sich hin, ehe es ihm wie Schuppen von den Augen fiel. Er schrie auf, küsste das gefledderte Buch und schlug sich mit der Faust in die Hand.

Privatdetektiv Pawel Höchst hatte die Lösung gefunden. Er sprang auf, marschierte quer durch die noch blumenlosen Rabatten und freute sich am Anblick der wild Skateboard fahrenden Kinder. Sollte er seine Erkenntnis seinem neuen Freund mitteilen, diesem Pankower Polizisten, oder sollte er alleine weiterermitteln? Er wäre doch schön blöd, wenn er die Früchte seiner Arbeit jetzt verschenken würde. Nein, er machte erst einmal ohne fremde Hilfe weiter. Was war als nächstes zu tun?

Pawel Höchst brauchte einen Internetanschluss. Schnell. Er hatte keine Zeit, ins Büro zu fahren, und lief stattdessen den Weg zurück zur Kröpeliner Straße. In einer der Seitenstraßen wusste er ein Internetcafé. An der Theke ließ er sich Münzen für zwanzig Euro geben und ging zu einem der PCs.

Aber wie sollte er vorgehen? Pawel wusste, dass man sich im weiten Netz nur allzu leicht verlor, wenn man nicht exakt vorging. Informationen waren der Klebstoff dieser virtuellen Spinne. Wieder schlug er den Gedichtband auf und starrte auf die von Hand geschriebenen Zeilen, als die Frau von der Theke zu ihm kam und fragte: »Kaffee? Red Bull?«

»Bier.«

»Alkohol haben wir nicht.«

»Dann Kaffee, viel Kaffee.«

»Kein Problem.«

Sie ließ ihn wieder allein, und Pawel googelte los. Als sie wenig später eine Thermoskanne Kaffee neben den Computer stellte, Zucker und Milch, Tasse und Löffel daneben, reagierte er nicht. Sie stellte ihm auch einen Aschenbecher hin und sah ihm sehnsüchtig ins Gesicht. Pawel aber hatte nur Augen für den grellen Kleber der gemeinen Spinne.

»Immer gern«, sagte die übermüdete Frau leise, ehe sie zur Theke zurückging.

XXVIII

In Marseille bestieg Tobias kurzerhand die Fähre nach Ägypten, obwohl er doch in Marokko einen Literaturpreis entgegennehmen sollte. Vom Krankenhaus, in dem Rimbaud vor vielen Jahrzehnten verstorben war, hatte er noch ein Foto gemacht, ehe er sich entschieden hatte, das Schiff nach Marokko nicht zu besteigen. Er stand an der Heckreling und sah Südfrankreich kleiner werden. Europa verschwand. Der Poet sah dem Eintauchen des Kontinents ins Nichts zu und freute sich auf den Nil.

Er wollte sich durch Ägypten schippern lassen und zu dem Ort kommen, an dem der französische Dichter als einer der ersten Franzosen gelebt und sich mit Waffengeschäften über Wasser gehalten hatte. Tobias grinste und meinte, über Wasser gehalten, das klinge gut.

In Wahrheit war Rimbaud mit dem Verkauf veralteter Gewehre an die vielen verschiedenen afrikanischen Stämme so reich geworden, dass ihm das Gewicht der Goldmünzen, die er immer an der Hüfte mit sich herumtrug, beide Knie kaputtgemacht hatte. Mit geschwollenen Beinen hatte er sich auf einer

Trage raus aus Afrika bringen lassen müssen, um sein Leben wenig später in Marseille zu beenden.

Doch noch heute sollte der Name Rimbauds in einigen Orten Somalias etwas gelten; Tobias wollte hören, wie viel. Er spuckte ins Heckwasser und ging in die Kantine der Fähre, um sich auf einer Sitzbank auszustrecken. Halb liegend, halb sitzend sah er eine Weile aus dem Fenster, ehe er seine alte Reisetasche zu sich zog und darin herumkramte.

Er holte eine Ausgabe mit Rimbaud-Gedichte heraus, blätterte darin herum und kam schnell zu den beiden Seher-Briefen, die als das Evangelium der Lyriker galten. Sie waren ihnen heilig.

Hätten die alten Schafsköpfe noch etwas anderes vom Ich gefunden als falsche Bedeutungen, dann müssten wir nicht diese Millionen Gerippe wegfegen, die seit unendlichen Zeiten die Erzeugnisse ihres einäugigen Geistes aufstapeln, indem sie sich als Autoren ausschreien!

In Griechenland, sagte ich: Verse, Dichtungen, Rhythmen: Die Aktion. […]

So viele Egoisten heißen sich Autoren; viele andere schreiben sich ihren geistigen Fortschritt zu! – Aber es handelt sich darum, die Seele ungeheuerlich zu machen: nach Art der Comprachicos, ha! […]

Mag er beim Anprall an die unerhörten und unnennbaren Dinge verrecken: es kommen andere furchtbare Arbeiter. Sie werden an den Horizonten beginnen, wo er hingesunken ist. […]

Der Dichter möge die Menge des Unbekannten abgrenzen, wachwerdend in seiner Zeit, in der universalen Seele: Er gebe mehr als die Formel seines Gedankens, als die Aufzeichnung seines Marsches zum Fortschritt! Von Allen aufgenommen als eine Maßlosigkeit, die verständliches Maß wird: könnte er wahrhaftig ein Vervielfacher des Fortschritts sein! […] Im Grunde bedeutet dies noch etwas griechische Dichtung.

Die ewige Kunst wird ihre Ämter haben, da die Dichter Bürger sind. Die Dichtung wird nicht mehr die Aktion rhythmisieren, sie wird voran sein.

Voran sein! Er war ja dabei! Tobias tat ja, was er konnte, um die Taten nicht mehr zu besingen, sondern um mit Singsang vorauszueilen. Das war ja die Magie seiner Lyrik. Das war doch der Fortschritt, zu dem er fähig war!

Tobias vertiefte sich wieder in das Buch und las das Vorwort von »Einöden der Liebe«:

Diese Aufzeichnungen stammen von einem jungen, ganz jungen Mann, dessen Leben sich irgendwo abgespielt hat: ohne Mutter, ohne Heimat, ohne Neigung zum Vertrautsein, voller Abscheu gegen alle moralischen Zwänge. Man kennt dies schon bei manchen der bedauernswerten jungen Leute. Er aber war so verdrossen und verwirrt, dass er nichts andres tat, als dem Ende zurücken, dem Tode immer näher wie einer schrecklichen verhängnisvollen Scham. Da er Frauen noch nicht geliebt hatte – obschon er ein junger blutvoller Mensch war! – verstieg sich seine Seele und sein Herz, all seine Kraft, zu sonderbaren und traurigen Irrtümern.

[…] Aber da dies wunderliche Leiden mit so beunruhigendem Gewicht auftritt, muß man ehrlich wünschen: Die unter uns allen verirrte junge Seele, anscheinend erfüllt von Verlangen nach dem Tode, möge in solchem Augenblick ernsthafte Tröstung finden und würdig sein.

Dieses Elend. Tobias klappte das Buch zu. Aber die Vaterlosigkeit der Söhne breitete sich wie ein Virus in der modernen Gesellschaft aus. Rimbaud, dessen Vater die Familie schon früh verlassen hatte, musste sich zu seiner Zeit einem noch eher seltenen Schicksal stellen.

Aber man musste unbedingt modern sein. Und er wollte den Anfang schon machen! Tobias wollte zu dem Ort, an dem Rimbaud am längsten gelebt hatte. Er wollte dort Kraft schöpfen, denn er fühlte sich von all den Gedichten und Taten doch geschwächt. Er nahm sein Handy und rief in seinem Frankfurter Verlag an.

»Ich will nur kurz mitteilen, dass ich zu dieser Preisveranstaltung in Marokko nicht fahren kann. Man soll mir das Preisgeld einfach zuschicken.«

»Das geht aber nicht! Du musst dahin!«, sagte sein Verleger.

»Ich kann nicht. Es geht nicht. Ich habe anderes vor. Du weißt doch: ›Ich ist ein anderer!‹«

»Ja, ja, du und dein Rimbaud! Das ist schon eine seltsame Liebe. Na gut, aber denk dran: Nächste Woche wird der Büchner-Preis verliehen. Dann musst du unbedingt in Darmstadt erscheinen!«

»Das schaffe ich. Kein Problem. Du kannst ja schon mal meine Dankesrede verfassen.«

»Das machst du schön selbst! Faulheit unterstütze ich nicht«, sagte der Verleger und legte auf.

Tobias sah auf sein Handy. Wahrscheinlich brüllte der alte Glatzkopf jetzt in seinem Büro herum. Tobias stellte sich vor, wie er die Nerven verlor, sagte sich aber, der Mann hätte ja kein Verleger von Lyrik werden müssen.

Er steckte das Handy ein und ging zur Schleuse, um aufs Oberdeck zu kommen. Die Wolken waren zurückgeblieben, über Afrika schien die Sonne. Tobias ging zum Bug und setzte sich auf eine weiße Plastikbank. Es waren kaum Touristen auf der Fähre, nur einige Wanderarbeiter, die aber lieber im Windschatten des Hecks saßen. Tobias streckte die Beine aus, legte die Füße auf die Querstrebe der Reling und verschränkte die Hände hinterm Kopf. Er dachte: *Könnte schlimmer sein.*

Mitleid erregen, dachte Tim Leidger, *dass das, was man für sich selbst befürchtet, Gegenstand des Mitleids ist, wenn es anderen widerfährt. Zweck oder Mittel. Irrationale Regung auf jeden Fall. Wie auch Begierde, wie Zorn, wie Angst, wie blinde Zuversicht, wie Neid, wie Freude, wie Regungen der Freundschaft, wie Hass, wie Sehnsucht, wie Missgunst, kurzum, wie alle Gefühle. Das Mitleid steht der Selbstbeherrschung immer im Weg. Es verneint die Selbstbestimmung. Exzessives Mitleid ist sehr oft weiblich. Es verleitet den Menschen, der sich bei eigenem Unglück um Fassung bemüht hat, dazu, sich nachträglich von der Anstrengung zu entlasten, indem er bei fremdem Leid der süßen und lustvollen Empfindung nachgibt.*

Aber was wusste schon Platon groß vom Alltag der Gefühle? Es gibt einen angeborenen Widerwillen, einen Mitmenschen leiden zu sehen.

Einem Leidenden zu helfen, das schafft Erleichterung! Darum helfe ich ja auch den Söhnen aus der Knechtschaft ihrer Mütter.

Mitleid hängt in hohem Maße vom Anblick des Objektes ab. Selbsterhaltung steht dabei dem Mitleid gegenüber.

Rousseau so ungefähr meint: Sobald der ursprünglich einzelgängerische Mensch beginnt, sich zu vergesellschaftlichen, wozu er nicht durch inneren Antrieb, sondern durch äußere Anstöße veranlasst wird –, setzt die Leidensgeschichte des Menschengeschlechts ein; ausgehend von einem Zustand der Autonomie und Autarkie endet der Mensch schließlich in einem von Egoismus und Machtinteressen beherrschten Gesellschaftszustand, der auf völliger Ungleichheit beruht und in dem der Mensch des Menschen Feind ist.

Was gibt es da noch hinzuzufügen?

Ich meine, nichts.

Nichts außer: dass der Tod der Eltern ein einziger Lohn ist.

Tim Leidger streckte das Kreuz durch, legte die Arme auf die obere Latte der Bank und sah wieder auf die Spitzen seiner Schuhe. Mitleid eines unreflektierten Menschen war immer Mitleid aus Leidenserfahrung, meinte er. Da konnte Rousseau noch so viel vermuten! Und Platon konnte noch so palavern, es gab den perfekten Staat nun einmal nicht. Und auch Aristoteles hatte schon mal grundlegend Unrecht, Mitleid war nicht die edelste Regung des Menschen. Die edelste Regung war Sehnsucht. Sie war so edel, sie musste bei einem Menschen immer erst geweckt werden. Als er im Radio hörte, dass die Polizei jetzt nach einem Callcenter-Agenten suchte, musste er grinsen. Was sollte das bringen? Es gab alleine in Deutschland fast eine Million von ihnen. Und was, wenn das Callcenter aus dem Ausland telefonierte, weil die Kosten dort ja bekanntlich niedriger waren? Wenn hier die Spitze des deutschen Beamtentums ermittelte, na, dann war ja nicht viel zu befürchten. Tim zog die Schuhe aus, stellte sie unter die Bank und bewegte die großen Zehen. Er kümmerte sich nicht um das Loch in der linken Socke. Wozu auch?

XXIX

»Sind Sie jetzt völlig bescheuert, oder was ist mit Ihnen los?«, brüllte Privatdetektiv Pawel Höchst den stellvertretenden Chef des Rostocker Kriminalkommissariats an, der wieder einmal kurz davor war, Pawel einzusperren. Was erlaubte der sich? Waren sie hier in Sibirien, oder was?

»Sie behindern unsere Arbeit! Und Sie behindern das BKA, also gehen Sie jetzt!«, antwortete Heinze mit unbewegtem Gesicht. »Ihre Überlegungen sind zu weit hergeholt. – Das hat alles nichts mit der Sache zu tun. Sie hängen da Tagträumen nach!«

»Wenn es um den Mord an sechzehn Frauen geht, dann ist kein einziger Gedanke zu weit hergeholt, verdammt noch mal!«, schrie Pawel, drehte sich um und verließ das Polizeirevier Kröpeliner Vorstadt. Er durchquerte die untere Etage, die von Männern und Frauen des BKA bevölkert war, die hochkonzentriert auf PC-Bildschirme starrten, als würde da gleich der Mörder herausgelaufen kommen! Pawel belegte sie mit einem nordrussischen Fluch und stapfte hinaus.

Er wollte seine Belohnung, aber man glaubte ihm nicht! War das zu fassen? Er wollte den verdammten Beamten den Serienkiller auf einem Silbertablett servieren, aber die wollten ihn lieber auf Meißner Porzellan!

Pawel saß in seinem alten Peugeot, als er Kevin aus dem Revier kommen sah, der dort sein Praktikum begonnen hatte. Er öffnete dem Jungen die Beifahrertür und ließ ihn einsteigen.

»Also, Kevin Hilbig, Polizeianwärter, hast du Lust, auf der Karriereleiter ein paar Sprossen zu überspringen? Für dich die Ehre und für mich die Belohnung!«

»Du weißt, wer der Meistermörder ist?«

»Ja.«

»Gibt's ja gar nicht. – Du?«

»Doch. Wir können ihn verhaften. Wir fahren zusammen nach Hessen, du verhaftest ihn und sagst, von wem du den Tipp hast. Eine verdammte Million Euro für mich, der Rest ist mir egal.«

»Und meine Rostocker Kollegen?«

»Hast ja gehört, die glauben mir nicht.«

»Und ich glaube dir?«

»Ja.«

»Alles klar, fahr schon los. Erst handeln, dann reden!«

Pawel nickte und startete den Motor. Seine Wut hatte sich gelegt, vielleicht war es ja auch besser so.

An der Ecke Waldemar- und Elisabethstraße holten sie sich Pizza und gingen zurück zum Auto. Während Pawel aus der Stadt fuhr, kauten sie ein Stück nach dem anderen, bis sie satt waren. Morgen würde alles vorbei sein. Morgen würden die Handschellen klicken, und Deutschland konnte aufatmen. Ganz Europa konnte aufatmen, und nur die Presse würde sauer sein, glaubte Pawel. Keine Frauenmorde mehr, keine Sonderreporter mehr, keine Ortswetten mehr.

In dem Internetcafé hatte er lange Zeit vor dem Computer gesessen und Information um Information geprüft und getestet. Dann war ihm ein Kulturbericht aufgefallen, in dem der Name des französischen Dichters Rimbaud verdächtig oft genannt wurde. Ein junger Deutscher war in der Lyrikerszene offenbar der Überflieger schlechthin. Er gewann einen Preis nach dem anderen und wurde als der neue Rimbaud gefeiert, der damals die Welt verändert hatte. Der junge Deutsche war noch keine zwanzig Jahre alt, man fragte sich, wie er so schnell so gute Lyrik liefern konnte, und man kam nicht auf das, was ihn antrieb, Gedicht um Gedicht abzuliefern.

Niemand war bisher darauf gekommen, bis es dem ehemaligen Hochseefischer und jetzigen Privatdetektiv wie Schuppen vor die Augen gefallen war, zum zweiten Mal an diesem Tag.

Auf einer Lexikonseite waren ein paar dieser berühmten Gedichte abgedruckt, und Pawel traute seinen Augen nicht. Lyrisch verquast, wie er es nannte, waren da die genauen Umstände der Morde an Tina Schneider und Britta Lind nachzulesen. Jeweils vor der Tat! Einmal ein halbes Jahr, einmal vier Tage vorher. Es gab noch dreizehn andere Gedichte.

So einfach? Pawel recherchierte weiter und fand, dass dieser Geniejunge keine zehn Stunden nach dem Mord an Tina Schneider eine Fähre nach Bornholm bestiegen hatte, um dort einen europäischen Literaturpreis entgegenzunehmen. Er war also zum Zeitpunkt des Mordes in Rostock gewesen. Und in dem Gedicht, das er dort gelesen hatte, hatte er den Mord an Tina Schneider in allen Einzelheiten beschrieben. Pawel hatte sich erst einmal einen doppelten Espresso bestellt. Ohne Milch. Und während er weiter die Passagierlisten der Fähren nach Tobias Siegfried März durchforstete, fand er heraus, dass dieser von Bornholm aus über Trelleborg und Oskarshamm weiter Gotland gefahren war, um dort zwei Tage zu bleiben.

Dieser Neunzehnjährige schien keine Wohnanschrift zu haben, er war ständig unterwegs. Österreich, Schweiz, Deutschland, Afrika, Frankreich, Schweden, er trieb sich überall herum, oft, um Literaturpreise entgegenzunehmen. Pawel Höchst klickte eines der vielen Portraits größer, die es im Internet von März gab, und hatte das Gesicht eines bestechend charmant schauenden Schönlings vor sich.

Blonde Haare, zarte Gesichtszüge, eine kleine Portion Verachtung im Blick, Pawel musste sofort an den jungen Dritten Offizier mit dem Peter-Pan-Syndrom denken, der ihm diese schreckliche Geschichte von der Verstümmelung eines jungen Mädchens gebeichtet hatte. Pawel hatte wieder einen solchen Mann vor sich. Er war sich sicher. Dieser Lyriker war noch mitten in der Entwicklung zum »Mann, der nie erwachsen wird«, aber er zeigte bereits alle Symptome: Verantwortungslosigkeit, Chauvinismus, Einsamkeit, Narzissmus, Unfähigkeit zum sozialen Verhalten und all das andere, von dem Pawel in dem Psychologiebuch gelesen hatte, das er im Internet aufgeschlagen hatte.

Er klickte noch einmal die Seite von Dan Kiley an und verglich alles: Dichter waren Einzelgänger, ergo unfähig zu sozialem Verhalten und einsam. Dieser hier reiste ständig herum, ergo handelte er verantwortungslos. Seine Gedichte waren voller Frauenverachtung, ergo Chauvinismus. Dieser Lyriker ließ sich überall feiern, ergo Narzissmus. Dass dieser Junge Probleme mit der eigenen sexuellen Rolle hatte und außerhalb seiner Welt ein verängstigtes Tier war, davon ging Pawel jetzt einfach mal aus. Er schloss die Internetseite wieder, die sich mit dem Peter-Pan-Syndrom beschäftigte, und ging zur Tresenkraft hinüber. Er wollte ein paar Duzend Seiten ausdrucken, die Frau lächelte, als sie sagte, dass das kostete.

Pawel winkte ab und wenig später hielt er ein halbes Dutzend Fotos vom jungen Genie und dessen Gedichte in der Hand. Tobias Siegfried März war geboren und aufgewachsen in Rostock, derzeitiger Wohnort: unbekannt.

Damit war Pawel Höchst zum bornierten Polizeivizechef gegangen, der ihn nicht für voll genommen hatte und höhnisch gefragt hatte, was dieser Lyriker denn genau mit der Callcenter-Szene zu tun habe? Trotzdem hatten die Beamten den Namen durch alle Register laufen lassen, aber ein Tobias Siegfried März war in keinem Callcenter beschäftigt oder beschäftig gewesen.

Es ärgerte Pawel immer noch, dass man ihn in seiner Heimatstadt derart abserviert hatte, während er auf den Berliner Ring fuhr, doch dann dachte er: *Wer zuletzt lacht, lacht am besten!*

»Du musst mir alles noch einmal erzählen!«, sagte der Junge. »Ganz genau!«

Pawel nickte: »Das werde ich, zukünftiger Oberkommissar.«

»Es passt zwar alles zusammen«, sagte Kevin, »aber auch ich muss fragen, wo die Verbindung zum Callcenter-Milieu ist? Wie kam der Täter auf seine Opfer? Und was genau ist das Motiv? Einfach nur Frauenhass, oder was? Das ist mir zu einfach. Unsere Untersuchungen haben ergeben, dass Frauenhasser zu fünfundneunzig Prozent Huren töten. Prostituierte verkörpern für diese Männer das Schlechte der Frau schlechthin. Und es ist leicht, an sie heranzukommen.«

Sie fuhren über die ehemalige deutsch-deutsche Grenze und waren bald auf Höhe der Autostadt Wolfsburg. Es war sieben Uhr morgens, wie Pawel mit einem besorgten Blick auf die Uhr feststellte.

»Noch drei Stunden, dann ist sein großer Auftritt! Wir holen ihn direkt von der Bühne. Dieser Büchner-Preis soll einer der wichtigsten Literaturpreise in Deutschland sein. Er ist noch nie einem Neunzehnjährigen verliehen worden. – Wird er auch nicht!«

Die beiden Männer lachten, ehe Kevin wieder auf das Fehlen des genauen Motivs zu sprechen kam.

»Du redest von Typen wie Jack Unterweger, ich weiß«, sagte Pawel: »Bei dem war es dieser Frauenhass, der ihn zu den Huren getrieben hat, um sie bestialisch zu quälen und zu ermorden. Auch bei ihm hat man lange keine Verbindung gezogen, denn er war ein gefeierter Schriftsteller in Österreich, ich weiß, ich weiß. – Und ich bin sicher, bei unserem Jungen ist es mehr als einfacher Frauenhass. Man muss aber nicht alles vorher wissen! Wir werden ihn ausquetschen, wir werden das genaue Motiv notfalls aus ihm herausprügeln. Der ist nach der Verhaftung auf offener Bühne sowieso durch den Wind! Ich bin ja kein Beamter, vergiss das nicht, Kevin.«

»Ich weiß, du bist Russe!«

»Nordrusse!«

»Entschuldigung, Nordrusse!«

Sie bogen nach Süden ab und fuhren direkt nach Darmstadt, während Tobias zur gleichen Zeit auf dem internationalen Flughafen von Frankfurt am Main landete und wenig später von seinem Verleger herzlich begrüßt wurde.

»Vierzig Jahre habe ich in dieser Branche gearbeitet. Ich bin einer der einflussreichsten Männer im Literaturbetrieb geworden«, sagte der Alte. »Aber nächste Woche erkläre ich meinen Rückzug. Die Verleihung des Büchner-Preises an dich wird mein absolutes Meisterwerk! Davon werden die Menschen noch lange nach meinem Tod reden. Du bist die Zukunft!«

Tobias ließ sich auf die Rückbank des Taxis fallen und antwortete, er wolle danach aber dringend eine Pause von diesem ganzen offiziellen Kram haben, ehe er den Refrain eines Liedes der Band Blumfeld nachsang: »Mach doch mal einer den Kulturkack aus, ach, geht ja nicht, lass bloß an, bin ja selber drin!«

Der alte Verleger lachte so herzhaft, dass seine Bauchfalten in Wallung kamen, ehe er sagte: »Wer hat dich bloß auf uns arme Menschen losgelassen! Tobias, du bist einzigartig!«

»Meine Mutter«, sagte Tobias, der mit zusammengekniffenen Lidern aus dem Fenster sah: »Die hat aus mir gemacht, was ich heute bin.«

Als das Taxi vor dem Darmstädter Staatstheater hielt und der alte Verleger mit seinem jungen Dichter ausstieg, fiel die versammelte Journaille über sie her. Tobias richtete seinen Blick einfach zur futuristischen Dachkonstruktion des Theatergebäudes und kämpfte sich wie ein Braunbär durch ein Rudel Wölfe. Noch vor zehn Stunden war er in Rimbauds afrikanischem Asyl gewesen, man hatte sich tatsächlich an den geschäftstüchtigen Franzosen erinnert, der die vielen Dialekte so schnell gelernt hatte. Rimbaud war der Bevölkerung im Gedächtnis geblieben, weil er etwas von seinem Reichtum an seine Nachbarn verschenkt hatte. Auf ewig hatte er einem der Dörfer ein Abo der Zeitschrift »National Geographic« geschenkt, das heute noch von der Rimbaudstiftung bezahlt wurde. So etwas wollte Tobias auch.

Er bekam immer mehr Lust, Gutes zu tun und ein guter Mensch zu werden. Musste nicht irgendwann mal Schluss mit dem bösen Schatten der Mütter sein? Mit diesen elenden Krokodilen? Er meinte, ja.

Man hielt ihm die Tür auf. Er stieg die breite Treppe hinauf in den Saal des Großen Hauses. Nur dieses eine Gedicht noch, nur diese eine Tat noch, dann war Schluss mit den Gedichten! Mehr konnte er ja sowieso nicht erreichen. Was sollte er denn mit dem Nobelpreis anfangen? Und Geld hatte er wahrlich genug. Schließlich hatte ja auch der Gott der Lyriker mit zwanzig Jahren aufgehört zu dichten. Rimbaud war verstummt und nach Afrika gegangen. Mit vierzehn hatte er angefangen, mit zwanzig hatte er aufgehört, und er hatte Werke hinterlassen, die die Welt verbessert hatten, wahrlich verbessert. Tobias lächelte. Er war der Meinung, das Dichten war etwas für junge Leute, und jung kam Tobias sich schon lange nicht mehr vor.

Er saß in der ersten Reihe und ließ die Laudatio über sich ergehen, die der hessische Ministerpräsident für ihn hielt. Aufgeschrieben hatte sie doch Tobias' alter Verleger.

Man applaudierte lange, bevor Tobias auf die Bühne gebeten wurde. Noch einmal ließ er sein strahlendes Jungenlächeln sehen, ehe er sein neustes Gedicht aus dem Gedächtnis vortrug:

AH.

Aus Frauen keine Mütter, soll die Welt nicht untergehen,
doch ist es schon passiert, so ist's um sie geschehen.
Hiebe, Stiche, schnell, präzise: Überall auf Erden
muss der Sohn vom Joch der Mutterschaft erlöset werden.

Zu oft wurde in die Haut der Seele schon geschnitten,
die man Sprache nennt, zu Vieles wurde stumm erlitten.
Ab strich Rimbaud sie, ließ mitsamt der Stimme sie zurück.
Sprach mit den Beinen, wanderte ins Wüstenglück.

Ich ließ mitsamt der Stimme sie untergehen im nassen Licht,
ich spreche mit den Händen, denn Händen widerspricht man nicht.

XXX

»Hörst du? Hörst du? Hör genau hin! Das ist das Motiv, das verdammte Mordmotiv eines Serienkillers!«, flüsterte Pawel Kevin zu.

Sie standen auf der Treppe des linken Eingangs und klatschten mechanisch mit. Alle neunhundertzweiundfünfzig Plätze waren besetzt, und sogar auf der Treppe standen noch Studenten und neugierige Mitarbeiter des Darmstädter Staatstheaters.

»Wie meinst du das?«, fragte Kevin. »Ich höre nur Schwachsinn!«

»Genau! Es geht nicht um Frauen, es geht um Mütter! Die ganze Zeit! Um Mütter von Söhnen. Er hat uns gerade das Motiv geliefert.«

»Ich verstehe noch immer nicht.«

»Später! – Ich kenne mich mit Gedichten aus, ich verehre Jessenin. Vertrau mir, Junge, nutze deine Chance! Jetzt! Sei der Erste! Los, verhafte ihn, wir verhören ihn in meinem Auto. Er wird uns das genaue Motiv nennen, und ich fress' einen Besen, wenn es kein Motiv ist, das vernünftig klingt! Dieser Typ da, der ist alles andere als verrückt! Der hat einen Plan! Vertrau mir! Der hat einen Plan, aber Verrückte haben nie einen Plan.«

»Oh Mann, Pawel Höchst aus Nordrussland, ich setze jetzt meine ganze Zukunft auf eine Karte. Auf dich! – Eigentlich müsste ich das BKA informieren.«

»Später! Das dauert zu lange. – Du kannst jetzt nur gewinnen! Kevin, los, komm!«

Im Stil eines »Stirb langsam«-Helden war Kevin auf die Bühne gestürmt, in der einen Hand seinen Polizeiausweis, in der anderen die gesicherte Dienstwaffe. Privatdetektiv Pawel Höchst war hinter ihm geblieben, doch seine Pistole war entsichert gewesen, und auch er hatte sich wie im Film gefühlt.

Einmal hatte Pawel in die Luft geschossen, die Sicherheitsleute hatten sofort verstanden und nicht eingegriffen. Er war auf der Bühnenrampe stehen geblieben, Kevin hatte den Nationallyriker Tobias Siegfried März gegen das Rednerpult gedrückt. Dann hatten die Handschellen geklickt.

»Meine Damen und Herren, bewahren Sie Ruhe!«, hatte Kevin ins Mikrofon gesagt, ein wenig zu laut. »Wir verhaften Tobias März. Er wird dringend verdächtigt, mindestens fünfzehn Menschen weiblichen Geschlechts getötet zu haben. Leisten Sie keinen Widerstand, und lassen Sie uns unseren Job machen.«

Dann hatten sie ihn von der Bühne geholt.

Wie schnell das alles gegangen war, Tobias konnte es noch immer nicht fassen. Er starrte den jungen Polizisten und den älteren Privatdetektiv ungläubig an, sprachlos. Er saß gefesselt auf der Rückbank eines alten Peugeot, den der Detektiv fuhr. Der Polizist saß auf dem Beifahrersitz und sah ebenfalls nach vorne.

Pawel fuhr auf die Autobahnauffahrt und ordnete sich in den Verkehr Richtung Osten ein. Er sagte: »Ich schlage einen ruhigen Rastplatz vor. Ohne Imbissbude und dergleichen.«

»Einverstanden«, sagte Kevin. »Nimm den nächsten Platz, der leer ist. Ich sperre ihn dann ab.« Er kramte in seinem Rucksack, bis er eine Rolle Absperrband fand, auf der sich das Wort Polizei wiederholte.

»Daran hast du gedacht?«, fragte Pawel. »Donnerwetter!«

»Reine Routine«, sagte Kevin. Er nagte an seiner Unterlippe, hütete sich aber, etwas zu sagen. Jetzt gab es nichts mehr zu reden, die Entscheidung war bereits gefallen.

Pawel blinkte und fuhr auf einen leeren Rastplatz. Ein Holztisch mit zwei Bänken stand in der Mitte der Parktasche, dazu ein leerer Abfalleimer, aber keine Toilette. Seitlich befand sich ein Birkenwäldchen, in dem sich auch einige Kiefern fanden. Zufrieden parkte Pawel den Wagen direkt neben dem Tisch.

Kevin ging zurück und spannte das Polizeiabsperrband, als ein halbes Dutzend Polizeiwagen mit eingeschalteter Sirene an ihm vorbeiraste.

Privatdetektiv Pawel Höchst riss eine der hinteren Türen auf und packte den Schönling am Genick. Ohne ein Wort zerrte er ihn aus dem Auto und warf ihn auf den Boden. Pawel stellte einen Fuß auf die Brust des Jünglings und sah Kevin fragend an.

»Okay«, sagte der auszubildende Polizist, »ab jetzt aber streng nach Vorschrift. Ich gehe in den Wald da. Erst pisse ich, dann rauche ich, dann pisse ich wieder, und dann rauche ich noch eine. Insgesamt werde ich eine gute halbe Stunde weg sein. Dann beginne ich das Verhör.«

Pawel nickte und warf Tobias auf den Bauch. Er drückte ihm das Gesicht, das er viel zu hübsch fand, in den hellen Sand, der mit Kiefernadeln und Zapfen durchsetzt war, ehe er den Jungen an den langen, glänzenden, blonden Haaren packte und ihn ein paar Meter weiterschleifte. Sie befanden sich jetzt zwischen Auto und Holztisch, der Jüngling schrie: »Was soll das alles? Seid ihr bescheuert oder nur bekloppt? Was wollt ihr?«

Pawel schlug ihm mit der Faust in den Magen. Tobias krümmte sich, keuchte, Tränen standen ihm in den Augen, aber Pawel gab ihm weitere Kostproben seiner Hochseefischerpranken.

»Ich habe nichts getan!«

Erst waren es nur Ohrfeigen, dann verprügelte Pawel das Gesicht von Tobias nach Strich und Faden.

Beide Lippen bluteten, als der Poet sagte: »Meine Kreditkarten sind im Jackett. In einer Berghütte in der Schweiz liegt eine Million Euro. An die Unterseite des alten Küchentisches geklebt. Ich beschreibe dir den Weg!«

Erneut ein brutaler Schlag in den Magen: »Wer hat dir Wurm erlaubt, mich zu duzen? Entweder Sie oder Bademeister!« Pawel stellte sich hin, drückte dem Jüngling die Knie auseinander und versetzte ihm drei Tritte in den Unterleib.

Tobias heulte wie verrückt.

»Weißt du, was Sadismus ist?«, fragte Kevin Pawel, als er neben ihn trat und auf Tobias hinuntersah.

»Was denn? Ist meine halbe Stunde schon vorbei?«

»Ja, ist sie. – Wenn man ein Verhör unternimmt, aber keine einzige Frage stellt. Das ist sadistisch.«

»Stimmt. – Also, stell du die Fragen, damit es amtlich ist. Ich muss mich einen Moment lang setzen.«

Kevin Hilbig nickte, drehte Tobias halb herum, nahm ihm die Handschellen ab, zog seinen Oberkörper hoch und lehnte ihn gegen den hinteren Reifen des alten Peugeot. Dann hockte er sich hin und tätschelte vorsichtig das gepeinigte Gesicht des Starlyrikers: »Verdächtiger, warum haben Sie die sechzehn Frauen getötet? Nennen Sie mir das Motiv für Ihre Taten.«

Tobias richtete den Blick auf den kaum Älteren und schüttelte den Kopf. Kevin stand auf und nickte Pawel zu, der sich ebenfalls erhob.

»Nein!«, schrie der junge Lyriker. »Das ist ohne Belang! Ich kenne meine Rechte doch!«

»Was ist ohne Belang?«, fragte Kevin, während Pawel sich wieder setzte. Er atmete durch, um sein Herz von der Anstrengung zu beruhigen.

»Was ich aussage. Es ist nicht rechtsgültig. Egal was ich aussage, es ist unter Folter passiert.«

»Wenn Sie meinen, Verdächtiger. Also, warum töteten Sie fünfzehn Frauen in fünfzehn Städten?«

»Weil Arthur Rimbaud …«

»Wer? Was?«

Pawel erklärte: »Ein Gedichtschreiber aus Nordfrankreich, seit ein paar Jahrzehnten mausetot.«

»Oh, nein!«, sagte Kevin zu Tobias: »Sie machen hier nicht auf unzurechnungsfähig! Sie sind genauso verantwortlich, wie all die anderen frauenmordenden Serienkiller. Sie kennen doch Ihren Berufskollegen, Jack Unterweger?«

»Ja. Ich habe von ihm gehört.«

»Was hat also Arthur Rimbaud mit der ganzen Sache zu tun? Erzählen Sie! Wir haben Zeit!«

»Er hat zwei sehr berühmte Briefe geschrieben. Diese Briefe waren Ausgangspunkt für eine ganz neue Lyrik und damit für eine ganz neue Literatur und damit für ein ganz neues Leben, verstehen Sie? Das alte Besingen von Taten war passé, ab da ging es darum, dass die Dichtung den Taten vorauseilen musste. – Das war das Moderne an seinem Denken. Das Ungewöhnliche zum Gewöhnlichen machen. Wir Lyriker müssen den Fortschritt vorbereiten. Ohne den lyrischen Traum vom Fliegen keine Erfindung des Flugzeugs, verstehen Sie?«

»Und das soll die ganze Begründung sein?«, schrie Pawel auf. Er war mit zwei Schritten bei Tobias und gab ihm einen Kinnhaken.

»Beruhig dich«, ging Kevin dazwischen. Und zu Tobias: »Fahren Sie fort! Was hat das alles mit den Frauenmorden zu tun?«

»Mein Erfolg gibt mir doch recht! Ich habe gedichtet, wie Rimbaud es verlangt hat, und die ganze Welt glaubt, ich wäre ein Seher, ein Auserwählter, ein Genie! – Es ist der richtige Weg.«

»Welcher Weg?«

»Ich habe erkannt, dass unsere Gesellschaft zerstört wird. Dagegen musste ich etwas tun. Sie wird so sehr weiblich, dass nichts Männliches mehr übrig bleibt. Verstehen Sie, Europa ist nach dem Krieg wieder aufgebaut. Nun werden die Männer nicht mehr gebraucht. Die Frauen richten das Aufgebaute her und verdrängen die Männer dabei. Sie verwirklichen sich, indem sie wie in einer Wohnung ständig aufräumen und alles ausschmücken, aber das Männliche muss weiter bestehen. Wenn aber die Söhne ohne Väter aufwachsen, dann werden sie ja zwangsläufig weiblich. Eine Frau weiß doch letztlich nicht, wie ein Mann fühlt und denkt. Aber aus einem Jungen will ein Mann werden, und so steht die weibliche Erziehung gegen die männliche Natur. Und wenn es da das Ventil des Vaters nicht gibt, der zwischen diesen beiden Welten vermittelt, weil er beide

Welten kennt und weil er den Sohn und die Frau liebt, dann endet das mit der Zerstörung des aufstrebenden Männlichen im Sohn. Und wenn das geschieht, dann werden aus Söhnen Bestien, die sich ein Leben lang kaputt fühlen. Ihnen fehlt das gute Männliche. Das habe ich erkannt, dagegen musste ich vorgehen, und darum habe ich meine Gedichte verfasst, die überall auf der Welt so verstanden wurden, wie ich sie gemeint habe. Und weil Rimbaud gefordert hat, dass die Dichtung der Tat vorauseilen muss, und weil ich niemandem zumuten wollte, diese Taten zu begehen, musste ich das eben selbst tun! So schwer es mir auch fiel. Verstehen Sie? Zum Wohle der Söhne musste ich handeln, ich hörte doch ihre verzweifelten Rufe, indem sie mir einen Literaturpreis nach dem anderen aufdrängten, überall auf der Welt! Überall. – Alleinerziehung ist eine Sackgasse, in der die Söhne vor ihren Computern krepieren. Es ist ernst, sehr ernst!«

»Ja, aber was genau war nun das Motiv? Kein Frauenhass? Auch kein Mütterhass?«

»Ach, Quatsch, die sind mir doch egal! Es geht mir um die Söhne. Die Söhne müssen bei den Vätern aufwachsen. Und wenn die Väter weggegangen sind, dann muss man sie eben zwingen, zurückzukommen. Was meinen Sie denn, wer sich jetzt um die Söhne von Britta Lind kümmert? Die drei Väter natürlich! Das ist mein Verdienst. Diese Söhne sind gerettet! Männliche Natur kann sich mithilfe männlicher Erziehung harmonisch entwickeln. Mein Gott, mehr wollte ich doch gar nicht, nur dieser Feminisierung der Gesellschaft Einhalt gebieten. Die Söhne sind heute die Schwächsten, sie werden von niemandem gefördert und von den Vätern allein gelassen! Der Anspruch an sie und ihre Lebenswirklichkeit, das driftet immer mehr auseinander.«

»Damit sich Väter wieder um Söhne kümmern, haben sie die Mütter ermordet?«, fragte Kevin konsterniert. »Verstehe ich das richtig?«

»Ja, mein Gott, die Mütter taten mir schon auch leid. Deswegen habe ich es ja immer schnell getan. Ein Schnitt, sie haben nie Qualen erlitten. Ich habe ihnen nie was angetan, ich habe sie lediglich umgebracht. Weggebracht.«

»Lediglich umgebracht«, echote Pawel und starrte den Lyriker an wie ein Studienobjekt. »Sie haben also Mitgefühl gezeigt?«

»Aber ja.«

»Sie haben Mitgefühl gezeigt! Sie haben Gefühl gezeigt! Und das unterscheidet Sie von allen anderen Serienkillern. Bei all diesen Leuten wurde eine Unfähigkeit zum Fühlen festgestellt, das ist bei Ihnen anders, mein junger Dichter! Sie werden sich auf keine psychologische Sache berufen können!«

»Ist das gut oder schlecht?«, fragte Tobias, woraufhin Pawel mit der rechten Schulter zuckte und sich eine Zigarette ansteckte, ehe er sagte: »Also war die einzige Verbindung doch das Buch von Rimbaud, das Sie in Pankow gestohlen haben. Es war Ihr Pech, dass Sie an eine Spezialistin geraten sind! Da hat sich wohl Dichtung und Tat verwischt. Mit diesem Diebstahl haben Sie die entscheidende Spur gelegt. Sie waren nicht mehr länger der anonyme Meistermörder. Sie waren ein Rimbaud-Kenner. Und von denen gibt es wenige.«

»Das war mein Fehler? Dieser läppische Diebstahl?«

Kevin nickte. »Ja. – Letzte Frage: Wie kamen Sie nun an diese Frauen? Warum diese?«

»Ich bin auf sie aufmerksam geworden.«

»Wie?«

»Indem ich mit ihnen in Kontakt gekommen bin.«

»Ja, verstehe. Aber wie lief das ab?«

Pawel stand auf, baute sich vor dem Meistermörder auf, sah zu ihm runter und sagte: »Es stimmt doch, Sie arbeiten in einem Callcenter! Sie haben die Frauen durch Anrufe kennengelernt, und wenn sie in Ihr Raster passten, haben Sie sie ausgehorcht!«

»Ja!«

»Sie haben aber eine andere Stimme, Sie verstellen Ihre Stimme bei den Anrufen!«, sagte Pawel. »Wir haben einen Mitschnitt!«

»Einen Mitschnitt?«, fragte Kevin und fuhr überrascht herum.

»Und jetzt wird mir auch klar, wie Sie das gemacht haben!«, sagte Pawel. Er setzte sich wieder und schlug sich mit der Hand an den Kopf: »Was für Idioten wir waren!«

»Was meinst du?«, fragte Kevin.

»Ich konnte im Internet keine Verbindung zwischen einem Callcenter-Agenten und ihm hier herstellen, auch die Rostocker Kripo und das BKA nicht, weil er ganz einfach nicht unter dem Namen Tobias März beschäftigt war. – Wenn Sie so clever waren, mit einer anderen Stimme zu telefonieren und sich augenscheinlich älter zu machen, dann haben Sie sich auch einen anderen Namen zugelegt. Wie heißen Sie denn als Anrufer?«

»Wie ich heiße? Wie ich –? Den Söhnen die Freiheit! Ich habe nicht eine geschändet, ich habe sie alle entsorgt, präzise und schnell. Ich habe sie getötet, um ihre Söhne vom Leid zu befreien. Darauf lege ich Wert. Niemand ist mir auf den Fersen, sagt das nicht alles über die Dankbarkeit der Männer aus? Das Böse am Mann ist seine Mutter. Warum erfand Jesus einen Vater im Himmel, aber keine Mutter? Trägt der Teufel die Brüste etwa nicht auf dem Kopf? Hängt ihm die gekappte Nabelschnur vielleicht nicht am Arsch? Wir sind für niemanden ein Rätsel, außer für uns selbst. Den Söhnen die Freiheit, den Müttern der Tod! Und ihr fragt nach meinem Künstlernamen? Meinem Handwerkernamen? Ihr kennt ihn noch immer nicht? Ihr kennt den großen Tim Leidger noch immer nicht? Wahnsinn!«

»Verstehe. Tobias hat gesungen, Tim hat gezwungen!«, reimte Pawel und erhob sich erneut: »Jetzt bin ich noch einmal dran. – Zuviel Palaver macht mich immer ganz kribblig.«

Pawel schleuderte den schlanken Jungen quer über den Weg. Staub wirbelte auf. Tobias versuchte, sich zu schützen, aber die Fußtritte trafen ihn überall. An der Brust, am Bauch, am Hintern, zwischen den Beinen und immer wieder am Kopf, bis Kevin den Privatdetektiv wegzerrte und den Meistermörder vorschriftsmäßig an den Handgelenken fesselte. »Meine Güte, wie soll ich nur die Verletzungen in seinem Gesicht erklären?«

»Schieb es einfach auf mich. Du warst ja pinkeln!«, antwortete der Privatdetektiv sofort.

Wieder landete Tobias verschnürt auf der Rückbank, und während er nach Rostock gebracht wurde, rezitierte er eine weitere Nachdichtung eines Gedichts von Arthur Rimbaud: »Das zerstiebte Herz«.

Mein Rotz vom Herz aufs Heck,
mein Herz, bedeckt von den Gefreiten:
Sie priemen drauf mit Suppenfett,
mein Rotz vom Herz aufs Heck:
Unterm Johlen einer Truppe,
welch Lachen des Erzeugers,
mein Rotz vom Herz aufs Heck,
mein Herz, gedeckt von der Gefreiten.

AH.

Schwanzgesteuert und stillgestanden,
ihr Priemen hat es breit verschmiert.
Am Ruder stehen Abziehbilder,
schwanzgesteuert und stillgestanden,
Wellen, o, umgarnt das Heck,
spült ab mein Herz, es sei gewaschen.
Schwanzgesteuert und stillgestanden,
ihr Priemen hat es breit verschmiert.

AH.

Wenn sie spucken ihren Priem,
was tun, o, zerstiebtes Herz?
Ein Wolkenlos zum Trinkliedschlucken,
wenn sie spucken ihren Priem?

Mir wird der Magen zucken, rucken, zucken,
ICH, aber ja, dich wird der Ostwind runterschlucken:
Wenn sie spucken ihren Priem,
was tun, o, zerspucktes Herz?

»Maul halten, das ist zu tun!«, antwortete Polizeianwärter Kevin Hilbig leise. Er war nervös, aber auch stolz.

LETZTER TEIL

XXXI

Kevin lotste Pawel zum Hintereingang des Ersten Rostocker Polizeireviers und ließ ihn direkt vor der Eingangstür halten. Pawel sollte im Auto warten, er würde ihm Bescheid geben, wenn er gebraucht wurde. Pawel gefiel das gar nicht, aber was sollte er tun! Jetzt war Kevin am Zug, jetzt musste der Polizeianwärter zeigen, was er wirklich drauf hatte. Pawel sah ihm zu, wie er den schweigsam gewordenen Serienkiller von der Rückbank holte und die Autotür zuschlug. Pawel wickelte ein Pfefferminzbonbon aus und rollte das Papier mechanisch zu einer Kugel zusammen.

Während er auf der Zuckermasse kaute, sah er immer wieder zur Tür des Reviers. Links daneben befand sich ein vergittertes Fenster, das leider geschlossen war. Pawel sah Kevin gestikulieren, er sah den wachhabenden Beamten rot werden, dann weiß, und während des langen Disputs stand Tobias Siegfried März an den Tresen gelehnt, als hätte er ein Bier bestellt. Pawel wollte sich von diesem Menschen kein Bild machen. Er war froh, dass das nicht seine Aufgabe war. Das sollten andere Menschen übernehmen, doch ein wenig bekam er auch Angst vor sich selbst. War er nicht auf das Motiv gekommen? Hatte er sich nicht in einen Frauenmörder hineinversetzen können? Hatte er nicht für ein paar Bruchteile wie ein Serienkiller gedacht, ja, war er in Gedanken nicht selbst einer gewesen? Pawel fragte sich, ob er im richtigen Job war.

Wie leicht das Leben auf den Trawlern doch gewesen war. Da hatte er nie Verantwortung tragen müssen, er hatte niemals Entscheidungen treffen müssen, er hatte einfach nur hart und ehrlich arbeiten müssen, wie es Männer nun schon seit Jahrtausenden taten. Vorbei, das war vorbei, er war zur Landratte geworden, um den Jungs ein Vater und der Frau ein Mann sein zu können. Er hatte auf seine halbjährliche Freiheit verzichtet, und nun hatte sich herausgestellt, dass es ein sinnloser Verzicht gewesen war. Seine Frau war fremdgegangen, irgendwann musste er sich das eingestehen, irgendwann musste er Konsequenzen ziehen.

Scheidung oder Verzeihung?

Doch wie konnte er seine Würde als Mann behalten, wenn er seiner Frau dieses Eheverbrechen verzieh? Seine Frau war eine Verbrecherin, sie hatte gestanden. Sollte er Bewährung geben oder sie in die Wüste schicken?

Vielleicht gehörte gelegentliches Fremdgehen heutzutage ja sogar schon zum guten Ton? Vielleicht bewerteten sie auf den Schiffen die Treue viel zu hoch, weil sie das Einzige war, an das sie sich halten konnten? Schließlich gab es Seeleute nur auf der See, niemals aber an Land. Er wusste nicht viel vom Landleben, das wurde ihm erneut klar.

Pawel sah nur eine Möglichkeit, seine Würde zurückzubekommen: Er musste auch fremdgehen.

Doch anders als seine Frau wollte er es vorher bekannt geben, nicht nachher. Er war sozusagen vom Hochseefischer zum Freibeuter geworden, zum Freibeuter mit königlichem Freibrief. War das nicht eine Idee?

Er würde Susanne ankündigen, dreimal fremdzugehen, um es dann doch nicht zu tun. So könnte er seine Würde wieder herstellen, würde aber nicht zum Verbrecher an der heiligen Ehe werden. *Tja*, dachte er. *Das ist dann wohl Liebe.*

Pawel hatte sein Handy schon in der Hand, um Susanne nach all den Wochen anzurufen, doch da sah er Kevin aus dem Polizeirevier kommen. Er winkte ihn zu sich, als Pawel ein ungeheurer Schlag traf: die Huren! Die Huren in den Häfen! Er war doch selbst ein Verbrecher an der heiligen Ehe, er hatte doch selbst zu beichten! Verstört zog Pawel den Zündschlüssel ab, schloss die Tür zu und ging zum Portal, wo ihn Kevin kopfschüttelnd erwartete.

»Was gibt's?«, fragte der Privatdetektiv, froh über die Ablenkung.

»Ich bin erstmal suspendiert. Ist das zu fassen?«

»Wieso das?«

»Ach, wegen dem Alleingang und deinen Schlägen gegen den Verdächtigen. Gefahr im Verzug, das wollten sie nicht gelten lassen.«

»Warum das denn nicht?«

»Sie meinen, ich hätte auf jeden Fall Zeit zum Anrufen gehabt.«

»Bleib ruhig, die tun dir nichts. Du bist noch jung, die werden dich nicht gleich rausschmeißen.«

»Es geht mir aber darum, dass sie mich befördern, nicht darum, mich am Schreibtisch anzuketten!« Dann lachte Kevin plötzlich auf und sagte: »In Hessen haben fast dreihundert Kollegen nach uns gesucht! Die fühlten sich echt vorgeführt.«

»Dafür wird dich der Berliner Polizeichef insgeheim noch loben, wirst sehen! Der Meistermörder von seinen Leuten geschnappt! Am Ende wird nur eines davon übrig bleiben: das grinsende Gesicht deines obersten Bosses.«

»Wollen wir es hoffen. – Die gute Presse haben sie aber hier in Rostock. Wegen meinem Praktikum und wegen dir!«

»Klar, du bist jung! Deine Ausbildung kostet eine schöne Stange Geld, das spricht alles für dich! – Alte Männer schätzen den Elan der Jungen, das ist das Geheimnis von Teamarbeit, wirst sehen, man wird dich unterstützen.«

»Jetzt hör auf, mir Mut zu machen, das nervt – alter Mann!«

Pawel warf die Kippe weg, während Kevin loslachte: »In Hessen lasse ich mich erstmal nicht sehen. Die haben auf der Autobahn sogar Straßensperren aufgestellt. – Hinter uns.«

Auch Pawel lachte und schlug Kevin auf die Schulter. »Du bist ein Kerl! Auf dich ist Verlass! – Und was machen wir zwei beide jetzt?«

»Reingehen, Aussage machen und Protokoll unterschreiben.«

»Sollen wir vorher irgendwas absprechen?«

»Besser nicht, das kriegen die dann doch nur mit. Erzähl du deine Geschichte, ich erzähle meine Geschichte, und danach gehen wir was essen. Was meinst du?«

»Hört sich gut an. Sag mal, was denkst du, zahlen die mir die Belohnung gleich hier aus?«

»Das hier ist Deutschland.«

»Das heißt?«

»Das heißt, du wirst erst dreihundert Formulare ausfüllen müssen.«

»Ach, Mann!«

»Und noch etwas.«

»Ja?«

»Beeil dich mit deiner Aussage! Wenn die Medienaffen erst mal wissen, wo sie uns finden, dann gibt's ein riesiges Gebrüll. – Besser, wir sind weg, wenn die hier sind. Das soll alles schön irgendein Chef machen!«

Pawel nickte und hielt dem jungen Polizisten die Tür auf, ehe auch er ins unscheinbare Polizeirevier ging. Ein Backsteingebäude aus den Dreißigerjahren des vorigen Jahrhunderts; Pawel dachte: *Kennst du eines, kennst du alle!*

Drinnen wurde er von zwei alten Beamten in Empfang genommen und in ein Verhörzimmer gebracht. Auf dem Flur sagte einer von ihnen zu ihm: »Danke, Mann! – Die Fresse ist gut poliert worden!«

Pawel nickte und entspannte sich augenblicklich. Im Zimmer wurde das Mikrofon eingeschaltet, die beiden Männer setzten sich ihm gegenüber und ließen ihn seine Geschichte erzählen. Immer wieder schüttelten sie den Kopf, wenn die Rede auf Hauptkommissar Heinze kam. Sie unterbrachen Pawel aber nicht. Er fing einfach bei Tina Schneider an, lobte die Zusammenarbeit mit der Pankower Polizei während seiner Tatortbesichtigung in der Hiddenseerstraße und setzte ihnen seine

Überlegungen flüssig und zusammenhängend auseinander. Sie verstanden zwar nicht viel von Lyrik, von Sergej Jessenin und Arthur Rimbaud, das Mordmotiv fanden sie so abwegig, dass es nur wahr sein konnte, horchten aber auf, als Pawel den Zusammenhang von Callcenter-Agent und Starlyriker darlegte. Das verstanden sie: Ein Mann, der sich schon vor den Taten einen falschen Namen besorgt hatte, der ein falsches Geburtsdatum und eine falsche Adresse angegeben hatte, ein Mann, der das wenige Gehalt auf das Konto eines gemeinnützigen Vereins weiterleitete, das waren handfeste Dinge: Ein Verbrecher, der systematisch gehandelt hatte. Ein Mörder, der Monate geplant und vorbereitet hatte. Sie nickten, als Pawel mit den Worten schloss: »Verrückt wie in einem Krimi, ich weiß.«

Einer der Männer erhob sich und sagte: »Ich lass es ausdrucken, dann unterschreiben Sie. – Bin gleich zurück.«

Pawel nickte und sah den anderen Beamten an, der sich eine Zigarette anzündete und inhalierte. Der Polizist sagte: »Davon träumt man! Von so einem Fang! Vierzig Jahre Staatsdienst, vierzig Jahre Träumerei, und dann kommt so ein Möchtegernermittler und erzählt hier ganz in Ruhe seine Story. – Nichts für ungut.«

Pawel nickte: »Sie haben ja recht. Es ist mein erster wirklicher Fall! Davor waren nur Schulkinder nach Hause zu bringen, Schoßhündchen zu suchen und Schwarzarbeiter oder untreue Ehegatten zu beschatten.«

Der Beamte nickte. »Auch ein blindes Huhn findet mal ein Korn.«

Pawel lachte aus voller Kehle los und konnte gar nicht mehr aufhören, während der Beamte fragte: »Ach, den kannten Sie noch nicht? Ist ein Sprichwort aus meiner Heimat. Oldenburger Land. – Da gibt's noch Oldenburger Doppelkorn.«

Schließlich beruhigte sich Pawel und wischte sich den Speichel aus den Mundwinkeln. Er lehnte sich zurück und sah die vergitterte Glühlampe an, die an der Decke hing. Die nackten

Backsteinwände glänzten, so feucht war es hier. Dann sah er zum berühmten Spiegel, verkniff sich aber zu fragen, wer gerade dahinterstand. Er bog den Rücken über die Stuhllehne, griff hinter sich, um mit der einen Hand die andere zu umfassen, und gähnte.

Der Beamte erklärte ihm, Pawel werde noch ausführlicher vom BKA befragt werden. Dies sei nur die erste von vielen Befragungen gewesen. Er sah zur Seite, als die Tür geöffnet wurde und sein Kollege mit neun Seiten eng bedruckten Papiers hereinkam.

»Oh, Wunder der Technik, es hat auf Anhieb funktioniert. – Wissen Sie, nichts mehr mit Abtippen. Der Computer überträgt die Befragungen direkt in ein Computerdokument.«

»Ich lese mir das jetzt aber nicht noch einmal durch«, sagte Pawel beim Anblick der vielen Seiten.

»Ihre Sache«, sagte der rauchende Beamte.

Pawel nahm sich einen Kugelschreiber und schrieb auf der letzten Seite seinen Namen auf die dicke schwarze Linie, die sich neben dem heutigen Datum befand. Sogar die Uhrzeit war dort festgehalten, die er auch nicht überprüfte.

Zum Abschied sagte er: »Vergesst nicht, der Polizeianwärter Kevin Hilbig, der muss befördert werden! Der hat alles, was ein Spitzenmann braucht. Hilbig ist ein guter Kerl!«

XXXII

In den folgenden Tagen überboten sich die Wortmeldungen, jeder wollte seine Meinung über den Meistermörder zum Besten geben. Pawel hatte dafür einen ganz eigenen Begriff gefunden: Laberdemokratie.

Das Interesse an den Taten von Tobias Siegfried März war bald erloschen. Zu ausführlich hatte man in den Wochen und

Monaten davor von ihnen berichtet. Eine Zeitlang war Rostock weltberühmt gewesen, und diesmal im positiven Sinne. Kein Pogrom, kein Sonnenblumenhaus, diesmal war die Ostseestadt von der Weltpresse gefeiert worden. Für zwei, drei Wochen waren die Hotels ausgebucht gewesen, Pawel hatte seiner Heimatstadt einen unerwarteten Geldregen beschert. Dafür liebten ihn die Einwohner nun.

Das Mordmotiv hatten die Zeitungen hingenommen, einige Fernsehsender brachten Talkshows über moderne Erziehung und ihre Gefahren, aber eigentlich war das kein Thema, dass die Deutschen interessierte. Sie wurden ihrem Ruf gerecht, gegenüber Kindern und Heranwachsenden gleichgültig zu sein.

Die Öffentlichkeit richtete den Fokus bald nur noch auf den Literaturbetrieb. Wieder einmal befand er sich in einer schlimmen Krise, hatten sich doch nahezu alle Literaturkenner und Literaturkritiker festgelegt, Tobias Siegfried März wäre ein Jahrtausendtalent. Seine Arbeiten hatte man als modern, zukunftsweisend und stilsicher gepriesen. Nun kam heraus, dass sie Vorbereitungstaten für die Morde gewesen waren. Somit war jeder Leser mitschuldig geworden. Und jeder Mensch, der den Ruhm von März vergrößert hatte, hatte wahrscheinlich dafür gesorgt, dass weitere Morde stattfanden. Die Arbeiter des Literaturbetriebes fühlten sich schlecht, sehr schlecht: Das wirkliche Leben war in die Zeilen zurückgekehrt.

Der alte und verdienstvolle Verleger von Tobias Siegfried März kam während eines Überholmanövers auf der A sechs zu Tode. Er hinterließ einen Abschiedsbrief.

Hunderttausende von Menschen waren zu Mitwissern geworden und hatten das Töten gefeiert, hatten sie doch geglaubt, es fände nur auf dem Papier statt. Mitgefangen, mitgehangen, hatte Pawel gedacht, als er in der Zeitung davon las.

Sie alle mussten sich nun fragen lassen, wie leicht sie sich verführen ließen. Die Frage nach dem Reiz von Propaganda wurde aufgeworfen, manch ein Sozialwissenschaftler bemühte

Vergleiche aus dem Dritten Reich. Reformer versuchten, sich mit der Forderung durchzusetzen, ein Mindestalter für Veröffentlichungen von Schriftstellern, Dichtern und Autoren einzuführen: Fünfundzwanzig Jahre, darunter sollte niemand in den Literaturbetrieb gelassen werden, weil die Persönlichkeit noch nicht ausgereift sei und es an Verantwortungsbewusstsein fehle.

Tobias Siegfried März saß währenddessen in der Untersuchungszelle und bekam verdächtig oft Besuch von Kevin Hilbig. Angeblich schrieb Kevin eine Art Tatsachenroman, aber Pawel nahm das nicht ernst. Er saß in seinem Rostocker Büro, legte die Zeitung weg, sah hinaus, wo die vielen Birken helles Grün zeigten, und griff kurzerhand zum Telefon: »Na, wie ist es, Kevin, wir haben uns ja lange nicht gesehen! Alles frisch?«

»Klar! – Und wie geht's dir?«

»Gut! Genau zwei Monate ist es nun her, dass wir den Fall abgeschlossen haben, weißt du, ich frage mich, ob du nicht mal wieder herkommen willst? Wir könnten unten am Hafen einen Drink nehmen und ein wenig über alte Zeiten plaudern.«

»Das machen wir! Wochenende habe ich dienstfrei. Besorgst du mir ein Hotelzimmer. Doppelbett für mich und meinen Freund, wenn du nichts dagegen hast, alter Nordrusse.«

»Nichts dagegen. – Dann erzählst du mir, wie du mit deinem Buch vorankommst.«

»Abgehakt! Den Mist mach' ich nicht mehr. Viel zu kompliziert! Ich hab die Recherche einem Profi gegeben, der macht daraus einen Roman. Ich krieg' dann fünfzehn Prozent von seinem Honorar.«

»Gut gemacht! – Also, bis Samstag, ich freu' mich auf euch!«

»Alles klar, ich melde mich Freitag noch mal«, hörte Pawel Kevin sagen, ehe sie beide auflegten.

Die Sonne war immer weiter ums Bürogebäude herumgewandert und warf ihre Strahlen nun schon auf das innere Fensterbrett. In einer Stunde würde es in diesem winzigen

Zimmer eine Temperatur von knapp dreißig Grad haben, wusste Pawel. Das hatte ihm der Vermieter bei der Unterschrift natürlich nicht gesagt: schon im Frühling zu heiß zum Arbeiten.

Wird Zeit, dass ich ins Freie komme, dachte Privatdetektiv Pawel Höchst und stieß den Chefsessel mit den Kniekehlen zurück.

Er ging wenig später am Parkplatz vorbei und schlenderte hinunter zur Warnow, auf der sich jetzt keine Ruderer und Kanuten tummelten. Es war mitten in der Woche, und sogar in Rostock gingen die meisten Einwohner dann ihrer Arbeit nach. Pawel lächelte und setzte sich auf einen Findling. Er müsste ja eigentlich Susanne anrufen. Eigentlich – ein verdammt hartes Wort, meinte Pawel.

Er hatte so eine verdammte Sehnsucht nach seinen Zwillingen. Bald wurden sie sechs Jahre alt! Bis dahin musste er etwas getan haben, etwas, dass gut für seine beiden Jungs war. Aber was?

Für die Zwerge war sechs ein wichtiges Alter, Einschulung, Schultüte, große Augen, ehe die Langeweile der Mathestunden begann. Pawel suchte in der Frühlingsjacke nach seinem Handy, fand es aber nicht. Jetzt hätte er Susanne angerufen, da war er sich sicher. Jetzt hätte er versöhnlich werden können, mitten in der Frühlingssonne, vor dem grellblauen Wasser der breiten Warnow. Er malte sich aus, was er als Erstes gesagt hätte: »Störe ich?«

Auf dem gegenüberliegenden Flussufer befanden sich die Gebäude des Wassersportvereins, daneben war die neu angepflanzte Grünanlage. Bäumen, deren Stämme noch so dünn waren, dass sie Stützen brauchten; verdammt, überall sah er plötzlich nur noch Familienharmonie. Oder wie sollte er das nennen? Er könnte ja mal Tobias Siegfried März fragen. Darüber musste Pawel grinsen. Doch eines war richtig: Er war die Stütze, die seine Jungs brauchten. Er selbst, niemand anderes. Die Kinder, das betraf ihn, ihn selbst! Und nur ihn!

Pawel stand auf, ging noch ein Stück und kam an die Brücke, über die man wieder zur Altstadt fuhr. Er ging unter dem Dierkower Damm hindurch, folgte dem Fluss und pfiff leise ein altes Lied aus dem Norden Russlands vor sich hin. Dieses Lied musste er den Jungs unbedingt beibringen. Und Judo.

Denn über eins war er sich auch klar geworden, Rostock war eine so schöne und grausame, eine so morbide und aufbrechende, eine so gewalttätige und friedliebende Stadt, dass er hier unbedingt bleiben wollte. Vielleicht war diese Gegensätzlichkeit auch das Geheimnis seiner Ehefrau, die hier aufgewachsen war und die hier bleiben wollte. Seine Frau war seine Heimat, und ihre Heimat war diese Stadt, er war es also, der sich bewegen musste.

Rostock machte es seiner Frau nicht leicht, seine Frau machte es ihm nicht leicht, also brauchte er es der Stadt auch nicht leicht zu machen. War das nicht ein guter Deal, bei dem alle Seiten gewannen, weil alle Seiten sich eben nicht verbiegen mussten? Er pfiff das Lied seiner Geburtsstadt noch einmal von vorne. Pawel dachte: *Nein, ich werde es meinen Jungs nicht beibringen. Ich lerne mit ihnen die Rostocker Lieder! – Aber Judo ist ein Muss! Denn auf Hansa Rostock kann man sich nun mal nicht verlassen.*

XXXIII

Roberto stand wieder hinter der Theke, und Pawel dachte sofort: *Na, das passt ja.*

Er hielt Kevin und seinem Freund die Tür zur runden Bar auf, in der er sich vor einigen Wochen mit seiner Klientin getroffen hatte. Direkt neben der Bar befand sich die Vorverkaufsstelle von Hansa Rostock, vor der Fans aus den umliegenden Dörfern nach den letzten Karten fürs nächste Spiel anstanden. Pawel stieß einen stark Angetrunkenen mit der Faust weg und zog die Tür hinter sich zu.

Kevin und Mirko waren schon zur Bar gegangen und zogen sich die dünnen Jacken aus. Zu dritt hatten sie unten am Hafen einen Spaziergang gemacht, zwar schien die Sonne, doch ein starker Nordwest wehte, ein echter Isländer. Die beiden Berliner rieben sich die Hände und hielten sie sich gegenseitig an die Wangen. Sie lächelten sich an, als Pawel hinzukam und Roberto zunickte. Der Barkeeper guckte abfällig zurück und sagte: »Du kriegst hier nichts. Hier kriegen nur verlässliche Leute!«

»Warum?«, fragte Pawel, obwohl er die Antwort kannte, Tina Schneider war seine Klientin und Robertos beste Freundin gewesen. Pawel hatte nicht auf sie aufgepasst.

Doch Roberto winkte ab und sagte nur: »Darum!«

Pawel nickte, und Kevin übersetzte das Nicken: »Es tut ihm wahnsinnig leid.«

Der Barmann seufzte und antwortete, er habe sich kundig gemacht, nun wisse er, wie ein French 75 gemixt wurde.

Pawel hob sofort die Hand und orderte: »Vier Drinks auf mich!«

Sie waren von der Hochschule für Musik und Theater losflaniert, neben der der Serienkiller Tobias Siegfried März über Monate hinweg unbehelligt gearbeitet hatte, und hatten einen ersten Drink unten im Gebäude der Kreuzfahrtgesellschaft »Aida« genommen. Kevin und Mirko hatten sich Prospekte geben lassen, dann waren sie an den vielen Anglern vorbeigeschlendert, hatten in die Eimer gesehen, waren immer wieder am Hafenbecken stehen geblieben, in dem die großen Yachten der Berliner und Hamburger lagen, die auf dem Weg nach Osten waren. Auch vor der »Stubnitz« waren sie stehen geblieben, Pawel hatte ihnen das heutige Partyschiff in allen Einzelheiten gezeigt, das früher einmal ein Fischtrawler gewesen war.

Die Vereinsleute hatten sie erst nicht an Bord lassen wollen, aber da hatte Kevin seinen Dienstausweis gezeigt und die verwirrten Jungs gefragt, ob sie etwas zu verzollen hätten.

Hatten sie nicht, und so hatte Pawel ihnen das Fangdeck gezeigt, wo heute gechillt wurde, die Verarbeitungsräume, in denen heute drei Tanzflächen eingerichtet waren, die Brücke, die nun für die Bands als Rückzugsraum reserviert war, und die Umkleideräume, in denen sich heute Bartresen befanden. Sie waren zum Bug gegangen, ausführlich hatte Pawel die Funktionsweise der drei Außenbordkräne demonstriert, und zum Schluss hatten sie auf der Backbordnock eine Zigarette geraucht.

»Ja, so war das damals, scheiß Leben, aber auch schön«, hatte Pawel gesagt. »Und heute ist Party, wo gestern noch Maloche war.«

Er sah Roberto zu, der vier Gläser auf die Theke stellte. Der Barkeeper sagte traurig: »Dann lasst es euch mal schmecken. So etwas bekommt ihr nur hier.«

Danksagung

Der Autor bedankt sich für das umsichtige Lektorat und für die vielen guten Anregungen ganz herzlich bei Julia Ströbel.

Bitte beachten Sie auch die folgenden Buchhinweise!

Buchhinweise

ISBN 978-3-86680-872-0 | 12,00 € [D]

Katzen-Killer in Cottbus, selbst posthum noch nervende Besserwessis in Marzahn, Kaufhausmörder in Magdeburg, kulinarische Verbrechen in Erfurt, gefährliche Ostalgie-Partys im Harz, theatralische Tode in Chemnitz und durchgeknallte Investoren in Heringsdorf: Im Osten geht's mordsmäßig zur Sache.

Mögen Sie's eher blutig oder eher ironisch? Lakonisch oder quirlig? Streifen Sie gern durch den Großstadtdschungel oder hätten Sie's lieber ländlich-sittlich? Bevorzugen Sie das klassische Täterrätsel oder faszinieren Sie die dunklen Seiten der ostdeutschen Seele? Kommen Sie mit auf eine Entdeckungsreise durch mörderische Landschaften, hier werden Sie garantiert fündig.

Buchhinweise

ISBN 978-3-86680-609-2 | 12,00 € [D]

Nett sind sie ja, die neuen Kollegen in der Lübecker Mordkommission. Aber ein wenig aufdringlich ist Sven schon, und Ilka gibt sich stutenbissig. Und so richtig wohl fühlt sich Kriminalkommissarin Ike Jensen in der kahlen neuen Wohnung am Lübecker ZOB auch noch nicht. Wie gut, dass sie sich in die Arme ihres Freundes flüchten kann – doch dann klingelt ihr Handy und der Albtraum beginnt: Sie wird Ohrenzeugin eines brutalen Mordes.

Der Kriminalfall bietet eine Menge Lübecker Lokalkolorit, besticht aber durch seine sorgfältigen Charaktere, spannende psychologische Innenansichten und sorgt für atemlose Spannung bis zur letzten Seite.

UNSER-LUEBECK.DE

Buchhinweise

ISBN 978-3-86680-751-8 | 12,00 € [D]

Es läuft gut in Hanna Hemlokks Leben. Die Autorin von abgeschlossenen Liebesromanen ist nicht nur frisch verliebt, nein, auch in ihrem eigentlichen Traumjob als private eye tut sich etwas: der erste Auftrag, um den sie nicht vorher betteln musste – auch wenn es nur um das geklaute Brennholz von Bauer Plattmann geht.

Ute Haese hat nicht nur ihren eigenen Stil, sondern schreibt erfreulicherweise »neben« dem Mainstream, also wesentlich interessanter, schräger und hinterlistiger – und ebenso unkonventionell, wie sich die Methoden ihrer Figur der schreibenden Privatdetektivin gestalten.

QUERBLATT.COM

Buchhinweise

ISBN 978-3-86680-870-6 | 12,00 € [D]

Kriminalkommissarin Paula Rauwolf hat einiges hinter sich. Wenigstens ist ihr neuer Fall ziemlich eindeutig. Mit blutigen Händen neben der Leiche, da wird auch der trickreichste Rechtsverdreher diesem Jerome Kastor nicht helfen können.

Als sie eine Verbindung zwischen Kastor und dem mächtigen Reeder Wilhelmshavener Witold Graf entdeckt, scheint alles klar. Und als die Ermittlerin Graf und Kastor zu nahe kommt, gerät alles außer Kontrolle.

Buchhinweise

ISBN 978-3-86680-678-8 | 12,00 € [D]

Frühjahr 1939, die Welt hält den Atem an: Greift Hitler nach der Tschechoslowakei? Halten Briten und Franzosen ihn diesmal auf? Kommt jetzt der Krieg?

Auf Bitten von Winston Churchill, dem Ex-Minister und umtriebigen Hinterbänkler der Regierungspartei, begibt sich der ehemalige Kampfflieger Henry Clarson zusammen mit seiner Frau nach Berlin. Er soll ganz inoffiziell herausfinden, was im Deutschen Reich vor sich geht und was an den Gerüchten über Konflikte zwischen Hitler und der Wehrmachtführung dran ist. Clarson hat keine Geheimdienstausbildung, keine politischen Kontakte, keine Rückendeckung - aber er ist der Schwager von Magda Goebbels.

Für alle Leser/innen, die sich für die Geschichte des Dritten Reiches interessieren, ist »Die Göring-Verschwörung« eine interessante und gleichzeitig nachdenklich stimmende Lektüre, von einem jungen Autor, der hoffentlich noch weitere Romane alsbald folgen lassen wird.

www.Histo-Couch.de